dan zhuang yu nong mo

淡妆与浓抹

张燕玲 / 著

dan
zhuang
yu
nong
mo

中国文史出版社

目　　录

白　　心

素　履

秾　华

白心

当灵魂的歌声响起

《雨》

春夏，读黄锦树的《雨》。瞬间，闷热难耐的南宁，就长驱直入南洋的雨林了。真所谓，腐草为萤，土润溽暑，大雨时行，那种无雨却湿人的溽热潮湿和神秘幻魅，那种“无边无际连绵的季风雨，水獭也许会再度化身为鲸”，黄锦树似乎在为此刻南宁电闪雷鸣的台风雨画像，读着读着，有种穿心而过的力量，任由“大雷小雷在云里奔逐”，一页页翻阅，心底不时涌出无数的歌。

十九岁以前生长在马来西亚的胶林里，这于华裔作家黄锦树而言，无疑别有意义。南洋胶林，是黄锦树的心灵故乡、灵感之源，是少年的生活经验与成长记忆。写作自然发自心性与心愿，每每下笔都是人气虫鸣鸟叫兽嚎风声雨歌，鲜活奇异，神秘无常，玄幻跌宕或阴郁绵长。

于是，小说集《雨》的十几个短篇，如画如诗，也如戏如歌，更奇幻决绝。作者写了这么多胶林小镇的艰难人生，那些置身于世俗边缘角落的畸零心灵，那在日常目光之外几近失传的“异史”：巫师的神秘灵异，割胶人的艰辛与乐生，雨林的诡变与无常……它们成为作者笔下透着血光的凄凉人生，透着生存意识上的决绝。作者追溯并复活胶林乡亲一张张橄榄色的脸庞，让笔下富有想象力的人物逐一登场，二舅、舅妈、阿土、大舅辛、阿兰、阿狗、巫师夫妇等看似奇异的众生相，他们独特的面孔、独特的命运，充满生的情义与死的神秘，更充满边地人生的异质，也充满游戏性与想象力。而热带雨林在作者笔下回归创作、语词及生活哲学的源头，以奇幻的诗学和人类命运的参与感，讲述边缘人的故事。黄锦树经营着他幻魅的历史叙事学，以审美的方式重新审视命运，逼近心灵，叩问未来。

黄锦树说，在胶林，“常有归人，回不了家的人”。

第三篇《归来》，就是以归人“你”，即华人移民子孙的视角，为早年的马华移民招魂。黄锦树的叙事出虚入实，他极简而克制，犀利而残忍，执着而真诚，抽丝剥笋般地写活了老灵魂二舅，写活了一代“回不了家”的漂泊华人的流荡生存和恓惶魂灵，以及时代的更替。

父亲般的二舅，爱“车大炮”、会讲故事的二舅，其早已超越年龄的经验、智慧与练达——要经历多少人生才达到如此这般理解人世与造物主的悲悯仁慈和造化弄人——那是生存意识的决绝所赐。于是，二舅嘴里绘声绘色的一个个故事犹如老灵魂深处传来的变奏曲，一个个变形的不同的人生，充满生趣与悲凉，也充满人性与情义。

割胶青年阿狗原本是躲避女友的，“他说他才不想那么早当爸爸，养家多辛苦啊，钱不够用。当了妈的女人又很烦的”。但一个深夜，阿狗历经汽车抛锚，被鬼火老虎围困脱险后，当即返乡与已生子五年的女友完婚，承担为夫为父的责任，因为外表嬉皮心底慈悲的他“对佛祖和观音许了愿，如果他逃过这一劫，他将返乡承担该承担的一切”。

还有外公及其友人对失踪朋友家园的守护，年复一年；还有现世婚姻与冥婚的相生相应，等等，扑朔迷离，幻魅诱人。正如朱天文点评：“一切的变形，都是上一回灵魂的归来。”这是玄奇表象与历史人物相应，幻魅叙述与时代镜像共生，颇具文化异质、灵魂穿透力与艺术张力。

这种穿透力与张力，还来自黄锦树语言文字的天赋和用心经营。简洁的句子，没有过多的动词和形容词；文眼死死盯在人与物的性灵上，而人的性灵又是无所禁忌自由自在的。于是便有他野性灵动、魔幻悲情的笔调，以及各色人物游戏般的穿越，他们在不同故事里因不同的个性，上天入地，来来去去，生出不同的命运、不同的未来，颇领卡夫卡现代小说的神韵。《雨》系列作品里，他借用绘画的做法以雨为意象，创造了作品一号、作品二号……至作品八号，他说："设想一家四口，如果其中一个成员死去，剩下来的人会怎样继续活下去？如果每个成员都死一次，也即是每回只少一人，得四篇。如果每次少两人……"于是，由着心性，刻画一个个生动精细的人物。他们在一个故事里逝去（如少年辛，连小坟墓都不翼而飞），却在另一个故事中复活；有时是辛溺水而亡，有时轮到父亲阿土被自己砍倒的大树压死；似乎同一个角色，却有着不同的性格，当然有着不同的人生（如阿土）。黄锦树不仅引人深入南洋雨林深处，并与笔下人物一起畏怖惊惧，一起轮回转生。似乎神秘虚幻，却真切动人，直逼现实，直抵人心。

书卷令人爱不释手，这还源自黄锦树的文学天性，源自他叙述声音之美，他赋予我们对汉语言以审美的享受。这种在语言文字经营的格外用心，超越大部分大陆作家，几达精准精美。

比如写雨林的《雨天》："就像那年，父亲常用的梯子/歪斜崩塌地倚着树/长出许多木耳/大大小小，里里外外/倾听雨声/风声"，以至"湿衣挂满了后院，沉坠着。母蛙在裤角产卵，墙面惊吓出水珠"。比如美的意象，连着积水河水雨水的比比皆是鱼，估计作者心里游动着无数美人鱼，"辛"心爱的小船是鱼形独木舟，形容女性的美态"有鱼的姿态"，而长得美就是"不属于那世界的女人"（即不属于凡间）。

我少时曾多次到过父亲下乡的林场，读着黄锦树笔下的细节，感受到他虚构的真实，足够细腻质朴，足够幻魅瑰丽，也足够感动我：

> 树的高处闪过一团黑色事物，轻捷如豹，叶隙间，一条黑色尾巴上下摆动……涛声隐隐，那时，穿过林子应该便是海了。但小径沿着那一摊隔夜茶般的积水，里头有倒树枯木，有大群鱼快速游动。你们仔细看，那是古老的鱼种，会含一口水，准确地喷落水面上方枝叶上的昆虫，再纵身一口吞下。（《仿佛穿过林子便是海》）

又如二舅会“车大炮”：“一片叶子他就可以讲成树林，一根羽毛讲成一只鸡。”而二舅舅妈的青梅竹马、厮守一生的爱情，就写他俩的小学时代，坐在后座的二舅“把黏人草的种子偷偷埋入她的辫子里，看看会不会发芽”，舅妈“妩媚地回眸，年轻时必伴以辫发轻扬。而那笑容，一直保留到风烛残年，脸皮皱了，目光依然明丽动人，好像是个什么信物似的”。“说不定小学时她就经常那样转过头，回应坐在后头痴望她的目光。那让他们早熟。”（《归来》）

又如行走雨林里：“小溪潺潺，深茶色的流水，溪畔有垂草，溪底有落叶。当树愈来愈高，林子里就忽然暗了下来。浓荫沉重。你双眼一疼，眼一眨，口中一咸，那是自己的汗水。上衣湿透。”

读黄锦树简洁的句子，既生动如画，又活泼入耳，如诉如戏，如诗如歌。汉学家罗鹏在他的《牛津中国现代文学手册》序言《“文”的界限》（《南方文坛》2017 年第 5 期）中就是以黄锦树发表于 2001 年的短篇小说《刻背》为例，指出可以使用这些几乎不可识别的纹身字符，重新检视现代华文文学这一概念。《刻背》以描述一位华人苦力背上所刺的一组神秘纹身字符开篇，这些纹身的来源与意义，谜团般地成为整个叙事的推动力。在某种意义上，这些纹身是现代的、华文的、文学的，但小说却暗示这种书写是从商代的甲骨文中获得灵感，甚至借人物之口，考证“文身”，说“纹”是个历史的错误。故事所蕴含的历史密码、心灵密码，在作者的深入开掘中，指向华族的命运与未来，叙述交响乐般辽阔浑厚，穿透灵魂，沟通世界。

谁说马华文学在华文文学里是“没有位置的位置”，有黄锦树呢。

《谁带回了杜伦迪娜》

哭丧妇把哀号切割成诗句。她们四个要么轮流，要么一起，重新提起这闻所未闻的可怕事件中的一些片段。

一个哭丧妇用颤抖的声音回忆杜伦迪娜的婚礼，回忆起她出发去远方。另一个用更加颤抖的声音，哀悼那九个青年婚礼过后不久在抵抗细菌部队的战争中倒下。第三个接下去高谈母亲孤独留在世上的哀伤。至于第四个，提到了母亲去公墓诅咒儿子违反了他的诺言，她的挽歌这么唱着：康斯坦丁啊，你该死啊/你还记得你的承诺吗/难道它和你一起埋到土里去了吗？

接着，第一个哭丧妇就唱起被诅咒的儿子复活了，夜里骑马到妹妹结婚的地方：如果你是因为欢快而来/那我要装扮成仙女/如果你是因为哀伤而来/那我穿上粗呢布衣。

于是，第三个就用亡灵的话回答她：来吧，我的妹妹，就这样来吧。

之后，第四个和第一个唱和，唱兄妹俩骑马前进，路上碰到的鸟儿都很惊讶：我们见过稀奇古怪的事/可是从来没见过死人和活人/这么骑马赶路……

这个巴尔干半岛的传奇故事，是阿尔巴尼亚作家伊斯梅尔·卡达莱的代表作《谁带回了杜伦迪娜》，花城出版社“蓝色东欧”系列里一曲关于爱与承诺大于生死的灵魂之歌。

故事充满了古老的魔怪气氛，美丽而迷人的杜伦迪娜进入了一桩遥远的跨国婚姻。在母亲无尽的思念中，在黑暗和虚无中，杜伦迪娜与充满尘土气息的暗夜骑士穿越欧洲平原，回到了故乡。她忘记了旅程的时间，只记得数不尽的星星成群飞过天空；她没有看清骑士的脸，只闻到潮湿土地的气味。当深夜她敲开家门告诉生病的母亲“哥哥康斯坦丁带我回来的”，母亲震惊：“你说什么？康斯坦丁和他哥哥们在土地躺了三年了。”母女俩又给彼此致命打击，双双病倒。各色人等登门询问，杜伦迪娜依然告诉大家，是信守承诺的兄长康斯坦丁将她带回，人们陷入怀疑、惊慌、恐惧之中……究竟是谁带回了杜伦迪娜，难道真的是幽灵出土导致活人的混乱？……

作者借助警察上尉斯特斯的眼睛去找寻真相，借助大主教、副手、妻子、哭丧妇等各色人物各色流言来阐述故事的可能性，而每个人都根据自己的心愿想象着这个“谁”。故事真的很魔幻，内核却令人遐想无限，而叙述视角尤为独特，特别是哭丧妇的哭悼词，犹如遍及中国各地民俗里的“挽歌”，每个哭丧妇的哭悼就是一首如哀如诉的叙事诗，一唱三叹，但都不约而同地歌吟康斯坦丁从坟墓出来信守诺言，赞颂他的骑士精神，呼唤欧洲的骑士传统。就连斯特斯也对这些哭丧妇“露出一丝谜一样的微笑”，他再“也不会把她们看成是长着分叉舌头的毒蛇”，要知道日常看到她们在村头镇尾叽叽喳喳，他会名曰毒舌妇而厌恶地走开。

骑士复活说激怒了大主教，大主教深恐亡灵复活的传言动摇了基督复活的核心教理。因为彼时阿尔巴尼亚的根本矛盾，正是宗教与信守承诺二者的冲突。而“承诺”是阿尔巴尼亚人行为处事准则的核心，是心灵的准则，承诺比金子还珍贵。

康斯坦丁对妹妹有一个承诺：那就是一旦母亲思念远方的女儿，无论他在什么状态他都会去把妹妹接到母亲的身边。康斯坦丁血液里流淌着对承诺的坚守，对民族的忧患，他希望阿尔巴尼亚民族的这个古老思想坚定强大。因为在阿尔巴尼亚人心中，在承诺和被承诺的人的心里，“承诺”近乎于“信仰”，坚如磐石。于是，这曲有情有义的心灵之歌，不仅仅关乎民族文脉的传承，更在于人间的情义，令人感动的骑士康斯坦丁为爱和承诺推开沉重的墓石，带着满身的泥土在黑暗里披星戴月，飞跃千山万水，一路向家园狂奔。

这种义薄云天不只是逝去的康斯坦丁，还包括故事的叙事者、敬业的上尉斯特斯，他对职守和人民的承诺同样高于一切，包括他对国土与乡民的深情，他每天清晨与夜晚一次次眺望他深爱的国土平原，作者每天变换他窗外的春夏秋冬——那在雨中和雪后深深吸引他的茫茫原野，他想象着康斯坦丁奔驰在星光灿烂的月夜与风雪交加的夜晚，为了爱与承诺出入于生和死，只为了爱与承诺，这曲灵魂之歌充满了人性与心灵的魅力。无论是远古的灵异传说，还是康斯坦丁因为一诺千金而获得了跨越阴阳隔界的力量，走出坟墓，踏上了非凡之旅，去把远方的无限思乡的妹妹带回家园。他们的家国情怀不是口号，而是入骨入心。这既是阿尔巴尼亚人的灵魂之歌，更是他们的人生哲学，当然，也属于人类。超越年龄，超越地域与民族，以其艺术个性沟通着世界，因为文学艺术通灵。

感受着《雨》《谁带回了杜伦迪娜》的奇幻神秘乃至疯狂，感受着黄锦树、卡达莱无穷大的热情与想象力，这该算得上他们的心愿之作吧。因为每个艺术家都有一部心愿之作，以此寄托自己的某种情感，这是情感的需要、心灵的需要。我想，卡达莱、黄锦树们的灵魂一定常有歌声响起。因为，我们知道，当人类灵魂响起歌声，大地便盛开花朵。

《美文》2019 年第 10 期

望尽天涯

蓝天、白云、芨芨草、野花，还有高岭、大河、谷峪、平川，还有壮阔的草原日出、神秘辽远的草原之夜，还有穿透这天涯的或激越或幽深的古歌情曲……曾经有很长一段时间，我在迷醉艾特玛托夫乃至玛拉沁夫、张承志的草原风情时，憧憬着这所有的一切。

可是，当有一天，我西走青海湖，置身花的草原时，望着天边湖水上飞翔的水鸟，心情竟没有随之远行，只以为那飞翔的精灵是三岁的女儿相宜。而后南来滇池，又会与飞来我掌上啄食的红嘴鸥们喃喃细语、欢快嬉戏，俨然平日与五岁女儿欢闹的疯样儿。如今，坐在东北云里的长白山顶，身边的喧闹早已远去，身下是处子般纯净、天堂似辽远的天池，神秘圣洁，纤尘不染。静静地、静静地坐着，以为自己可以独自享用。"张阿姨，山下没有人，我们去采花吧!"一个童声，轻轻呼我，仿佛天籁在耳畔私语，犹如平日所冥想不到的仙界的消息。回望身后，是友人那生气勃发的儿子——白衣男孩边跑边喊我下山，他要赶赴山下无边无际的花的草原。男孩伸展着双臂，在我眼里飞翔，飞翔，似是刚从天池升起的圣童，要引领我款款去参加山下花仙子们的盛筵。山下，人气渺渺，草精花仙遍野。这个叫蒂尼的十岁漂亮男孩喊着飞着，快乐得犹如米开朗琪罗众多小天使中的一个，要知道在游走欧洲时，面对那些神话雕塑，我曾上千遍地祈祷着他们的飞翔……我也随之飞翔了，呼应着男孩，我想告诉他真好，但我一开口却说，要是比他小一岁的相宜妹妹在这儿该多好。话一出口，我不禁刹住飞奔而下的脚步，天啊，我这是怎么了？我不是口口声声说享受生活吗？难道我只活在女儿的世界里？

只是瞬间，男孩顾自远去了。

我实在是一个没有根缘的人，不配享有这单纯圣洁的天地。充盈天地的，乃是万物啊。而我的天涯是我的女儿。

从天涯出发，还能回到起点吗？

是夜，仰一窗明月，三十六年的人生在沙漏里奔，过山，过水，过生，过死，尽头还是女儿。

忧伤不期而至。

一时，记起一个友人的批判，中国的女人有母性，无妻性。我无意也无力进入哲学，什么我与他者、主格或者宾格、社会关系的总和等，这些深奥的概念我实在不得要领。然而，我还是叩问自己：谁是我这些年睡前和醒来想到的第一个人？答案还是女儿相宜。

当然，这是近十年的人生。

女儿小时，自然是我日夜牵挂。上学了，费了很大的劲儿才让她独睡大床，我要夜读晚写，睡书房的小床。每天睡前，都得去看她一会儿，天亮，睁开眼叫的也是她的名字，要上学呢。尽管，隔着房间，丝毫也不影响我催叫她起床的呼唤，只是我叫得徐缓悠长，她睡意蒙眬中“哎——”的应答也透着和顺，而且我们常常五分钟就整理完毕并直奔学校。这个点评是妹妹及其女儿在我家小住时留下的，她说：“真羡慕你们母女，我们母女每天都会因为起床穿衣争吵，烦死了。”其实，这样的好习惯是我们经年养成的。

面对这个答案，我闪过了一种危险乃至衰老的念头——我少了自己。尽管爱是多层次多样化的，可是这十年，我的确视孩子高于一切。兴许，这是所有单身母亲共同的幸福或说病灶，孩子是她们的所有，没有孩子她们似乎一无所有。其实，孩子和自己是可以同时同在的，在她们流着沧桑的眼泪时，都明白自己又是多么需要关爱呵护呀！

我的周围就有不少以生活快乐为标的的单亲家庭，独自养育孩子并不能从根本上影响她们的生活质量，她们以一颗坚忍之心，宁可面对热情和中伤，面对镜中的泪水和岁月，面对满身的疮痍而沉静，而不再诉说；她们自由快乐、工作出色、教子有方、家事井然，既能创造又会消费，爱孩子胜于一切，却从不亏待自己，她们为自己营造了一个有缺陷却不失美丽的小世界，那里唯有精神永在。这的确是一种人生状态，更是一种人生健康，她们是诗意满面的现代女性。

这样的女性自觉，的确来自于对女性苦难的包容、铸造与超越。

时至今日，似乎有了回望来路的勇气，才真正意识到自己的女性自觉始于婚姻，自己真正意义上的人生奋斗就是从怀孕开始的。过去的努力工作和业余写作一半出于天性一半出于功名心。那时，失败的婚姻和孕育孩子的孤苦无助使我对人的仇恨到了空前绝后的地步，悲哀而绝望、自恋而无奈、艰辛而坚忍中，对腹中孩儿的感情却越亲越切。我日益明白，我要自己好好地活着并且抚养好我的女儿。我必须全靠自己。自己选择的生活，只有自己承担。

苦难的日子常常可以得到许多对生活真面目的认识。

十年前，我怀孕了，那是实在不该怀孕的时期，那是我意志最薄弱的一年，婚姻已经走到低谷，健康青春的身体已经被尖锐的婚姻击垮，在经受一次又一次几近崩溃的伤害时，我曾试图一了百了，然而，一次次轻柔的胎动牵扯着我的母性之根。于是，一任满脸的泪水横流，我决心不再相信无休止的痛悔和誓言，彷徨、软弱、无奈和仇恨摧毁了我所有的轻信和幻想。我在心里发誓，为了腹中的孩子，为了拯救自己，我一定要活下去，而且要好好活下去。

女儿生下来了，尽管我曾千万次祈求上苍给我个儿子，我实在惧怕女性无常的命运和生之艰难，哪怕我更喜爱女孩一些。可是我唯有接受现实，唯有盼望她时时相宜、处处相宜、人人相宜了。

当然，开头很难，父母又远在五百多公里外的故乡，但是，在我最艰难的时候，还未退休的不知情的老人把女儿接去了一年。终于，挣扎着走过生走过死；终于，在我喝下那杯苦酒并活下来之后，女儿回到了身边。

那时，小相宜真的像个小精灵，可爱极了。刚会言语，重复最多的是儿歌般的话：妈妈抱抱。她随时都有可能扑过来，拉着你的腿，仰着充满向往的小脸蛋，嗲嗲地嚷嚷：妈妈抱抱，妈妈抱抱。有时忙得没法呼应她，她就急得不行：妈妈抱抱吧；娘，抱抱宝贝啊；张燕玲妈妈抱抱宝贝呀！慌得我赶紧净手抱起委屈万状的毛毛头。

那时每天的时间真是拧上发条般紧张，幸而，这还行，手脚本来就是做惯了的。只是遇到生病就费事些，就是最简单的感冒之类，也是不易的。因为这时的孩子不会自己吐痰，痰积多了或者咽喉发炎，常常是半夜吐它个满屋满床都是，臭气熏天。冬天又怕凉着女儿，就得先把女儿收拾干净，再收拾床上。到了五岁，便好多了，相宜可以全托了。起初小家伙不肯，老是央求：“妈妈，我不住幼儿园，我想东放西放，有的玉粒哥哥家，有的何充家，有的盈盈家。”

心酸之下，我只得哭笑不得：“好孩子，不是‘有的’，而应该说或者去玉粒哥哥家，或者去……毛毛妹，妈妈晚上要给大学生上课，老抱你放在小朋友家里，太麻烦别人了，那样不好，你帮帮妈妈，好吗？妈妈最多只让你一周住三个晚上。”

相宜嘟起小嘴，不吱声了，但第一晚，她还是哭了，老在央求老师打电话：“叫我妈妈来接我回家，好不好呀？老师！”

女儿真的长得很好，我从不向她提及大人的事，再说，血缘的力量是无穷的，我唯有教她爱所有的人。她已经受伤了，我只能尽一切心力使她健康快乐。为此，我愿意付出一切。

于是，我们总是尽可能快快乐乐过好每一天，极少想明天，遇到问题再解决，绝不设计明天或明天的明天。

人生可是漫漫天涯路。

女儿一天比一天快活，她一点也不知道母亲的心悬在天涯。

但是，女儿的世界里，总是有许多让我感动、忧伤却无能为力的东西，这无数的牵挂中，我记住了其中的一个梦。

那次我出差去桂林，虽然两天，可老是惦记着放在朋友家的女儿。当晚不知怎的，一着床，就觉得自己怎么就走回故乡小时候住过的泥砖房，六七十年代南方的县委宿舍大多是这种被称为冬暖夏凉的泥砖平房。我也不知道是从哪里回去。院子很静，是那种荒芜的寂静，没有人声，家门口盛水的木桶里发出一股刺鼻的霉臭。我放下行李，顺手涮了涮水桶，倒着那陈年臭水哗啦哗啦响得很远很远，仿佛全世界都在倒水似的，声音久久不愿离去。家门半开，是那种原来锁着刚被人打开的半开，却亮着灯。我喊着什么（好像是喊祖母什么的）推门进去，里面空无一人，对着窗的大床上一片狼藉（那是祖母的睡床），灯下的饭桌上有七八个碗摆着，里面都是些不知年月的汤菜之类。父母的屋间用锁头扣着，没有锁上，怎么啦？

我正张望着，却觉出小腿间钻进一个东西，吓得我跳了起来，低头一看是个陌生的小女孩。我嘿一声，她竟吓得跳出门去。忽然间又觉出她似曾相识，我追出去，她拼命往走廊尽头跑。

“哎，你站住。”

她惊恐地盯着我，天啊，那是一个怎样的女孩！她扎着相宜那样的小羊角辫，当然很蓬乱，上衣是件已看不出花色的罩衣，破了的长裤，经年赤足的脚乌黑。她实在太瘦、太青、太黄了，浑身没有一丝人气。

“孩子，你是谁?”

她动了动嘴唇，声音却十分清晰：“我叫相宜。”

我大骇。冲过去，抱她。很轻，像一片树叶。

我死死盯着她的小脸，大眼下全是菜色青青，皮包骨头。“你真是相宜，我的毛毛?”

“我是相宜，我是毛毛。”

“我是妈妈呀，毛毛!”

“妈妈?”她茫然而艰难地摇摇头。

“天啊，你怎么成了这样?!”

她还是那副面无表情的呆滞样儿。

我摸着她出奇突硬的圆肚子问：“你吃饭了吗?”

“饭？我吃这个。”她张开一直攥着的小手，里面全是泥巴、纸片、树叶之类。

我突然放声大哭起来，她却莫名其妙地看着我。我哭啊号啊直到喘不过气了，才猛然惊醒，发现自己竟然是躺在饭店的床上，满脸是泪。心很痛，是那种真能感觉出心一阵一阵抽搐着撕裂的痛。全身沉沉的，犹如大病了一场，可梦里的一切却真真切切（几年后的今天还一如昨日）。我一直睁眼到天亮，然后，向别人打了声招呼，就上了火车，回到南宁直奔女友家，接回相宜。

当晚，我久久凝视着女儿甜香的睡脸，看着她脸上平日看不清楚的汗毛，随着她轻轻的呼吸一颤一颤的，仿佛是人力不及的极微极微的小静电在哼着儿歌，我刚踏实的心又觉出前一天梦中那万般的情愫在牵肠挂肚。我不禁轻轻抚着相宜的黑发，颤颤地轻呼：“毛——毛——”

“哎——”沉睡中的相宜竟会润润地应了一声。我心一抖，泪又两行。我明白，对女儿的担忧和牵挂已经深刻到我的骨子里了。那是怎么也抹不去的，这将是我一生的牵挂，哪怕到天涯。

于是，走出过去，走向自然，走进充实，走到快乐，便成了必然。且不说孩子参加的各种兴趣班以及我们的远游，就是每周一课的逛公园都让我们开心无比。周日，我们喜欢早去，我怕人多，那时的空气极新，坐在桄榔树下蘑菇形的石凳上看书、画画、讲故事，或者钻城堡、滑滑梯、采“酸咪咪”、溜冰等等，不时还得假装被女儿乘兴用右手的拇指和食指做成的手枪击中而做英勇牺牲状，同时自己也如此甩手儿枪过去，女儿躲得认真极了。有时，她还会耍些小把戏。玩得正起劲，她突然高喊妈妈跑向我，跑着跑着竟摇摇晃晃起来，我连忙跨去扶她：“怎么了？”

女儿却一脸嘻嘻：“我——喝醉——啦！”

我一乐，忙压着嗓子低低问她：“你喝了什么酒？”

“可口可乐，还有雪碧……”

“哈哈哈……”哑然失笑中，我真的觉得世界上只有我是最幸福的了。这时的我平日要想的要恼的要做的，此时都可以不想不恼不做，我全身心投入女儿的生动之中，心灵一点一点宁静下去，宁静下去，直到身心融融。我日益惊讶和珍视自己孩子这线如天使般使人镇定和明亮的纯洁之光，这种像清新的风的感觉在那几年夏天，陪女儿游泳时，更为强烈。刚开始时，我沉醉得有些忘乎所以，以至三岁的女儿放手池边的栏杆，躺在游泳圈内就在我眼皮下向远处深水池漂去竟视而不见，旁人惊叫时，我被吓出一头冷汗，扑通一下便扑下水，全然顾不上儿童泳池严禁大人下水的禁令，待游过去一把抱过女儿，女儿竟浑然不觉嘻嘻笑着。这就是成人与儿童的不同世界，这就是现实与天堂的界限。这一刻，我知道女儿是我的生命，有了她，我还会孤单吗？

然而，点一盏心灯，伏案凝神，我还是很孤单，心没有伙伴。我知道，这与女儿无关，这绝非爱与情所能给予的，我的所有只属于我自己。于是，我常常逃遁，给自己营造一座远离生活的巢穴，把自己迁得远远的，可是我还是常常被忧郁抓住不放……但这时只要是相宜的小手无意间抚到我，哪怕是纠缠着要玩我的齐腰长发，我的安静宁和就会从脆弱中苏醒。便想，逃避并不是最好的归宿，其实世事无孔不入，空气里就是全世界，而我们又必须呼吸。因而，无论遭遇好坏，都有其必然和偶然性，既然是自己的选择，责任当然在于自己，于是苏格拉底的“认识你自己”的教训，便变得重要了。

今天，九岁半的女儿已经可以与我在家观看获戛纳电影节大奖的《美丽人生》了，我们一边体会一边流泪。她是为影片中她已知的那男孩未知的苦难，而我却是为这部影片展示的爱以及这爱所遭到疯狂的蹂躏而泪流满面，当然正如那位世界影星贝尼尼谈他主演此片所表示的：爱是可以令日月同悲，能让宇宙都为之动容的。

影碟放完了，家里突然寂静下来，女儿起身关机，然后，转身用她的小手轻轻抹去我脸上的泪痕。女儿的小手很柔很软。

我们会心一笑。

我知道，我有了走向自己的可能。

《大家》2000 年第 2 期

走进太阳里

那是一个纯美的画面。

镜头里的老戈尔巴乔夫坐在一片长着野花的草地上，身后是无边无际的高及人头的灿黄草原。他穿着咖啡色宽松的大毛衣、牛仔裤，水磨蓝棒球帽遮蔽着他额上那著名的胎记，使人们暂时忘却了他曾经的大国领袖的身份，忘却了他的一切荣辱功过。他就那样安坐在那里，犹如农人随意地坐在自家的庄稼前，安详、平和；他就那样坐在翠绿与灿黄之中，独自叙说着他对妻子赖莎的依恋，泪水如同身后波动的芨芨草一样，一阵一阵，无声地流动着。那是一个怎样的老人呀？脆弱、坚毅，博大、温情，和着头上的蓝天、身下的大地，和着他迂缓深沉的低音："在最后的日子里，我一直守护在她的病床，在她离去的那一段，说真的，我都不想活了……我们结婚四十六年，从未分离过。"

"那时我们正在自己建立的机构里，帮助那些失血的儿童。赖莎把她的稿酬纳税后，全用去买药品，钱不够，她对我说：'用上你那诺贝尔奖的奖金吧！'孩子们得救了，赖莎却死于白血病。"

这个哀痛的声音把我和先生定在了电视机前，看着两行泪水流在这个老人坚毅的脸庞上，我有些喜欢他了。此时此刻的他，如此真诚恻怛，如此朴实自然。他倾诉的是人类最本质的伤痛，他表现的是人性中最有力最丰富也最美好的情感，他也演绎着爱情中双向互动的真爱过程。我相信，今天的凤凰卫视一定吸引着许多人在聆听《红色帝国的遗恨——戈尔巴乔夫心灵独白》。明白真爱的人实在太少太少了，我在想，如今能够在夜半梦醒时分，情不自禁牵手的爱人，还有几个？

“我们一直相互支撑着。她生性敏感，容易受伤。我告诉她，她不能那样。”他让她去救助儿童，他让她写作，“她听从了我具体的建议……”他还那样坐着，眼睛凝视着很远很远的地方，他要告诉离他而去的赖莎，他是如何地欣赏敬慕她，犹如赖莎欣赏敬慕他自己一样。尽管四十六年里，已经说过无数遍了，他还要诉说，在他们都以为来日方长的时候对他充满挚爱的赖莎骤然离去之后，两年了，哀伤与创痛正浸透着他身后的千里草原。

戈尔巴乔夫走出皇宫后，在赖莎的医救机构里，他们常常一同工作到深夜，即使筋疲力尽，她让工作人员回家了，却请戈尔巴乔夫留下，陪她做完所有的清理工作。赖莎成为他生活的一个重要部分，他们互为存在互为尊重互为荣耀。他明白，真正的男人会像女人欣赏敬慕他一样去欣赏敬慕他的女人；她也明白，真正的女人会像男人呵护宽容她一样去呵护宽容她的男人。也许他们有过伤害，但他们用爱扫落叶般地扫走了。他们常常令彼此开心大笑，他们是平等的，他们是幸福的。是的，在这个平凡的世界里，即使再伟大的人物，只要他健康，他都会由着自己光明而快乐的心性，扑向凡人的爱情与欢乐。

于是，戈尔巴乔夫和赖莎被俄罗斯人誉为“20 世纪最后的一个爱情故事”。

“赖莎蔼然灵慧，赖莎感知丰富，她能感知万物，感知到宇宙的气息。在病床上，我不断地告诉她——我们一直向着阳光走去，一直走到太阳里。”芨芨草金黄金黄，戈尔巴乔夫此时一脸澄明。“我们一直向着阳光走去，一直走到太阳里。”这是从最广袤的原野和最幽深的心底同时升起来的声音。于是，爱的气息正融着阳光和野草的浓熏熏气味以及芬芳的花香，贯穿着千里草原。草原深处一定有浓郁的奶香吧，如果赖莎在，那一定是她在煮奶茶时飘散出来的。然而，赖莎在戈尔巴乔夫的阳光里，阳光正把一种博大的澄明映照在人类的失乐园里。

任人评说的千秋功过属于历史，此刻的戈尔巴乔夫只是一个丈夫，他还是一动不动地，安坐在翠绿与灿黄之中，叙说着悠悠远去的红色帝国，怀恋着他逝去两年的妻子赖莎。它们是他永生的记忆，它们丰富着他的想象力。太阳里面，赖莎在倾听吗？

《羊城晚报》2003 年 10 月 18 日

让家务进入孩子的日常生活

长夜难眠，当水墨父母得知自己孩子因拒绝做家务，被德国“租赁妈妈”告到法庭时，我猜想他们也许会辗转反侧，也许还会后悔没有从小教会孩子常常做些家务。

让孩子在做家务中生成一双勤劳的手，使其终身受益；让做家务进入日常生活，这便是生活的日常性，我一直这么认为。

做家务，它不只是一种日常生活的能力和责任，而是日子的一种过法，是对家人的爱心，是人类生活幸福之所在，而会做家务的孩子自然更幸福。因为要培养孩子对各种事物旺盛的好奇心和自觉性，必须让孩子从小学做家务，使之参与到真实的家庭生活中，学会与人相处，学会有计划性地做事，学会自己生活，学会分享、同情及承担义务，并在这点点滴滴的家务中获得快乐和幸福。而这种纯粹的幸福感，只有生他养他的父母才可能教给他。如果我们不教会孩子握住劳动幸福这只仁慈的手，生活那只无形的手，就会抛弃我们。

小时候，我及我的同龄人都是父母的好帮手，我们知道美味的食物怎么来，干净的衣服怎么来，整洁的环境怎么来，良好的家庭氛围怎么来，并从中感受生活的幸福。直至今天，我都还是与我丈夫争下厨房，常常下班到家，两人七手八脚的，十几分钟就可做好荤荤素素的一顿；

我的“90后”孩子，从小也与我一起做家务，洗洗刷刷，蒸蒸煮煮，嘻嘻哈哈的，至今孩子放假回家提及，一脸幸福；当然，放假回来也会为我们做点儿在外面学会的新奇美食。其实普通人日常就是这样生活的，而幸福就藏在日常生活中，这种幸福感，是孩子的，也是成人的。

当然这要从小培养，常常做，才可能养成好习惯，哪怕洗洗碗、拖拖地、浇浇花。久而久之，有助于孩子做事的计划性、责任心和意志力的形成。尽管今天已很难像古时“清晨即起，洒扫庭除”般勤劳了，但一个家庭，夫妻、孩子同做家务，都会是一幅其乐融融的幸福图，于夫妻、亲子关系百益无一害。

便想，如果是我孩子到的德国，她会不会也像水墨一样呢？会不会也因拒绝做家务被告上法庭？会不会“面临长达十页的指控时，吓得差点晕过去”？也许不会，尽管环境不同，尽管德国父母这些做法似乎“不近人情”，尽管他们的法律成本很低，任何行为不合皆可上法庭，但这却是德国法治社会的常态；而我们的社会，不做家务之类理所当然为小事，甚至小事都不算，便以说教为主，如告上法庭于情于理于物都难以理喻，所以成本很高。但当中国孩子身处德国，其中既有国情与背景不同的变数和异质，也必然有作为人共同素质的基数和常态，这个基数和常态便包含着从小就把做家务当成日常生活，所以我说一个会做、常做家务的孩子，是不会犯此错误的。

然而，水墨的遭遇，并非偶然。不会做家务，是中国千千万万的水墨，尤其中国男孩。

我们缺乏强有力的民间社会和包容性信仰体系，少儿道德教育自然会出现问题，而中国传统教育基石的家庭教育也因独生子女政策而被削弱。大家都把获得良好教育视为一场分数至上的残酷竞争，忽略孩子的情商和心理健康，忽略从小事做起，更忽略做家务的日常性，无论阶层，无论贫富。如今媒体只要宣传哪个孩子做家务，承担家庭义务多是非常态、悲情性的，或是家庭出了问题，或是草根的孩子，做家务是他们的疼痛，是不得已的，是永远也发不出的声音。基本听不到对擅长做家务孩子的赞扬，看不到对做家务孩子的珍重与微笑，也感受不到对劳动的尊重和彰显。受赞扬的多是各种竞赛夺冠者、考上名校的佼佼者。“书中自有黄金屋，书中自有颜如玉”的价值教育依然铺天盖地，如此“成功学”就这样潜移默化地荼毒我们孩子的心灵，扭曲他们的人格，进而去创造空洞的价值观。民间社会（包括家庭、学校和社会）对青少年的这一褒扬，便成了他们生活最常态的目标，也成了他们生活的日常性。

于是，他们学会分享、同情及承担义务的可能性变少了，与人同甘苦的纯粹幸福感也变小了。他们过着衣来伸手、饭来张口的宠物生活，不会劳动，也感受不到劳动的乐趣，更不会用自己的双手打点自己的生活，而一个不会生活的人，其一生自然也不会幸福。

关于中德孩子的这一日常性事件，也许会让中国更多的“水墨”知道：家务背后是爱心，做家务是生活的日常性，是人与人间有形与无形的契约关系，也是人类幸福源泉之一。而生活的意义与价值，便是日常的幸福感。

也许之后，水墨受挫的心灵，会在黎明前复活。

《光明日报》2013 年 5 月 10 日

背　景

1983 年 5 月 7 日上午，桂林七星公园春色流彩。一位身着红格子衬衫，脑后高高束着马尾辫的女生涨红着脸说："广西师范大学诗社成立了！"顿时，来自全校十余个系的青年准诗人们欢呼起来了，意气风发的学子们开始争先恐后地朗诵自己创作的新诗。骆驼峰下，欢声一片，书声一片，掌声一片。从此，广西师大的年轻"诗人"们开始以群体汇入当时全国高校生机勃勃的诗社浪潮。

那位红脸女生便是二十岁的我，中文系八〇级学生。

虽然不敢说从此与诗歌同行，但二十年里，却始终与文学相伴，兴许这是诗社首任社长的因果。今天，报社为纪念母校校庆催稿，翻出自己主编的诗社创刊号《芦笛》（也只有一期）。没料到，久违的心跳竟然一阵一阵"咚咚咚"地响，抚摸着伍纯道师题写刊名的手也微颤了起来。如今我主编着杂志，翻阅新刊已经像翻月份牌一样不经意了，然而，今天这本三十二开薄薄的《芦笛》却令我又涨红了脸，我无法回避：这是我的来路，这是我的起点，我是受惠于它而展开自己那份人生的。这是我的背景。

我深深地记得，为了印制这本《芦笛》，大家激动得不行，争先相告，跑经费，互改诗稿。具体编辑时，我与一位卢姓师弟真的是废寝忘食，那份要命的认真也留到今天成了我的缺点。那时，他们叫我“同学姐”。我还记得，学校诗社成立之前，我们已经在中文系成立系诗社半年了，并与全国不少高校诗社、桂林新诗社以及著名诗人有通联，我们还有不少像唐建国、罗贵昌、刘频那样不时在《诗刊》《星星》《青春》等发表诗歌的社员，引得别系的文学青年纷纷跑来找我们，尤其在独秀峰本部的。最疯狂的数历史系的龚永辉，常常下午自习课就跑到三里店找我们，读他新写的诗，侃他要踏遍广西考察少数民族的理想（后来他果然成为颇有建树的民族学学者），还神往着抗战时期桂林的文化时代。夜深了，他才依依不舍地回去。谁料到，半夜里他在理想国里又“沸腾了”（他的原话），“高烧”中又游荡过来，从床上拽起张谦、龙子仲等诗友，海吹一通后，才趁着晨雾翻墙七星公园抄近道冲回本部课堂。那份乐而忘倦的青春畅谈，也只有一个“狂”字形容了。一次，为了一位刚从海边回来的社员的新诗，大家又唇枪舌剑、碰撞摩擦起来，直至不欢而散，至今我还记得令我们争论不休的诗句：“大海的落日/像英雄的叹息一样悲壮。”那时真的是风华正茂。今天，再读那些令我们无法入睡的自己的诗句，这哪里是诗呀？那只是青春的灿烂罢了。至今，除了龙子仲、刘频、唐国馨（原来的唐建国）还时见诗文外，其他都化为一个个远去的梦。我还记得，我们曾经组织过一场全市诗社联欢，桂林高校文学社团都来了，在那座老气横秋的大红礼堂里，全是青春的呼喊，诗朗诵的声浪一阵拥挤一阵，热闹非常。而与我们一道狂欢的还有几位令人敬重的师长，他们是黄绍清、兰少成、樊平、曾有云、王建周等，他们不仅参加了我们的部分活动，并以父亲般的胸膛呵护着我们，提升着我们。

就是这些师长告诉我们：文学必须与精神与思想相伴，文化必须与创造与活跃相行，犹如我们这些活动，犹如这座文化城最辉煌的一页。

于是，我明白我们那时呼吸的满城幽香，不仅仅源于满城的桂花，更源于抗战时期那蓬蓬勃勃的民族解放的先锋精神，源于那道始终矗立我们身后充满生机的文化背景。这道背景犹如当时的西南联大，这道背景其实是座人墙：郭沫若、茅盾、巴金、艾青、胡风、欧阳予倩、田汉、夏衍、洪深、柳亚子……他们背后还有挺立在王城发表北伐演讲的孙中山，还有王城的主人“画圣”石涛，有他那师法自然、气度非凡的“搜尽奇峰打草稿”的画理和创造。这真的是一座令中国人景仰的伟大人墙，这也是王城里广西师大的人文背景。神往着这份灿烂，年轻的我们渴望着与之同生共长。

背景是一个量大无穷的变数。

六十多年前由于文人荟萃，群彦毕集，成就了桂林文化史上最灿烂的一页；二十年前，如此背景下的一群莘莘学子自以为承传着前人的文化薪火，那份浪漫、那份理想给我设下了一个高度，使得我二十年来不敢松懈，那道背景在我心目很大很大；据说今日的学子学风渐弱，社团活动早已锋芒不再，功利之下，那道背景是否依然被人提起？我不得而知。进化至今，我已经带着某种不自信和愧然的心态回望这一切的发生、完成和延续。尽管知道，无论人们怎样，那道人墙依然有如日月经天、江河行地般地矗立在那里。于是，在母校校庆之日，呼唤那道背景的先锋精神和人文理想，便富有意义了。兴许这不入商业时代，但这是为人的道义，必须流动在人的血液里，尤其年轻的学子。

《广西日报》2002 年 11 月 3 日

家在贺州

离开贺州已二十年，每每忆起，总会有从来没想过这么多的温柔陪伴着自己，一齐踏上漫漫的路途。拂去其中家人的祝福和盼望，不知何故，家乡的形象总在分裂、在形成，一山一水一木一叶，都是些非常个体的意象，犹如碎片，一直难有一个整体。于是每个碎片形成的画面便延伸着永世空旷。便想，不这么忙乱时，真该用笔将这些远年回忆的碎片一一补充和拼凑起来，否则愧为贺州人了。

近日，有关部门要编一本自治区四十年大庆的文集，电话打到我办公室："你家在贺州，你该补一篇关于贺州的文章！"心一惊，蓦然记起自己对故乡的荒疏，便应允了。放下电话，闭上眼睛，乡心涌出的首先是贺州的灵峰广场，以及那里留下的历史足音，心气立即浮动，便想动笔，既交差又"寄得相思一点"。

灵峰广场位于贺州市中心。从我记事起，它一直就在县委（那时贺州市还叫贺县，县城八步）门前的公园边上，十岁的我天天穿过公园到广场，参加县体校的少年田径训练。那时广场远没有今天壮阔，但它却是贺州人群最密集的聚散地。我总以为它成于一个无法敲实的年代，这大约得益于它的天时地利。它东边拔地而起的灵峰岩是这个小城的"中流砥柱"；西南侧有名的留趣山上，亭台玉立；北向五年前还是公园，树木森森，公园四周围着一大轮的冬青，幽幽地长着，蓬蓬的头上孕着米粒大的籽儿，现在已变成三座现代化的喷泉、大会堂、图书馆；园外贺江潺潺流过，玉带绕城。依山傍水的，确实是贺州最吸引人的去处。

然而，谁料到商埠八步还曾有过一个辉煌的有极高文化浓度的时期。1937 年，李济深先生除了为灵峰山题写“灵峰岩”三个斗字外，还为灵峰广场题定为“嘉礼合会”之地。也许真是李老先生先觉，自题字留刻灵峰之后，抗日烽火四起，一时曾在上海、广州、桂林避难的文化名人和社会贤达二百多人流汇于此，其中有何香凝、柳亚子、梁漱溟、陈劲先、薛觉先、马师曾、红线女等。

动乱年代，文人都好找个山水胜地隐居起来，这是自古以来的传统。然而，文化的本性是沟通与交流，因此，聚会便成了漂流至此的名人们出思想、出文采、出艺术的重要方式。于是，这个原来繁荣的商埠便领了忧国之思与文化风气，顿时热血沸腾、生动活泼起来了。

老人们说那些文人喜欢登灵峰山。便想，漫步山道，清风徐来，心底里暂时除却忧国忧民忧家之思，只留下纯净的对自然之美的欣喜。远眺山下，西北是安居的城镇，东西是郊区的乡野景色——菜地、稻田、草垛、池塘和池塘里农民放养的鸭群。再看四周，一草一木、一山一石都各适其时地点缀于大自然之中，阳光雨露使之欣欣向荣，狂风暴雨也足以增强其生命力。人呢？作为自然界中的生物之一，一样在大自然中生生不息，并且各有各的安身立命之处，就如此时此地……文人终究是文人，到底还是感时溅泪了，他们最终还是为如此大好河山沦陷战争铁蹄而忧愤。

下得山来，坐在留趣山的六角亭里，望着广场茵茵青草，我想，彼时的他们心中一定不仅仅沉浸于八步胜景，更在于他们心中的毕生描绘。于是，柳亚子他们成立了文苑草地会，以茶会友，纵横时事，吟哦诗文，泼墨忧思，指点江山，挥斥方遒。一时留趣山生趣盎然。

留趣山原名老鼠山，大约取其山体形似团着的老鼠。老鼠山面对灵峰岩，山体也只有灵峰岩的六分之一。拾级而上，平缓的山顶上有一别致的六角亭，石凳围成大小两圈。相传古代有位僧人，见人们喜欢聚会于此，便在半山腰的岩洞壁上欣然题“留趣山”后，飘然而去。中国的僧人素来重视人类的精神栖息地，既然老鼠山颇有庙宇之功用，那么便使趣留于山，山于趣而兴吧。无意中，这位高僧提炼了贺州的精神，使贺州多了一处可以传承的人文山水。

更富有文化意味的是，由于薛觉先、马师曾、红线女、梅绮等粤剧大腕的到来，一时唱大戏之风吹遍了八步大街小巷，几乎家家户户都在半生半熟地哼哼唧唧着。留趣山更是趣兴勃发，一会儿是马师曾的乞儿喉，半唱半白，顿挫分明，邈远悠扬，唱着唱着兴起时就糅入几句方言俗语，自然活泼，机趣滑稽，令人开怀；一会儿是“万能老倌”薛觉先为改革剧场陋习在激昂陈词；更多时，则是红线女分别与马师曾、薛觉先合演，当时十七岁的红线女风华正当年。

然而，最令我着迷的是，中国粤剧最主要的两大剧团马师曾的太平剧团与薛觉先领导的觉先剧团怎么会同时都在八步？要知道，这是始终进行艺术之争的两大流派，人皆以薛马并称，而且二位先生皆以与红线女搭戏为好。共处八步，艺术上又颇多抵牾，这戏剧般的场面在后人嘴里一切都浑然一体了。至今八步的老人还津津乐道，外婆则是边唱边说：“三日都讲不完啊……啊……”事实上，八步因为他们的竞演万人空巷，老剧院里，留趣山、灵峰台上，薛觉先刚演罢进步戏剧《胡不归》，马师曾、红线女又登台同样义演《佳偶兵戎》，薛觉先又为抗日募捐再演《报同仇》……那是何等激动人心的戏剧场面，一时八步火啦。艺术与抗日激情的相互融会和较量，既为民族解放做出贡献，又成就了粤剧艺术与艺术家本身，更丰富了八步的文化声望与人文血脉。

我甚至不止一次想象两大剧团的海报，那是写意的还是求奇的？一边贴一份？两份并列一边？或者同登一份？都有可能。这其中包容的精神一定很大很大，这时的海报不再是一份招贴、一份布告。

今天的灵峰广场每天都有许多唱歌的老人，或客家山歌或粤剧，悠长而独特的乡俚音乐节奏的吆喝调子，居然也感染了许多人。这大约是薛马及红线女他们余下的尾音。

循着那样的年代，贺州的确可以探寻到中国文人艰辛跋涉的脚印，何香凝老人在苦难中就显示了她从来独立自主、刚正不阿的秉性。老人拒收了蒋介石给她的一百万安家费时，在邀请她去重庆避难的信封背面写下“宁甘卖画营生活，不用人间造孽钱”后，携着两个孙子（廖承志的一子一女）辗转到了八步。在生活的重压下，老人真的卖画为生了，她不收钱，友人便代拟订画润格如下：“作画一幅，致送鸡二只，生油二斤，猪肉二斤，白糖二斤，作为润笔。如要画大幅的，请酌予增送。”老人这份风骨本源自她内心的良善和高贵。在八步的其他文化名人何尝不是这样？哪怕他们外部身份和遭遇一变再变，仍然宠辱不惊，内心的高贵未曾全然销蚀。这正像有的人无论如何追赶风潮和权位，仍然遮掩不住内心卑贱一样，最令人景仰的是苦难中的高贵和良善。

我为我的家乡曾经拥有过他们而骄傲！

也许，他们在遭遇生活艰辛，暂时乐在留趣山时，也会“平添两行泪，寄向故园流”，但我想更多时会是忧国忧民的“心事浩茫连广宇”，直至抗战胜利，一一离去。

就这样，一个又一个，一代又一代，激昂而来，溘然而逝。终于留下那些题字，留下这亭台，留下灵峰岩、留趣山。对于贺州，则是留下一个特定时代的声音、一串仁人志士跋涉的脚印、一种不息的艺术精神、一处可以传承的山水古迹。我想，这大约便是那个时代赋予我家乡的人文意义吧。

可是，文化的传承也是需要条件的。在批判文化的时代，灵峰广场是批斗“黑五类”“走资派”的场所，当时我只是小学生，只会跟着呼口号。而“备战备荒”时，灵峰岩洞自然是防空洞——当年红线女他们躲日本轰炸时曾经栖息过。学习变得不重要了，被选入县体校少年田径队的我，每天天不亮便提心吊胆从县委家中穿过黑魆魆的灵峰公园到灵峰广场训练，好在那段历史很快就结束了。素来严格要求子女的父母中断了我没有天分的体育训练，我终于回到课堂认认真真了。然而，批“封资修”的观念流毒仍然很深，一直没有人告诉过我——贺州曾堂而皇之是桂东的文化重镇。

因此，任何地方要使人们有文化联想，的确需要文化氛围。今年，贺州出版了一本《贺州传奇》，是爱动笔头的父母牵头编的。前两天我打电话向母亲问及灵峰广场，她说去年底她曾请市消防队的同志用红漆把“灵峰岩”“留趣山”的留刻刷新过，为什么是请消防队而不是其他相关的文化人，我忘了问母亲，母亲退休了，正远在北京的哥哥家中。

选自《世纪遥望》，广西人民出版社 1998 年版

流过潇贺古道的记忆

是我们自己忽略了潇贺古道。

忽略得太久太久了，在只争朝夕的经济时代里。

从即刻往回走，走过昨天，走过前天，走过一万多天，我们便会激动起来，激动于那具曾经轰动世界裹着金缕玉衣的木乃伊——长沙马王堆古墓的奇迹。出土的奇迹之一，就有关于潇贺古道最早的记载和地形图，那是汉代的记载。

然而，很少人关注这则记载。近年，我们才怀着热望溯流而上，翻阅学者陈乃良、张修桂的发现，以寻找它的遗迹，期待复原湘桂走廊那份古老的文明。

于是，我们终于知道沟通广西与中原、与世界的经济文化的古道，主要是水路。除了海上丝绸之路外，湘桂走廊不仅有灵渠古道，还有潇贺古道（潇水—贺水）。

曾记否，毛泽东那首让当时几亿中国人倒背如流的《长征》，其中那句“五岭逶迤腾细浪”的五岭即南岭，潇贺古道便是沟通中原与南岭南北的五大古道中最重要的一条。秦始皇南下五路大军之一走潇贺古道，汉武帝平南越五国大军中路走的也是潇贺古道。只是唐宰相张九龄开通江西梅关新道后，潇贺水路才逐渐衰落。想当年，镇守潇贺古道的中原移民，在秦始皇一声“谪徙民五十万人戍五岭”令下，沿着古道，和着潇水与贺江的涛声，曲曲弯弯，前进、后退、迂回，一一抵达他们要达到的地方，包括贺州。于是，新的秩序诞生了，贺州盛极一时，移民文化给贺江流域带来了令人瞩目的富庶与文明。这是中国岭南文化的第一乐章。

“其实，潇贺古道一直就在那里，只是时兴时落，只是我们一直不知道它叫潇贺古道罢了。”父亲这么说。

贺江是我的母亲河，对她的怀恋却是因为父亲。

父亲还告诉说，他小时候贺江水路就相当发达，上通中原，下达广东、港澳以及东南亚。那时五百余条木帆船两头尖尖的，犹如几百条大鱼在河里穿梭戏游，生意兴隆得很，水路上什么都运，盐、布匹和矿石最多。是的，只要交通便利，只要敞开门户，进来，出去，如同呼吸，自然能茁壮成长。开放，让古城后来者居上，贺州不仅成为了桂东南的商埠（县城八步即是因八个埠头——码头而得名），而且成为了桂东南的文化重镇，喧腾光耀。尤其抗战时期，一群沿着潇贺古道来此避难的中国文化大家成就了贺州文化的空前辉煌，拙文《家在贺州》中，我曾抒写过他们留给清澈的贺江那一个个人文背影。

是的，贺水清澈碧于玉，两岸翠竹绿如海，更不用说浮山胜景，点灯寨仙境了。随着外婆到码头洗衣，幼年的我总会迷恋那清凉的河水，悠闲的鱼在浅处，透明可见，伸手却无法捉到。待外婆一桶清水提上手中，水纹就会漾漾地在她身后荡开，真的是一江好水。

那时的八步，没有桥。要穿越贺江两岸只能过浮桥。

直到我四岁那年，八步修大桥了。“文革”的喧嚣已冲击贺江两岸，而埋头建桥的几千号人马在父亲的指挥下，真的是废寝忘食，夜以继日。母亲带着我和哥哥在指挥部的广播室里，不断给大会战鼓劲。我们的家也从县委家中临时搬来了，可父亲常常是几天几夜都不能回来。一年的苦战，“八步大桥生蛋（诞生）了”，父亲又受命去黄洞林场边建临江水电站，县里要引贺江丰富的水源为二十一公里外的贺街人民灌溉和发电。这次贺江险些要了父亲的命。我才体会到指挥长的责任有多么大。父亲一去又是三年半，电站建成了，父亲却被抬进医院，他左腿已萎缩成干柴一般了。半年前，在工地上干了三天三夜的父亲因疲劳过度从工地滚下贺江，两棵树拦住了这个拼命三郎，第四第五椎骨摔裂了，可他只让“草头医生”敷上药，不听所有人的劝告，拄着拐杖又上了工地；那时，年仅八岁的我曾肩负全家的嘱托，坐上前来搬兵的王叔叔的车去接父亲。王叔叔说：“指挥长再不离开工地去住医院，就没命了。”上午就到了，上万人苦战的工地上，我们无法找到父亲。直到夜深了，才见着又瘦又黑佝偻着的父亲，他是一手拄拐一手搀扶着工人回到指挥部的。他狼吞虎咽着妈妈用腊肉、豌豆做成的糯米饭——指挥部的叔叔们早等不及吃了大半而留下的，那是当时稀罕的美味呀。我未能接回父亲，没有人能说服他，他这样又干了大半年，直到大功告成，直到被抬回八步。那时，看着他身靠着工地（他已经不能坐了）仍在忙碌，我哭了。

在最混乱的年代里，我的父亲与数不清的建设者们，以生命以忠诚以两袖清风为贺江做着实实在在的事情。父辈们的奉献精神，属于他们一代人。三十几年过去了，贺州市人民天天走过八步大桥，贺街人民也天天享用着临江水电站。

我们为故乡又留下什么？

今天，我们在拾捡潇贺古道的文明碎片，以修正过去的忽略。然而，我们是否注意到郁郁青青、岸芷汀兰的贺江在日益瘦小，浑浊锈色的洗矿水正从平桂矿流进贺江，母亲河裂开了伤口。我听到了贺江的哭泣，我听到全世界的母亲河都在疼痛地呻吟。

贺江留刻在我的人生还有很多印痕：浓烈又清凉，辽远又亲近，散发着水意和亲人的深刻气息。于是，我常常不由然望着桂东南，想家。

《广西日报》2004 年 3 月 17 日

水萝卜

水萝卜很平常。

在南方，当第一场春雨落下，几乎所有的树木都在瞬间换上了新绿，土地里的水萝卜也被催肥了。它非常好长，只要有一星半点的泥土，都极有可能看见它，细细的一柄独秆，嫩生生的，却撑起梅花形的绿叶，一簇一簇，在春风细雨中摇呀摇，绿的中间还零星地点缀着同样呈五瓣的小红花儿，它有个极能诱发人联想的动人俗名：酸咪咪。水萝卜便是它藏于泥土下的茎块，它形色酷似萝卜，只是要精巧玲珑得多，大约为孩童的小手指，通体透亮，它们是孩子们口中的佳肴，尤其在南方的乡下。只是不经雨的水萝卜不宜掘，即使勉强把它掘出来了，也是须根涩渣；而一旦经雨，且不说软地里一拔就出，洗净送入口，立即甜脆爽口如鸭梨。莫非，是叶儿茎秆有什么秘密物质被春雨逼入土了吗？天候地气在植物果实上的催化交递真是神奇迷人得很。

水萝卜就是这样极普遍极可爱地成为孩子们的美食，而我真正认识水萝卜却有些不平常。

那年，我四岁。

那年，我跟随父母搬出县委去建县城第一座大桥。不知何时起，街上老是不断传来口号声，一群群手持红宝书臂缠红袖章的人们涨红着脸，老在眼前穿梭。我常常站在指挥部门口，拍着小手看他们敲锣摇旗跳忠字舞。可是，有一天，他们推来几个人，一个个五花大绑，背上还捆着一块大石头，一声声枪响，这些人一个接一个掉到河里。从此，我不再嬉笑，老是大哭。父母赶紧把我送回乡下祖母家。于是，我的祖母还有水萝卜便填满了我整个童年的记忆。

祖母，那是一份非常厚重而又乐观的生命。

祖母是大户人家的闺女，嫁给同是富家子的祖父，却在大家庭的落道和祖辈的挥霍破败下，毅然领着五个子女，搬出宽大的祖屋，独撑门户。她一手扯大成排的子子孙孙，教他们怎样做人，怎样帮人；一手拉起成队的叔侄乡邻，帮他们消灾灭难，给他们带来和气、幸福。很长一段时间，方圆几十里都在传颂着这位贫协主席、妇女大队长是“女人当男人做”的“活菩萨”。

在当地这么一位赫赫有名的祖母手下，我的骄娇二气被扫得七零八落。她先要我到乡里的小学听书，四岁的我贪玩极了，祖母便用棍子追赶着我直到看见我在教室里坐下。至于我的衣物食物她也分一些给亲戚及乡邻的小伙伴。一次父母让人捎来当时稀罕的糖果饼干，我高兴极了，紧紧抱住，全然不顾一旁大眼瞪小眼的小伙伴。祖母一把夺过食物，命令我一一分给大家。我哇哇大哭，祖母叹了口气便拉我去菜园的墙脚，哗，偌大的园子，满墙根全是圆的绿叶、红的小花儿。一下我就被迷住了。祖母笑着说：“还有好吃的呢。”她一边唠叨着要我如何与乡下小伙伴友爱同乐，一边用小棍子掘出许多许多白色甜脆的小精灵——水萝卜。以后便多了许多关于我和小伙伴们与水萝卜的故事了。那时真馋！尽管张家有一大片果园，可那是农家的命根呀，因而水萝卜成了我们这群孩子口中的尤物了，再说自己挖水萝卜自己吃也来得快乐。渐渐地，我也忘了县城的口号声和枪声了。只是有一点很特别，祖母从此不再亲手给我掘过一个水萝卜，即使有时我挖不动了，也绝不准我放手，一定要我想法耐心地挖。遇到久不经雨时，她就说：“水萝卜容易断，那是心是根呢，别去挖它了。”那时，我似懂非懂的，反正祖母说让人伤心不是好事，也就依了祖母，再说不经雨，水萝卜也不甜。

就这样伴着水萝卜，吸纳着祖母的秉性和心血，我一天天长大了。待回到父母身边读书时，人们都夸我懂事和努力，直至从红领巾大队长走到外面的大世界。其实，我明白，是故乡那块土地肥硕洁净的水萝卜，那块土地上劳作的祖母，那无所不在的情感浸润，都化成了水分和养料，充溢了我生命的叶脉；我知道，我的根，是深深扎在桂东南那片黝黑土地上，扎在祖母手中那柄方锄下了。

我十岁那年，父母把已被生活累成周身病的祖母接到家中，可她总住不久，每到农忙总往几十里外的老家跑。有一次，病得刚能起床，就找不到她了。几个小时后，我是在老家的田里找到她的。我哭了，哭着求她跟我回县城。我知道，孙辈中她跟我最亲，孙辈中她也只坐我的自行车，尽管我有哥哥和几个堂兄。然而骑到半路，祖母就病倒了。我在路边的草地上，哭着依照祖母的指点，用路边荆棘一个穴位一个穴位地给她刺，就像她曾经用此法救过许多乡邻一样；没有水，我又挖掘了田边一大把水萝卜——哦，我的水萝卜，一个个洗净让祖母嚼，总算使她缓过气来了。那年，我十三岁。那时，我一直呜咽不已，为祖母，还有水萝卜……

而让我真正意识到我的血肉之躯、秉性和灵魂与祖母紧紧相连的，是我大学毕业工作后又从北京学习回家探亲时，祖母在与我独处时，细细询问我的一切，尽管我说得很轻松很快乐，祖母却摇摇头说：“我知道你好难。你像我。”就这么一句，洞穿我心腑的一句，透着那么深的理解，透着那么重的爱、惜、忧、叹……我真想抱着她哭诉一场，倒出那许多年的风尘酸楚，倘若她再问我一句。然而，七十八岁的祖母不再问下去了，我突然醒悟，祖母的心一直在随我远行。这绝不仅仅因为我俩同天生日（农历四月初三）。

就这样，我一直享有这份人生中唯一的深深的心灵默契和可贵的信任，努力耕耘着自己那份精神家园，在外边无奈的世界里不再形只影单地四处飘零。

直至四年前的四月，水萝卜花开了，而顽强的祖母却再也张不开口了。她昏了三天，但总有一丝气吊在口里落不下去，悠悠地喘在她枯瘦的嘴角上，直到我和哥哥从异地赶到她床前，一声哭叫，她落下两行浊泪。满屋的她的血脉无不为之动容。

祖母，你是在等我们兄妹呀，满堂子孙，再远的也都回来了，就您最疼爱的我们兄妹才迟迟归来。

那是几十年来方圆几十里罕见的葬礼，密如蚂蚁的村人跪满了晒坪、稻田。哭声一片，哀歌不绝，唢呐呜咽，鞭炮撼天。大家都在感叹祖母在那方乡土上无量的功德，都在感叹她养育的一大路子子孙孙……

新坟在凄清的四月中隆起，所幸的是，她的身旁，开放着无数的小红花，那绿的叶、红的花蓬蓬勃勃连成一片，那是水萝卜的献礼。这平凡的无处不在的小生命，永远以自己的普通向自然、向人类奉献自己，只要你需要，它就以自己整个生命——从叶到花到根！祖母的一生不也同样如此普通而澄明吗？是的，“水萝卜是有心的”，祖母说过。也许祖母早已感知到这小生命在默然中的这种生命意蕴了。

四月，祖母的生死场。四月，水萝卜的花季。

这些年，无论我飘零到哪里，在怀想祖母时总会不时回味起水萝卜的情谊。最近一个雨后的周日，带着刚满两岁的女儿，很意外地走到了一个长满水萝卜花的田园里，自然，我们很快挖起这充盈着我儿时记忆的水萝卜。

“妈妈，断了！”女儿大叫。恍惚中，我居然把水萝卜掘断了，黄土地中剩下一个透亮润泽的圆点，原来四月的土地据守着的是这么一个透明的核心！祖母，我一定把土中的那一半挖出来，还水萝卜一个完整的心；祖母，我也将告诉女儿，水萝卜有一颗怎样透亮、水灵而又顽强的心，它以怎样的平凡展示自己的蓬勃、自己水灵灵的爱，就如祖母您……

渐渐地，水萝卜一样润泽的情绪，水萝卜一样温馨的记忆和生命尽得了这四月的风光人情，这温暖的快乐涤过我的心，徐徐漫上来，悄然地没过了我的每一根长长的发丝，女儿喷红的小脸愈发生动了，我的身心融尽……我知道，水萝卜的根须很短很短，然而，土地——无所不在的情感，一定会把我们快乐的笑声浸润到九泉下祖母的心房……

这天恰好是祖母的祭日。

《三月三》1993 年第 1 期

春天的日子里

我向来没有注意过春天竟是这样灵光洋溢的。过去我老觉得春天是个发疯的季节，万物疯长，疾病丛生，莫名小虫乱飞，时令乍寒乍暖的，连绵雨也发疯似的难断根。每年的春游也旨在外出润润被生活烘干了的灵体。

近日有机会住到乡下，方知昨日的我实在太累于生活而少了份浪漫的梦想、丰盈的情思，早衰了才忽略春天的可爱。

是的，春天是个发疯得可爱的季节。不阴不晴的天气时哭时笑的，那是她在撒娇！这不，才一夜的工夫，昨天门前屋后还是黄一块黑一块又浅浅地绿一块的空地，就笑成了一片清清爽爽的绿毡了；昨晚走过田埂时，也只是一片蓊蓊绿叶的野草莓，今晚散步便能捧回红莹莹甜滋滋的果实；就连路边几棵老树的心也温柔了，这时的她童心发作，常常笑嘻嘻地将春风揽到密叶里，整天缥缥缈缈地奏出仙乐般的声音，尤其静夜，和着蛙声，把月也迷醉得跟人心一样荡漾。万物都在疯长新意呀。春是年轻的！

更妙的是雨后，且不说远处被洗过的青山苍翠欲滴，就是门前那一大片车前草就够清爽迷人的了。清爽中盈盈走来一个提篮大姐。“张老师，到你家园子摘菜来了！”“我哪儿来的菜园？”正愕然，只见衣着白底红点的她和浅黄菜篮一起喜滋滋地点染在门前的新绿上了，右手掐着一片雨后才疯长出来的车前草叶柄，轻轻一拉，哧的一声，丝丝叶脉与叶分开了。情不自禁，我也如是掐了半篮，洗净，切碎，放些剁细的鸡肉煮了半锅汤。哗，那叶满口春的气息，喝一口汤，清香直逼心底。“爽神极了！”一起品尝的左邻右舍直嚷嚷。第二天，他们还叫再煮，然而，我笑着摇摇头，有昨天的记忆就够幸福的了，何必要穷尽那滋味儿？再说经过一天的太阳，昨天还嫩生生的颜色今天已疯成了深绿了，昨日的清香可心不会再有了。

春天就是这样唱着响亮的新歌，永远向着充实和完成的路上走去。

更让我神迷的是那无数的十五六岁的少年。当他们昂首阔步满面春风向我走来时，先是一股爽朗新鲜之气迎面扑来，坐着站着聊完天，给我留下的便是他们尚未彻底走出“鸿蒙国里”的纯净、欢乐、爽直和一缕迷茫，一丝易感。再细看那些少男，一个个目射灵光，仿佛他就是一团能燃烧世界也能燃烧自己的烈火，他们吃饭时那般狼吞虎咽的豪放，那阵刚从球场出来热汗如雨便到水龙头下哗啦啦直冲的旋风，都令我赞叹不已，这就是青春。再回头看那些一个个玉雪玲珑的女孩，似乎没有一个丑的，青春的美赐给了她们无上的骄傲。你看，莹滑的肌肤，生动的脸庞，亮晶晶的双眼，身子矫健得像一只燕子，跳动得那么轻灵可人。仿佛这自然的春天只是这些少男少女的了，真是“不羡神仙羡少年”呀！

于是，当我站在讲台给他们“讲座”时，望着那塞满教室又挤在窗口走廊里的纯净少年，我的心柔柔地感动着，一时文思泉涌，无数的爱意尽情开出了无数芬芳美丽的思想花朵，那不断的热烈掌声，便是他们赋予我最真切的爱意和信任，此时，我与他们最相通！似乎，我也年轻了许多，被簇拥走出教室的我，沉浸于青春的欢乐中。那是一个多么纯净的世界啊，只要你真诚地走向少年，让他们于瞬间接受你的真挚、善良还有理解和才情，那么他们就会忘乎所以地爱戴你，甚至崇拜你。爱青年人，青年人也一定会爱你的。这大约便是鲁迅、农妇（海外女作家）乐于与青年人为伍的缘由之一吧。

三月，女儿三岁了。母亲寄来的相片上，才分别两个月的女儿像插上闪光的翅膀似的长了许多，那新月般的笑脸，不正是这春天里一朵令人心醉的蓓蕾吗？四月，自己也过了三十，生活的皱纹却不是熨斗所能熨平的了。然而，我们每个人要愈合创伤、走出精神的早衰，并非只是在黄连树下弹琴，更重要的是要注意在我们体内奔突的那股犹如这春天般疯长的生命力量。

大约，这便是这个春天的灵气润泽我的最大收获吧。

《南宁晚报》1993 年 5 月 11 日

夏季远去

这是一个不同寻常的夏季。

城里很热。

城里的一隅正掀起持续了许多年的滚滚尘浪。那里没有了人的本色，没有了生命的真实。有时，我真恨不得拿起刀子，一点点地割去人类身上那些坏死的肌肉，以唤醒真正的人的性灵。

人类之所以为人类，是不能在没有尺度（哪怕是大致的尺度）的环境中清醒而安然地生活的。终于，走过了废墟。当天，我便跑到一间暂时属于我的乡下小屋里，我绝不能让早已千疮百孔的心灵在红尘中枯燥了，只有大自然的生命之气，才会使天蓝，使草绿，使夏凉，使精神清明，使性灵湿润。

生命的青春已在大悲大凉中一一在眼前奔驰过去了，心之极乐与极苦在这泛滥的炎热中无处逃遁，精神和身体的疲惫都无法使我安睡。于是，在这间夏雨入门、清翠含窗的小屋里，我翻出前年写的《大草原——玛拉沁夫论》初稿，开始了艰苦的夜以继日的重写和修改工作。每天大约只睡三个小时，一天就吃早上煮的一锅粥。一切过去生命里的伤痕，一切现实的烦闷，一切来时路上不可避免的苦恼，终于全部隐去踪迹。我沉浸于玛拉沁夫创造的大草原中了。

时间的永恒性和岁月的流失性与生命的创造性，一时大放光彩。

八天后，凌晨三点，当我为本书画上句号时，倒头床上，却怎么也睡不着。于是，在无名的思想中，静静地合上眼睛，看见很长很长的梦，慢慢地在这间地开墙裂的小屋中移动着，如同正午淡淡的夏云，“徐徐幻出难以指名的形象”……

顿时，苦难净化。

夏季远去。

1993 年 7 月于蒲庙

（此为《大草原——玛拉沁夫论》跋，民族出版社 1994 年 1 月版）

在秋天里游走

秋深了，窗外又下着细雨，是读书的好时节。

凝神读着鲁迅。

蓦地，记起鲁迅是累死于五十九年前的今天的。那时，凉风瑟瑟地把先生平日就写好的遗嘱呈示给深秋："赶快收殓，埋掉，拉倒。"先生于天上看见深渊，生之清醒使他真切感到自己即使死了也要被人利用。于是，就如平日他对事事总是思虑事后会怎么样，怎么样后又会怎么样一样，他常常考虑他死后会怎么样，这死的冷静便凝固为这决绝的沉郁了，他要人们忘记他。

既意气昂扬又自觉悲凉。

人生之苦，死之必然。鲁迅一直强调着。他要以一生的生命与苦宣战，最后与黑暗同归于尽。在绝望中抗争，直面现实的黑暗，直面人性的局限。于是，就获得了直面人生的大哭大笑和超越人生的大彻大悟的结合。人于无所希望中得救，最终成就了巨子。

可以忘记吗？他沟通着永远。

五十九年后的现世，又是秋天。另一位也是一辈子都在希望人们忘记的文学天才张爱玲悄然离世了。

她安详地躺在一块精致的地毯上，盖着毯子，就像睡着了一样，犹如她独立的一生既善于将生活艺术化，又满怀悲剧感。只有她才能同时享受灿烂夺目的喧闹和永世的孤寂。繁华苍凉，既是她人生传奇的写照，更是她文学世界里令人惘然叹喟的气质。

她正好在中秋节前一天离去。月与人的阴晴圆缺对深刻卓异的她没有意义。我们不能想象，洗尽铅华之后的张爱玲会在其他的日子以其他的方式离人们而去。

她的死透彻着唯美与苍凉，犹如“她轻轻一挥都是苍凉”一般。

遗嘱里她说：“喜欢悲壮，更喜欢苍凉。”那也是临终前早早就写好了的。

窗外窗内，生命的绿叶遍地飘零。

死是必然。

重要的是生之意义，尽管人生苦。

诗人是苦恼的夜莺。

于是，便翻开秋季的《南国诗报》。所幸的是，我们的时代还有这么多的人在做着对诗的生命的守望和礼赞。那一颗颗赤子之心令人景仰。

便想起南国诗报社的大门外，已经站了许多年的相思树。

在一些有风的日子里，我常常与一个叫相宜的女孩起个绝早。那时，行人极少，空气极新，相思树下红豆鲜亮。相宜每拾起一颗便朝我大叫：“妈妈，这一颗更漂亮！”这时的她绝不会大煞风景地背诵王维的《相思》。于是，一颗比一颗漂亮的红豆，就被装进前一天晚上就给她备好的漂亮的小布袋（有时又是自制的漂亮的纸袋）里。转眼，到了就在附近的幼儿园，女儿就成了红豆公主，骄傲地向小朋友分发她的红豆。这条红豆之路，是我们母女俩从家到幼儿园的必经之路。至今，每每经过，我常常忍不住会润润地长长地轻声叫道：“毛毛妹——”安坐在自行车后座的相宜则会润润地长长地轻声应道：“哎——”于是，一切关于红豆的诗绪就流动起来了。在诗歌和生活之间，红豆早已作为一种象征物了，它的蕴意和美质显然超出了红豆本身。然而，我还是喜爱这小豆豆本身。

这大约便是人生苦中的一种人的生气吧！

人生苦中最需要的大约还是直立着的精神。

秋夜里，又翻起诗人韦其麟先生白天送的新作《苦果》。全书悲愤交加的苍凉感一如既往地压迫着我。我又随着抒情主人公“我”的眼光去审视人间、探究人心、深入生活，尤其是对社会生活（更是对文人）揭疮露疤。我们痛苦的诗人在希望之暖流和失望之冰块中挣扎着，他的前额在苦修自我，他的后脑在忧虑世道，愤世嫉俗与人文情怀是全书的情感基调。我们随处都可触抚到中国人文学者从忧生走向忧世的心路历程。书中除了逼人的真性情之外，还有一种高贵的清洁的精神。这诗集还是校样时，我就读过，然而在这逼人的沉重面前，我一直未能下笔，肃然起敬中没有了语词。

人生苦，更需要正直人们的良知。良知有自己的本来面目，不是靠武力可以改变的。

是的，这个秋天，几乎整个人类都在为了五十年血的记忆而审判没有良知的法西斯专政。

今天的中华民族在为永远不当弱国子民而奋发。我们需要我们民族的英雄，我们呼唤我们精神界的战士，呼唤我们的拜伦、雪莱、普希金、裴多菲……以我们的精神“发为雄声，以起其国人之新生，而大其国于天下”，鲁迅的呐喊犹在。

于是，我们更崇尚讲真话的时代。犹如春秋战国时期，犹如“五四”时代，那是中国文化史上最有精神、最有生气、最有勇气说真话的一个时代。那开辟荒芜的精神永远令人景仰。

秋是老了的，晨间的凉意正好，是游走的好时节。

我们到了北海，发现秋天翻脸，十一级台风掀乱了北海。

我和相宜坐在银滩岸上的一个商店的门口，看旋风怒号，浊浪排空，商旅不行，樯倾楫摧。蓦地，大潮冲没的岸边有几个人在戏潮，已穿上线衣的我们母女，直看得发出啧啧声响，心痒痒的，便与女儿商量下海。一旁的人们直说：不要命了，孩子太小。终于，换上泳装，站在风雨中，冷得微颤的我们才发现台风的可怖。海边已无人，风雨夹着沙子，简直就是鞭子，直抽打我们顶着风的身子，生痛生痛，我赶紧把女儿抱在胸前，遮挡着。又冷又怕才五岁半的女儿直哭骂道："这个坏妈妈——这个坏妈妈——"然而当我这只怀抱女儿的"大袋鼠"倚坐在海浪边上，让海潮冲刷时，一阵阵温暖霎时蔓延了我的全身，女儿也乐了起来。啊，风暴中的海水竟然是暖的。就这样，我们母女俩躺在台风中的海滩边，边捡拾冲上来的贝壳边玩着有些许浑浊的海水。岸上的人们在飞旋的风雨中或撑起盾牌样的伞，或穿着画皮般的雨衣，这方天地只有我和女儿融于这无际里，主题年轻生动。

潮声、风声、雨声、欢笑声时而还夹着一两声女儿的惊叫声，竟成了我们母女的性情天地。在陆地上对台风的恐惧早已在怒潮中消失殆尽了，这里安全温暖。地脉的成因应该同属一个板块。从海到岸，再从岸到海，这兄弟般的连体应和大作的风雨涛声，在我的心里竟是平和流动穿梭着。再说，也唯有北海漫长平缓的沙滩，能在台风中承载相对的安全。于是，我残破的世界里，只有欢乐。此时，语言是掀不起一排排大潮的，精神的生长需要自己开阔的空间。

真好！

一小时后，我们爬上岸时，有来自远方的文化人问："你是写诗的吧？"我一愣，便释然，原来在人们的心目中，自然或非常态袒露着诗意。

其实，我们原来把变天的大海复杂化了，也忽略了北海地形平缓的沙滩，或说人把自然复杂化了，其实，台风中的大海边是安全的。就如事物复杂到纯粹的程度，也就逼近了美。

至今，大浪冲刷身体时在心底留下的安宁，还一阵一阵从那更老的秋声微荡的天籁中，轻轻地传来呢。女儿也逢人便讲刮大风下大雨她还跟妈妈下大海的故事，听得小朋友们也同她一道哇哇乱叫起来。很遗憾，我们至今也没有让当时的目击者们关于我们母女“一定会立即生病”的断言成为事实。

可见，人类生生痛苦，生生欢悦，生生坚实。于是死也在必然中丰满、从容和平静了，尤其是对生之清醒、对生之热望的人们。

终于，秋天开始年轻起来了。

是的，我们习惯哀叹生命的绿叶遍地飘零。可是，我们可曾念及其生来澄明？可曾念及这飘零将催发多少新的生命？殊不知被哀者还在笑看哀者空有一腔痴情，这实在是一种不知庄周梦蝶还是蝶梦庄周的辩证。在枯与荣或死与生的必然互补互换中，昭示了生命现象怎样的厚实而生动、繁复而简单啊。

今年闰八月。月亮的心情布满了天空，秋似乎真的年轻些了。五十七年才遭遇一次？也就是说我们这辈子也只有一次一年中过两回中秋节。人有多少一次？于是，这就不是纯粹的地物天星之景了，而是让人叹喟的人生郁结了，优美又苍凉；尤其，喜欢把自己装进去做山水人物的诗人们更是独语不已。

《南国诗报》1995 年 10 月

冬夜随笔

对于自然与人、人与文学，不知怎的，近年来无端地有所感触，感触些什么，又常常难以说清，那种种联想，已有好几回使我陷入无边的思绪之中，就如此刻——书房的灯火把寒冷驱逐出屋的冬夜，随想又不期而至了。

有些感觉地触摸到自然通向人类精神之路的，是几年前。那时，为了逃避软弱的自我，我下乡去厂。

工余，总是呆坐屋前。就在我双眼空望长天的哀切中，终于有一天，我发现小屋前的围墙内是个花圃，那里每天各色花朵竞相开放。我的呆坐便移至其中的一块石板上。一天一天久久地看着花儿，在这种静静的、不想出声的注视中，花也似水了，那么清，那么亮，一滴一滴从我眼里流到我常年抒写忧伤和无奈的手上，渐渐地，便不可阻挡地哗哗浸湿透彻了我那因伤痛而枯燥了的心灵。久违了，我原来就喜爱的这花这草；久违了，包括自己在内的所有生命。于是，我开始了把花请入书斋并与之对话且至今不改，更多时候，工余则进入园丁的活计里，我渴望以身心贴近这如水的生之性灵，看到它们在我手下日益明艳，我的内心升起了一种自然亲切之感。还有那里的人们从不问我从哪儿来，却天天乐呵呵地帮我从镇上捎来一天的蔬果，有时还采上一束野花放在我的窗棂。于是一次又一次，我门前的车前草、自己种养的水瓜，便成为我招待这些淳朴人们的美味，以至人与草与瓜笑成一片。

就这样，我不再对世事视而不见了，我开始追寻着那里的河流、山岭、树林——居然，最具人文内容的三大自然风景这里全齐了，还有屋檐下的燕子、傍晚的蝙蝠、厨房顶上的桃子、池塘的小螃蟹、田埂边上的野草莓。我兴致勃勃地呼吸着这里的元气。尤其夜里，梧桐树们或涛声澎湃或沙沙微笑，这是风的骄傲。这种都市早已绝迹的风语，便很清纯地伴着我昏黄的台灯和一纸的宁静。

生命也为之精神了。

于是，便有了那年在国内发表的一批作品和广西第二届独秀文学奖。自然启悟我，文学是我的天命，我喜欢并虔诚顺应它，尽管我性灵呆愚。笔头生涩十多年了，然而我喜欢。再说，读书，教书，编杂志，写感受，写体验（文艺评论正是一种体验），对于我，原来就是赴一种与自然、与人类的心灵之约，或者说是我对人生的一种表达，那里精神永在。这便是那年那里对我的应和所得，我竟然以为这正是天之所以厚待我了。

当然，人对于自然息息相通的生命气息的感应，在于人的悟性。没有人，自然谈不上美，也谈不上其人文内涵，就更不存在文学之类的上层建筑。

这种感应，使我又想起十年前，那时春天的周日，我常常走出学校独坐颐和园，看那一树一树洁白充盈、没有片绿的玉兰。年轻的心便宽宽地放在最浅显最纯净的一撮思想里，真美！至今，那颇似掌形的白色花瓣仍夹书页里，只是素色不再，素心不再。当然，这份应和还是单纯的。

而令我感到自然造物的神工和不可思议的，是一次离开昆明前的灵魂惊喜。那天，朋友夫妇送我六六三十六朵玫瑰，第一层是淡紫，而后鹅黄、粉红、大红，一环环衬起一枝洁白洁白的玉色玫瑰，满天星缀满其间。玫瑰是罕见的杯形，丝绒般的花瓣层层相拥，倾其所有挥洒着华贵绚丽、明艳欲流之态。对这份完美、玄妙、雅致的迷醉已远远胜于前一天我对路南石林的惊喜，而且送花人又一声“祝福你，从此大吉大顺！”便把浓浓的情意和诗意交给了花心，顿时，我的情绪竟不禁迷茫缥缈起来了。

飞机上，我也不肯放下这束灵秀，宛若新娘。新娘？一念之中便有了一个如玫瑰的微笑，可泪水却又夺眶而出，还是守着自己残破的世界吧。也许欢乐与忧伤常常是手牵手的。一时想起前一晚唱卡拉 OK 时，送花人轻轻地尽唱些感伤的歌，淡淡的却不痛，而她的先生（我这束玫瑰及其结构便出自他的慧心，日常他总给爱妻送花）却不再说话，笑眯眯地听她的歌，很投入。人幸福到了极致，便会无由地生些不能言传的愁绪来，淡淡的，却只能自己享受。他俩很懂情感，这是一对永远恋爱着的夫妻。这对好人！

之后半个月，我一直与这束玫瑰恋爱。我把它们分插于书房和厅里，一时，家里因了这束花而全成了一幅幅静物图案，而满屋却是清香浮溢，令人俯仰间感触到一种灵性一息生气。坐在书桌更觉神清意朗，这可见的美丽和书籍里的智慧顿时使我的心圆满了。这是长年自己给自己买鲜花的我从未体验过的，那份不断发现美姿的惊喜和融融心绪，绝不减于与“寤寐思服”的人相会，还有那凝望那沉思……

花儿也与我恋爱了，她们一直娇媚明艳、亭亭玉立着，花期比本地的长了一周，那奇香袭人的淡紫、粉红两种实在不能自主时一瓣一瓣，甚至整朵整朵地坠落，铺了满桌的绚丽，于美的极致时死亡，最终是成就了美，这令我感动至今。而大红委顿时，终不消其颜色（不像本地产的成了黑红），干干的还站于枯枝上，向我吟着哀歌。而最早凋零的鹅黄却颓败得没了原形原色。便想起日用品中，最先变色腐烂的就是黄色，诸如毛巾之类。这又是自然界的迷宫之一？我不得而知。于是便想，花儿也是有灵性、有品位之高低的。“品位这东西为气为魂为筋骨为神韵，只可意会。”昆明的玫瑰啊！

自然界精神，生物精神。

也是在昆明，我置身于成千上万的红嘴鸥中，那些白色精灵的欢快歌声，和着初冬的阳光和滇池的密语，袅娜着到了我们和那对好人夫妇的耳边时，我不得不被牵惹着、震撼着，这白色天使向我发出了多么热切的气息啊，犹如我每天在书斋静读时，书籍和心底互唤一样。顿时，我全身欢畅无比，我雀跃着，不断地喃喃欢叫：“你好，你好！”随着我手中的面包屑飞向蓝天，我的红嘴鸥朋友一个个俯冲便灵巧准确地衔走了我的问候。有一只竟从我手心里啄走食物，犹如我女儿平日的抢食。大有“自去自来梁上燕，相亲相近水中鸥”之境，当然，那时杜甫的欢乐不会有我今天的单纯。欢乐，欢乐，只有欢乐。身着红毛衣的我与白色红嘴鸥、与蓝色滇池相与浮沉于欢乐中。

真好！

至今，滇池这幅活的画还飘飘然如御风行来，昆明的玫瑰也早已消了她的颜色，散了她的芬芳，而这一切的一切却还在心底里欢唱，我却一直未能下笔，我深深感到自然与人类的互契感应，绝非哲学上的对应论所能概括得了的，人总是生活在某个环境之中，而这个环境并不只是生活资料的源泉，更是精神生活不可分割的一部分，精神无所不在。于是，就这个意义上，自然于人类便变得神圣和亲切了，反之，只能遭遇悲剧。一时，又记起十多年前的北京，曾有人枪杀了两只来玉渊潭过冬的白天鹅中的一只，而余下的另一只自杀了，它用生命抗议着人类的野蛮，也用生命把对同伴的哀绝推向了极致，忠贞而悲壮。伉俪之情，深至如此；天性之纯，清正如此。令人叹然低回。昆明的红嘴鸥也曾因同伴有过此类惨遇，而集体拒绝了昆明人民多年，直至近年两两相谐后，才成千上万地结伴而来。可见，自然与人类有多么深刻的统一性。

的确，大自然风景是人类文化历史的一部分，与山水林木相谐，而不是以征服者或掠取者的态度来对待自然，这是人文本性的根本要求，而不只是生态学的需要。我们从文不就是个体的自我寻求人本身的发展、个性的充实和自我实现的一种人生方式吗?

因而，写作实在是文人自己的事，是文人安放和完善精神的家园，之后才有其社会性。这永远的过程是文人生存的人文环境，而且艺术是不太遵从市场规律的，因而它自身的规律与自然一样从来就拒绝一切唯利式的态度。于是，在这个意义上，获奖与不获奖便归于自然和平静了。

冬夜漫长，无眠漫长，依旧随想……

《广西人才报》1996 年 3 月 5 日

《金蔷薇》在哪里

曾经影响过中国当代文学批评的《金蔷薇》，除了赋予我们一种全新的感性的批评文体和方式之外，康·巴乌斯托夫斯基还谦逊地表达了批评的功能：“如果我能够使读者对作家劳动的绝妙的实质得到些微的概念，即便是一点也好，我便以为我算完成了对文学的义务了。”然而，无论是从巴乌斯托夫斯基所述的传奇事件角度，还是从与创作过程相似的譬喻意义而言，当下我们的创作和批评恐怕已少有像沙梅那样怀着一腔坚韧的爱与理想去寻觅、积攒、打造自己的文学的“金蔷薇”了，尤其文学批评。

因为批评变得困难起来了，或者说，批评在许多批评家那里没有了难度。

批评难度的降低或消失的原因很多，除了市场化和媒体炒作的催化、发表没有了门槛、批评与创作成了制造等因素外，现在的批评家常常丧失了进行有难度批评的能力，难以面对批评对象说出自己的阅读感受，发出自己的真实的声音，张扬自己的专业立场和批评精神。于是，对批评的批评形成了一种强大的声音，“批评缺席”“批评堕落”“酷评”“炒作”此起彼伏。我也承认这种批评的真实度，但身在其中，我更欣喜地看到批评家中的“沙梅”，看到不同以往的变化景象。过去批评家大多从客观和外部寻找文学和批评的问题，而2006年度许多文学评论家则表现出色，他们从深切的阅读体验出发，对2006年文化的泡沫化及正在发生的文学生活践行着评论家的专业立场和批评精神。2006年是文学的多事之年，但也是文学批评家们纷纷站出来发声的一年。这一年里，像雷达、李敬泽、谢有顺以及郜元宝、邵燕君、李建军等都及时地从文学内部去理解并寻找原因，各自提出不少发人深省的看法，发出非常有专业精神的声音。比如雷达对当前文学症候的问诊，郜元宝对学界泡沫化的批评，李敬泽阐发小说不死的三大理由，谢有顺呼唤小说的灵魂叙事，洪治纲对先锋文学精神内核的阐析，李静因钟情木心而对当代华美丰赡美学缺失的批评，邵燕君对文学作品的月月直言，朱大可新锐的文化批评等等，都引起了广泛的关注和争论。

这正是批评家对难度的自我挑战，因为他们明白回到文学批评本身才是真正的文学批评。文学批评就是对于“文学”的“批评”，文学最基本的元素就是作家、作品，没有对于作家、作品的关注，没有以“同情之理解”与批评对象对话，批评也就无从谈起，这也是“文学”之所以为“文学”的价值根基。是的，批评也是一种对话，是一种批评之心与文本之心的交流。文章与做人一样，并非只有对错之分，我们不能自我独断，要以“同情之理解”不断发现评论对象的好，用心与之对话，换个角度，自我的界限便扩大，便能最大限度理解对象。而且，对话能超越自我和世事，同时也使有限的自我心灵分享世界的无限。其实，每个心灵都有阔大的可能。

因此，作为评论者，首先必须与文本对话。当代文学每个阶段都有一些为同时代作品尤其青年作家的作品挑灯夜读的优秀评论家，如冯牧之后的李陀，李陀之后的李敬泽等。也许他们都没有影响巨大的新理论，但他们对作品的热诚和对青年人的不吝，影响了一代青年文学。我敬重这些以及一切从细节从个案入手的批评家，也为此，我一直敬佩北大当代最新作品点评论坛的工作，邵燕君带领研究生逐期点评主流文学名刊最新文学作品，这件事对当下的中国文学非常有意义，从文本阅读开始，从基础做起，颇具难度却坚实而纯粹。现在好作品太少，而发表量又空前的大，因为发表的门槛降低了，写作难度近于消失。大浪淘沙式的阅读苦不堪言，阅读遭遇前所未有的困难。在这个意义上，从文本出发的冯牧、李陀、李敬泽以及北大的师生们犹如沙梅，同样怀着一腔坚韧的爱与理想去寻觅、积攒、打造着文学的“金蔷薇”，弥足珍贵。

批评的难度还在于，批评家在与文本对话的同时，已很难埋头做踏实的研究工作，已很难只把作品读透而发为批评文字了。因为，今天中国的批评家与作家关系大多很近，我也常常体会到在友情和文本之间行走的尴尬和疲惫。当然，渺小的我不可能脱俗，但我愈来愈强烈地希望自己的每一篇评论都能说出自己真实的想法，并经得起读者的质疑。我们明白这一立场坚守的难度，但批评家要批评的毕竟是写作者的文字而非他本人。如果批评家与写作者距离太近，不免掺进个人感情因素而影响评论的尺度，影响到批评的本义。只有把自己深切的艺术感觉放在批评的首位，我们才能犹如水流的方向一样执着，从而尽可能摆脱身上的俗念，避开非文学因素，如水行山谷，绕过弯道，直奔大川，做到真正的无为而无不为。这才是有生命力的批评，也是一种与自我对话的难度。

这种难度在于从文本出发，又忠实于文本的细读和基本的学理，不依赖于公众舆论和个人的私情。如今，不少的批评家受到自己趣味、私情或恩怨的蒙蔽，不认真地去研读文本，便四处发表自己的宏论、赞语或“直言”，甚至“恶搞”，四处质疑别人的创造性劳动，无疑，这严重伤害了批评应有的尊严和声誉。我们也不否认批评家们站在文学的第一现场对文本进行阐释和判断时，常常会出现不同的声音，出现这样和那样的差异。这种丰富的差异性，不仅表明了一部作品存在的多重意义，同时也折射了批评者各自的解读方法和解读能力。这种审美的差异性，在我的编辑生涯和一些评奖活动中，尤其显见。同一部作品，只要真的阅读了，就极少能相互影响的，个人的评价真可谓智者见智，仁者见仁，甚至泾渭分明。不明就里的外界，常常会发出“黑箱操作”之类的妄语。一方面，这大多是一些媒体为语出惊人而想当然了；另一方面，也为批评家提出对审美能力、专业立场和批评精神更高更新的要求，即批评家在用心去与批评对象对话的同时，也要直面自我，尊重自我，与自我对话，才可能保有自己的立场。

是的，立场比学识更重要。因为，一个批评家的思想、勇气、智慧甚至人格魅力，只有紧系于他的艺术立场之上，方能给人以真正的启发。这也是批评的主体性和超越性，而且这种主体性是建立在对文学尊重和深入认知的基础上的，这种相对恒定的艺术立场，意味着批评家的诚实。这种对批评专业和批评对象的忠诚，在文学批评大规模地丧失立场的当下，在我们一天天变得言不由衷起来甚至习惯了这种言不由衷的当下，日益重要。

正如韦勒克和沃伦在著名的《文学理论》中所指出的，文学批评应该是文学不可缺少的一部分，它直接关系着时代文学的发展状况。所以，当一个批评家从事批评工作的时候，他所需要遵循的首要原则是文学的原则——作为人类心灵世界的产物，文学绝对有自己独立的原则和评价标准。

在独立的原则和评价标准下，对阅读的思想和表达，标志着各自的专业精神和专业品格。我们在以同情之理解与批评对象对话时，能否发出作为阅读者和批评者自己的真实的声音，能否以坚韧的爱与理想造就自己的“金蔷薇”，这是今天批评的难度。

《羊城晚报》2008 年 1 月 18 日

有担当的文艺批评才是真的批评

文艺批评史证明，文艺批评是一个古老的存在，并且在漫长的历史演变之中不断地与各种文艺观念相生相应。不论是贾宝玉、阿 Q 还是于连、安娜·卡列尼娜，不论是崔莺莺还是哈姆雷特，这些文艺形象之所以被称为典型，是文艺批评阐释着他们在历史潮流中的意义。因此创作与批评，便一直被喻为“车之两轮，鸟之双翼”。

今天在全媒时代的文艺生产中，各种文艺批评仍然占据了不少报刊的版面，但是，人们已很难察觉到思想的冲击，察觉到激浊扬清的力量，察觉到独具慧眼的洞见。文艺批评的退却、边缘化乃至缺席引起了普遍的焦虑。文艺批评是否发挥了有所担当的社会教化功能与审美功能？在这个时代的思想前沿上，文艺批评是否还在场？

这个追问首先是问：文艺批评能否在浩如烟海的文艺作品中发现经典，构建文艺史，并为文艺理论的各种命题提供素材。其次还问：文艺批评能否以它的发现、创见和想象主动与这个时代最敏锐的思想者及其文艺作品构成有力的对话关系，并推动各类文艺的繁荣和发展？或者说，面对繁复多变的时代，文艺批评怎样以有效的方式，发出明晰有力的富有建设性的自己的声音，从而对这个时代有所担当？这种担当既是对社会和时代的责任，也是对个人专业精神的坚守。

检巡当下的文艺，有太多对消费时代的妥协，太多对当下现实的忽略，忽略作者与人心、与现实的对接。因为在这个信息爆炸的全媒时代中，我们赖以形成对世界对自我的认知，大多来自于媒体，来自于间接的经验，也就说我们生活在一个“虚构”的世界里，我们生活在当下，却不关心我们的时代，不了解我们的时代，这不能不说是个误区与盲点。文艺批评更为突出，因为评论与社会现实之间是一种更加“间接”的关系，“从作品到作品”的批评文本的内在循环，很容易长期陷于符号与知识的生产，批评家与社会现实隔膜更深。于是，面对间接生活我们常常没有痛感、没有血肉、没有体温；面对市场我们容易弱视与轻信，也容易缺乏自信心与判断力，更缺乏担当。

所幸的是，面对繁复多变的文艺现象，清醒的有担当的批评家已经在自我叩问：该坚持时自己是否坚持？我们如此执着追求变化，是否思考过哪些东西是‘不变’的？我想，不变的是对文艺本身的认定，是对专业精神的坚持。

比如，市场化这把双刃剑与大众传媒共谋时，可以使文艺拥有巨大的影响力，但我们不可以为迎合市场化而“三俗”，丧失文艺直面世界的追求与能力，甚至丢失中国文艺传统，如艺术门类专业基本功的训练，文学传统的人物、故事、细节乃至思想性等看家本领，无论时代怎么变化，文艺的教化功能与审美功能是不变的。

又比如文艺批评，当“媒体批评”津津乐道地夸耀发行量、票房、收视率和文艺家在富豪榜上的排名之际，批评家仍然要有勇气谈论“美学风格”，或者谈论这部作品为当代文艺贡献了什么，谈论这部作品给时代给历史带来了什么。而这样的谈论必须建立在“言为心声”的专业操守之上。考察文艺批评是否称职，就在于是否“言为心声”。由于种种功利、误解或威吓，不少批评家不再忠于自己的艺术观感。讲真话，成为了今天有难度的文艺批评，成为批评家是否有艺术良知与担当精神的一个标识。

又比如，面对当下这么多青春文学的作家办的文学杂志，或说杂志书，以及这么多新兴的文艺样式、这么多新兴的文化企业，他们的生产方式和审美情趣与我们的文艺传统有所不同，新的力量带着对社会新的理解加入文艺事业，这是好事。文艺批评应在学习中发现新质，并发出自己有效的声音。无论艺术样式如何变化，只要是文艺，那必定万变不离其宗，文艺的社会教化功能与审美功能始终不变，无论哪种文艺门类，都有追求理想，追求穿透世道人心的艺术力量。今天我们既需要艺术能力与专业精神兼备的“良医”，也需要关注现实与具有担当精神的“良相”。鲁迅便是这二者高度结合的范式。这是今天现实与理想的文艺关系。

因此，只要“言为心声”，只要有“良医”的艺术能力、“良相”忧国忧民的情怀与担当精神，文艺批评便能参与社会历史的建构，便能对文艺有了个人的担当。

有担当的文艺批评才是真的批评。惟此，批评的快乐才可能甩开了各种诱惑与毁誉的旋涡，抵达荣辱不惊的彼岸。这是一个批评家与文艺之间的海誓山盟，我们唯有沉静地坚守与坚持。

这种担当还包括对广西文艺家与文艺作品的关注与推介。广西一代一代的文艺批评家就是以此为己任，他们不仅通文艺家之意，开受众之心，并担当着广西一个个时代的文艺潮流乃至文艺发展的引领推动作用。在文艺消费时代的今天，我以为，强化广西文艺批评的引领功能，倡导文艺批评的担当精神，重视广西文艺评论人才，并把文艺评论人才与话语空间有效地整合到他们的工作平台之中，是当下广西文艺批评发展的瓶颈。相对于创作，广西的文艺评论有长期被忽视的现象，这在一定程度上阻碍了广西文艺的发展。

我以为主管部门应对文艺评论家给予更多的理解、尊重与支持，尤其对热爱文艺事业、埋头专业的评论家。只有宽松开放的文艺土壤，广西文艺“百花齐放，百家争鸣”的良好局面才成为可能，广西文艺才可能出现杂花生树的文艺景观。为此，一、建议设立广西文艺批评基金，健全人才发展机制。二、建议广西文艺签约扩大到文艺批评家，广西文艺家签约已经十四届，至今尚未纳入批评家。

文艺批评之树是灰色的，给些阳光雨露，批评之树才可能青翠，文艺事业就可能蔚然成林。

《文学报》2012 年 10 月 25 日

上善若水

十年前，有位评论家以“上善若水”为题写过一篇关于我的评论，我道行太浅，没有深究其妙。然后，又是一个十年且进且退的文学跋涉，边走边检点自己，愈来愈在水的品性中，感受到一种自我认同和向往。我终于明白，那上善的境界始终高悬在我前路的云端，它的召唤如水低低潜行于我的生命之流里，自觉不自觉地稳固着我的心性，濯涤着我的浮躁，使我在不断的逃避和不断的前行中得以面对真实的世界和真实的自我。是的，“利万物而不争”“无为无不为”不仅是一种为人境界，也是一种为文状态。

任何一种文学创作都存在于寂寞之中，文学的果实也必然“利万物”。我的主业是文艺理论编辑与文学批评。今天，中国的批评家与作家关系大多很近，我也常常体会到在友情和文本之间行走的尴尬和疲惫。当然，渺小的我不可能脱俗，但我愈来愈强烈地希望自己每一篇评论都能说出自己真实的想法，并经得起读者的质疑。这一立场也贯穿在《南方文坛》的具体编务中。尽管理论之树是“灰色的”，然而，是树就必然会发出新枝绿叶，我们为什么不能还其本色并使之茂盛呢？这在于批评家的专业操守，在于真正回归到批评的本义。只有把自己深切的艺术感觉放在批评的首位，我们才能犹如水流的方向一样执着，从而尽可能摆脱身上的俗念，避开非文学因素，如水行山谷，绕过弯道，直奔大川，做到真正的无为而无不为。这才是有生命力的批评，这才是“利万物”的治学术。有生命力的批评必然是讲真话的批评，这不仅仅是批评的本色、批评家的本分，而且是护佑批评的尊严、文学的良知，更是营造批评的良性生态，真正推动文艺的向前发展。我向往并自我期待着这样的批评，因而，近些年，我们主办的系列作品研讨会，都开成了一个个坦诚率真、颇有深度和实效的讨论会。这是批评的本色，如水一般透明的本色。

本色的文学，是有源头活水的文学。这源头活水来自作者的创作资源，来自作者的生命体验、学养、识见和特立独行。犹如写散文时，我总是期盼自己写出自在的散文随笔，能见思力、心性，如水自由流淌，说出自己的话。编杂志，更是要把读者、作者放在首位。《南方文坛》的成长过程，本身就是一个抽刀断水水更流的过程。十年的改版，曾经有过太多自身的经济困窘、外部的人为困扰。我们一边寻求生存，一边逃避礁石。幸有无数的作者读者，以及主管部门和广西师大出版社的坚实支持与合作，才有了今天的影响力。检点着自己，羞意万分，作评论写散文做杂志，似乎没有多少成色。唯一可以欣慰的是自己认真做了这些切实的事情，我企望能从中清理出一条自己的明晰而可靠的道路，把文学带回语言和心灵的身旁。并且在一定程度上证明文学批评没有“缺席”。此时，“利万物”便是责任了。

逃避并非软弱，它也是一种养生术，一种绵软中有硬度的养生术。文坛有太多的无谓、无奈和无望，警觉中便常常逃避。逃避也是一种智慧，水永远在逃避。我神往“不争无尤”的静地，默默地尽可能护卫着那缕文人直立的本性，平静地做自己想做的事情，我相信坦诚与谅解。所谓“心，善渊；与，善仁；言，善信”也。尽管绝望，仍然希望。

便常常想起孔圣人当年跋山涉水，一个国家一个国家地传道，一路被逐一路逃亡而一路前行，何其沉重，他却从不露其沉重，有其悲凉而不露其悲凉，承受一切责难与讽刺而不显其怨尤。然而，孔子还是说：“我这个人没有什么了不起，我也不是个圣人，我也不敢自居为一个仁者，我只是‘学而不厌，诲人不倦’而已。”如此“上善”，如此神性，唯有孔子。

于是，水的境界总在我的前路不断显现，不断完成，随着我对“利万物而不争”的追求过程，水涨船高，一直在我的前面，永无止境，这真的是一个不断完善的过程，无穷无尽。

《文艺报》2006 年 11 月 16 日

玫瑰花开

——广西女作家札记

那天生日，门开处，是年年各异的惊喜，先生捧回满怀的玫瑰，四十朵，大红超玫。门，轻轻合上，便关住了满室浮动的幽香，沐浴着迷蒙的温暖，微笑，动心动容，然后安详。

突然想起，许多年前的生日，在惊喜中自己的疯狂，怎么就宁和如今了？四十年春风秋雨，树老了，人乏了，会少了疯劲儿少了奋争，更少了怨恨。想想吧，那个本该用于铺陈一个创造性画面的冲动，被抑制下来了，三十岁以前那一个个赞赏就能带来的幻境遐思早已远去，回报热切目光和赞赏热语的唯有微笑，滚烫的血冷却了，不再作无边的奇想。庸常地守在明媚下午的花格子桌布旁，泡杯绿茶或煮上咖啡，品啜着家庭的日子，温馨无限，宽厚无边。你相信坦诚与谅解，相信人类能够彼此沟通彼此谅解。尽管其中有三十岁时无法忍受的无奈和妥协，但你内心清明而坚强。直面现实，当然有惨淡，却护住了宁和安详。美丽和幸福由此开始了，宽容中，亮色和爱意弥漫生活，我越来越喜欢这样。

当然，我也会怀想三十岁女小资们的情调，犹如案头这摞映川、黄咏梅、凌洁、纪尘的小说中蓬勃的情绪。该以怎样的眼光去解读这些艺术女性呢？她们是女人，她们是不一样的女人，因为她们是缪斯。她们喜欢独自一人就着午后的阳光，记下三十岁女性的挣扎、渴慕、混乱和坚强。作品里三十岁女人是她们，是你们，也是曾经的我们，是真实生活的女人们。她们记下了女人的成长。她们感性，忧伤，脆弱，而且坚韧；她们灵性智慧，为此她们美丽光彩。四十岁以后，她们也会如我记下倦怠、宁和、安详，自然还会光彩照人。

女性的美丽早已不仅仅止于容貌，也不仅止于女性的权利，更在于怎样超越年龄，焕发青春。无论处于哪个年龄段，女性都应该光彩照人。

这是女性新的希望。

希望玫瑰永远盛开。

玫瑰花开了，这是广西文坛从未有过的美丽。我们把目光穿越广西几代作家，突然发现从来没有像今天这样呼啦啦地就出来了这么一群有相似年龄、起点、成绩、潜力的女性写作者，她们便是“70 年代后”的映川、黄咏梅、贺晓晴、凌洁、纪尘、蓝薇薇等等，而且大多为广西签约作家。这群三十岁上下的女性有实力，对文学有着深长的理解和追求。她们具有良好的学养，都经过高等学府的规范教育，其中黄咏梅、映川还是文学硕士。还有，这个群体艺术起点高，有写作天质，一写就写出来了。她们的处女作都是分别发表在如《花城》《作家》《上海文学》《北京文学》《钟山》等国内名刊上，有的还被《小说选刊》选载。她们的创作既融汇中国当下女性写作的共性，又有各自的艺术特质。

两个家庭。一个热爱生命到可以不顾及工作和其他的家庭；另一个家庭两地分居却彼此思念，彼此控制，彼此折磨，那种不断爱恋不断伤害令人似曾相识，人世的爱情从来就是爱恋和伤害的混合体。两个家庭由两件物体“手机”和“宠物”相交结构成一种“非典型性的生活”。

似乎毫不相关的事情就这样相互关联着，于是，映川的《非典型性生活》的故事就自然而然地铺陈过来了。

两个家庭，三个女人，三个年近三十的女人。小水面对“非典”洪水大无畏地一丝不苟地抵御着，她的家用醋一天一熏，她是全城最早戴口罩的人，为此不惜丢掉了卖手机的生计。她敏感而率性，时尚而坚守自我。相形之下，波波自私世故多了，她一心只想不耽误自己国外的前程，又能占有和利用丈夫花族的感情，不尽的算计就是不尽的软刀子，温柔地切割着花族的时时刻刻，透着寒光和冷意。年轻的放风筝的护士，遵循着生命的感受，以为寻找到真爱，不管不顾爱着花族，殊不知她送给花族的同款手机可以丢失，风筝更是可以随时放飞，本来就稀罕的牵连从此断开，似乎一切从未发生，白茫茫一片，真干净。是什么东西致使爱情变态？是什么东西致使这两个家庭生活“非典”？又是什么东西致使作者写作的此刻——2003 年春季中国的“非典”灾难？映川一路追问，映川引发我们与她一同思索。

映川的小说一直都是质地凌厉而富于骨感的，你看她的《只爱陌生人》《逃跑的鞋子》《爱情侏罗纪》《做只鸟吧》《干花》等，连小说的题目都透着冷峻，这在年轻女作家中难能可贵。这种可贵还在于她较少自恋的影子，较少私人化写作那种鲜明的自恋幽闭，也较少感伤与唯美，更没有迷失在个人的小世界中，而是直面现实，对世事的把握和描绘老到坚实，甚至还散发出一抹沧桑。小小年纪就开始显现如此的气象，令人惊喜。她的作品所塑造的新女性形象，大多是些血肉丰满并有深度的艺术形象：时尚但坚守自我，显示了作者对女性命运的深度关切和人文关怀，而且小说常常寓意深刻，直击现实。在她对生活描述的广阔性和对人性的揭示上，她原生态的富于节奏的语言以及新作中对结构艺术的新探索，都显示了她对传统小说现代性的张扬。

映川是不急不缓的，像一条河流沿着冷寂的青山，绕过无数的风雨如晦的弯道、险滩，还有风平浪静的树木、小溪，湍湍流向大川。

2003年的春天，并非只有残酷的“非典”，对于广西女作家还是有喜事的。花城出版社将推出“拍拖”长篇小说书丛，六本中就有广西两本，映川的《女的江湖》和身在《羊城晚报》的黄咏梅的《一本正经》。黄咏梅这位广西文坛当年的少年诗人，当年最年轻的广西作协会员，十几岁就出版有《寻找青鸟》《少女的憧憬》两本诗集。如今，她抒情的诗笔已转换为有力量的都市叙事了，纯正的文学品质终成文学硕果，她成功突围了“少年天才”的捧杀。因为我们的时代造就了太多少年作家、少年画家等等，他们几乎都因捧杀而“伤仲永”而难成正果。颇有意味的是，同为广西师范大学研究生出身的师姐妹，黄咏梅与杨映川的小说有着异曲同工的审美价值，甚至她们小说发表的刊物都相似。她们艺术个性各有不同，却有相近的起点和经历、相形的成果、相应的前景，这大约源于她俩艺术探索和追求的理性自觉，令人欣喜。

黄咏梅的创作也较少自恋的影子，多以客观而冷静的自我观察取胜，只是映川的笔力冷峻些，而咏梅内心还燃烧着热情，字里行间还多多少少散发着少女诗人的诗心，这是人性的暖意。直到近日的《对折》才趋于冷静和节制而且更为丰富与无奈，《对折》是三十岁女人的叹息。咏梅写的女性总是在都市的压力下有所改变，有所失落，但追求不断，永远在路上。路上的女人，会有一些迷失，但她们从不放弃寻找。《路过春天》（《花城》2002年第2期）便想《将爱传出去》（《钟山》2002年第4期），可仍然梦碎，只能生活在传统与时尚的夹缝中，只能打个《对折》（《红豆》2003年第4期）。这是所有三十岁知识女性的状态，她说这是“一种无力挽回的遗失和一种陌生拾到的惶惑”，无比惆怅。然而，她还要坚持。

“坚持不是‘坚持就是胜利’的坚持，坚持是一种持续的重复的创新的受虐的享受”（黄咏梅《写作也不苦了》），这何尝不是广西青年女作家与文学的“经典关系”？

凌洁也是对文学艰苦卓绝“坚持”的“这一个”。为了文学，她放逐自己，从身体到灵魂，她流浪京城，她一直“在路上”。重返故里，她的灵魂已是千疮百孔了。还是一个午后，她觉得自己永远回不到家了，绝望中她只想不归，一任死亡的气息腐蚀她被掏空的躯壳。那天，我办公室的窗外，艳阳如血，血色黄昏瞬间就吞食了我的叹息，我真想劝她不要为了文学而文学，回到日常。我们渺小如草芥，何况又是女人，路上并不是女人的归宿，在路上的女人，没有家，也没有安全感啊。我一边唤来纪尘陪伴她，一边安排她的住宿。充满激情的凌洁自然有倔强的生命力，一如她的创作同样富于激情和活力，她不仅直击现实，还勇于对形象撕毁和重建。她的短篇《幸福的嫁衣》（《北京文学》）、中篇《怀念父亲》（《小说界》）连续被《小说选刊》选载。本期的《生命花》则较之她有些作品如《我欲乘风归去》等，少了浮躁，而有些许婉约、些许倔强，还有些许平实。她细心地耐心地倾诉着老汉痛失老伴的一天心境，哀痛如地火隐隐焚烧着。一天里所有对生离死别的体味，连同人生的那份深情和对生命对家园的守望，一泻而来。它是故事的，又是内心的，她居然把故事浸透在对爱和生命宗教般的情绪之中，充满温情和母性（尽管小说的主人公是老头子和小男孩）。她如实记下她的生命体验和飞扬的想象，文字质朴而真切。可惜她没写那箫声，老头子以之为生为骄傲的勾人心魄的箫声，否则《生命花》会开得更为凄美动人。

路上对于三十岁的女人，总是潜伏着想要或不想要的奇遇，尤其对于有着典型女小资模样的纪尘。婀娜的身姿，一头栗色长发烫得卷曲飞扬，仪容、气质、衣着均具备出场的明星效果。

那天，在路上，几个少男少女热切地拦住她，要请“莫文蔚姐姐”签名。当然，她比莫文蔚更有才情，因而更可人。莫文蔚唱的是杜拉斯的《广岛之恋》，纪尘书写的是《爱情故事》。它们同样是抒写三十岁女人的爱情，同样梦幻和凄美。虽然纪尘远不如杜拉斯有力量，但她同样让人领略了她叙述的快感及其令人窒息的疯狂。这是一个不平等的爱情故事，这是一段致命的激情。二十七岁独自疗伤的女人“她”，自闭而且麻木着，而电话里男人的“声音”一天天唤醒了“她”，沉睡后醒来的力量，在三十岁女人身上是惊人的，“她”内心再度燃烧起火焰般的爱情，爱得那么纯粹，那么专注，“她”不把世俗庸众放在眼里，不管不顾地走向自己的梦境。然而，男人却步步为营，从来只现“声音”而不现“形象”，一次次约“她”却一次次失约，并沉醉于自己设计圈套的快意中，一如既往地把一个个纯净女孩诱入一个个迷圈中直至逼疯。男人老练阴鸷，残酷地折磨着被虚假的爱恋迷惑的“她”，直至大梦初醒。“她”没有成全男人一手制造女疯子的快感，她灵魂出窍，并与那个夜夜歌唱爱情的女疯子合为一体了，而后彻悟，于是，“她”逃离了男人，寻找回迷失的自我，也放逐了高高在上的男人；是的，人格上的不平等根本与爱无缘，孤独始终是人的本质。此时，“她”的灵魂已是伤痕累累，却终于刚强成熟自信了。然而，“她”的身后，还不断传来女疯子“好心人，快把月光射下来，我要你爱，好心人这样的爱也算是爱……”这样的爱真的算爱吗？

悲凉不期而至。

《爱情故事》技艺平平，却动人，我们由此听到一个女人内心的哭喊。在这里，我们终于触摸到纪尘小说绵软中的硬度。她过去的小说有些轻浅，有些自恋自闭，大多远离现实。还犹如流行的现代小说一样轻情节、轻人物。但文字婉约，唯美伤感。如今，还是那份敏感和凄美，却有了一种内在的力量和心灵的质量，她已经不止于沉迷单个的女性生命，而放笔去展示同代女性生活的深层景观，初步显示了她的理性自觉。今年，成长着的纪尘还有几个新作面世呢。

这真的是一群不一样的女性，她们挣扎在生活的深处，然后平静，再挣扎再平静，并以性灵记下这些生命的痛苦和快乐。“尽管绝望，仍然守望”，这是女性作家们的坚定姿态，超越年龄，超越种族，超越地域。

女性生命的玫瑰由此盛开。

《红豆》2003 年第 5 期

女性写作的冲突与和解

在评审首届萧红文学奖时偶遇叶弥的小说，欢喜中便找读她的系列作品，我发现她的小说有别样的气质和高妙的品质，实在高出不少当红女作家，尤其她的短篇小说。她擅长书写游走在日常伦理边界，有着一根筋决绝性格的普通人，书写他们与现实的尖锐冲突并见证人性的复杂。这些坚硬如水的人物背后，是一种时代无法克服的社会性伤痛。叙述沉静款款，故事内核尖锐，小说气质却俊逸独特。于是，我便在多次会议呼吁“叶弥是位被低估了的作家”，“读叶弥，有背对月光，却光影清凉，一地忧伤之感，并难以释怀”。近日读到她的《亲人》，认为其是她《成长如蜕》后又一出色之作。

如果说《成长如蜕》以父与子为视角，《亲人》（《作家》2013 年第 1 期）说的则是母与女的故事。私生女何湘在十六岁时，实在忍受不了母亲强迫她每天到亲生父亲家吃晚饭的屈辱，终于在她父亲一家也无法忍受如此尴尬而爆发后的大年夜，一声不吭地离家出走了，并与母亲失联八年。一天，在街上偶遇人们围观一位坐地哭喊妈妈的女孩，触景生情：“何湘到了家，把车子停到车库，熄火，关门，背了包进门。脱鞋时一低头，脸上掉下一滴水珠，沉甸甸的，里面像是包含着什么惊人的元素。一摸，竟是一手的眼泪。何湘想，哦，我是有妈妈的，只是八年不曾相见了。”于是，何湘走向寻母之旅。寻亲之前及过程，矛盾百出，内里紧张，作者沉静款款地展示了何湘无爱的伤疤，一种拒绝亲情、爱情与友情的冷漠孤独的人生；旅程之后，尤其与小二的偶然一夜情，以及寺院老尼的出现，矛盾平息，伤疤愈合，何湘坚硬冰冷的内心一步步回暖，温暖到心底最柔软之处，此时她也找回了爱的能力。“可不是，世界就是一张纸，轻轻一捅就破了。在破裂的地方她看到了真相，这真相就是爱。”而人人都有可能寻找到亲人，因为“爱，就是找一个亲人，性，也是为了找一个亲人”。在别人的眼光里，何湘找到与出家了的母亲兰坚和解的钥匙，自然也找到了直面这个世界的方式，同时也找回了自我。老尼说，兰坚和我说过的，你就是为了在老陈家里吃了六年晚饭，才记恨她。你不想想，老陈一家子，让你吃了六年晚饭啊，你是多大的福气啊？她忽然惊诧，可以这么想的？原来小二的思维与这女人是一样的，世上确有两种截然不同的思维，一种思维不断地得到，一种思维不停地失去。“我一直以为伤害我最深的是我妈，因为她，我体会不到爱。”

八个月后，她被推入产房，什么都好，护士对她柔声曼语，医生对她抚慰有加，同病房的产妇们给她送了鲜花，她的同事们在产房门外等待她，他们都像她的亲人一样。而她呢，这个单身母亲的嘴角和眼睛里堆满笑容。医生刚才问她，孩子出来以后，她要说的第一句话是：谢谢孩子呗，谢谢孩子来投胎。

一如长篇小说《成长如蜕》的“弟弟”顺应了时代，顺应了世俗生活，结束流浪，脱壳重生般回到了父亲希望他走的人生道路，回到了“正常的”生活轨道。何湘也换了一种角度，人生便有了亲人和爱心。作为读者的我们也与作者叶弥、主人公何湘一道，在历经悲凉之后，抚摸各自的疼痛，也去寻找各自的亲人，完成了一次自我救赎。故事简约，内在的节奏感却很强，渐次深入并拓展张力，既凸显其丰富的内核，发人深省，充满宿命感，又内蕴着决绝尖锐的悲凉和慈悲。

而叶弥另一短篇《香炉山》（《收获》2010 年 2 期）也堪称精品，女主人公夜游香炉山，本来是“一个享受愉悦的机会”，却因不久前一桩凶杀案而令她心里充满了对未知旅途的戒备和慌乱，让她不能静下心来欣赏过往的村落。心灵的旅程使她的内心世界不断产生裂变，信任的缺失让她在山脚下迷路，哪怕千辛万苦如愿登上了香炉山，也看不到神灯。苏给她的一路一夜的信任，她与何湘一样心灵回暖，重新找回无所畏惧的自我。这个探寻女性幽微心理的小说，与《亲人》一样都是关乎女性心理和自我救赎的寓言故事。当然，叶弥的叙述是上乘的，她总是把自己安置在静处远处低处。目光细致，文字才沉静。静静的温温的却充满轻盈、灵性和诗意，如飞舞的彩练。感觉如丝如绒，细微如绒毛般的质感；却又丝丝抽出，拉长，舞动着飘向远处，简洁又意味绵长；尤其她深谙文学的虚实之道，一如《亲人》结尾车祸时的灵魂出窍，似虚似实，人物对话的双关意蕴，有计白当黑之功用，简约却内核扩大，偶然故事的背后，常常是发人深省的必然。这神来之笔既揭示了故事，令人震动，还使小说因另有细节而富有意义。

表现笔下女性个体与外部社会环境的强烈对峙，并在左冲右突后，逐渐与这个社会的和解互动，有了直面生存实际的勇气与生活态度，成为当下女性写作中不可忽视的文学现象。尽管叶弥的文学写作更为深广，也不独以女性的个体性经验写作为特点，但《亲人》《香炉山》在某种意义上揭示了当下女性文学这种文学现象的内在根源，女性的自闭并非仅仅是个体的，也是集体无意识的，更是时代的精神症候。无论男女，换一种角度，便可以找到另一种人生和人性光辉，从而直面人生，或回归生活本身。20 世纪 90 年代以来的女性文学在文学上突显女性的性别，以一种女性的独特的个体性经验解构着男权社会，如今历经世事的她们也一如叶弥般解构着过往狭窄自闭的个体性经验，走出个人世界，改变消极的避世态度，并与笔下女性经过命运百转千回而回归正常人生，实现了治愈性的心灵疗伤与自我拯救。

于是，当下女性写作已经走出一个人的战争了，因为“一个人的战争意味着一个巴掌自己拍自己，一面墙自己挡自己，一朵花自己毁灭自己。一个人的战争意味着一个女人自己嫁给自己”。女巫林白们已经双脚着地，走进人间。这份与生活的互动与和解，不是败退的妥协，而是更高层面上的直面人生。

林白与海男，都是颇具艺术天性并特立独行的女作家，她们的女性精神困境和苦难的小说系列，持续地提供着对于女性历史与个人的经验思考，作为中国当代女性文学个人化写作的代表，她们的作品不仅具有先锋意义，而且为读者提供持续而长久的对女性文学的阐析。近年，她们笔下的女性在一个人左冲右突的战争中，开始与生活的周遭有了不同程度的和解互动，感伤、自闭与伤痛的身心，走上了有阳光暖意的治愈性的心灵疗伤与自我拯救之路。林白从《一个人的战争》《玻璃虫》《万物花开》到《妇女闲聊录》《致一九七五》再到《北去来辞》，终于出现了史道良这样一位传统而俊朗的男主人公，一个不同她以往笔下那些漂亮俊友的猥琐、无责任心的男性形象，而是一位催生女主人公海红精神成长成熟的智慧型的男性人物形象。海红为了寻找生活的意义而走出个人时空，在她厘清自身与史道良的相依关系后，也看清了自己的梦想与疑难、可能与局限，回归了生活，也找到了精神故乡，或说是精神回归后的自我救赎。于是，聪慧的林白便有了中年以后明亮温暖的平凡生活，作品也多了幽微的人性裂变和丰富的生活细节，重返日常与自我救赎使林白的创作变得内蕴饱满、深长弥坚。《北去来辞》也一扫林白曾经不食人间烟火的“伤感、矫情、自恋与轻逸的自己”，从容地走进生活，融汇了以往所有个人与创作的经验，与笔下人物表现出她最大限度的和解互动、同情之理解。

而“高原玫瑰”海男，在她的新作短篇小说《背叛》（《滇池》2013年第6期）中也表达了与《北去来辞》一样的对男性“同情的理解”。这个也有着寓言色彩的故事，不仅在于深掘了女性婚恋中常见的自我陶醉、遭遇背叛、逃离与报复的女性挣扎，更在于挣扎过程中对男女各自潜伏的“异化”、暗流的人性幽微的发现、理解与反思。刚接受男友订婚戒指的女主人公，却发现男友在与另外女子约会；在自我疗伤的温泉，偶遇每年皆来温泉“寻求孤独”的另一男子，跟踪而来的男子的女友揭开生活的真相，并及时阻断即将的艳遇和暧昧。女主人公豁然开朗：“我明白男人为何要背叛女人了：因为男人渴望孤独时，女人走了上来。”海男已经不止于对男性的拷问，更多的是对两性各自的人性幽微、裂变的瞬间精确的描述，并充满女性悲情和自省，显示小说宽度的同时，也因她的笔触探寻到人性更隐秘的深处，并通过现象直抵了世界与人性的本质，揭示了人性的深度。这种冲突后的和解互动，不是与世俗的妥协，而是一种对人性更透彻的表现与批判。完成了治愈性的心灵疗伤与自我救赎后，女主人公又可以从容回归到日常生活了。

其实，不能面对生存实际的女性，她的灵魂世界也难以圆满，自我救赎更是妄谈。很多女作家，永远不能处理“后半生”，如萧红、张爱玲、伍尔芙等。

文学天才萧红的文字和感情生活也是一个反差的存在，她短暂一生的颠沛流离、食不果腹的彻骨荒凉，她文学世界的满心温暖，以及她对文学的执着追求、纯粹的文学精神与孤绝的文学品质，为我们留下一笔文学财富。

她的人生是矛盾与分裂的。一如她的名字“萧”与“红”，灿烂与凋零相生相应。她终生渴望爱与自由，也终生在男权文化中受难与自我放逐。即使在最落魄时，她热烈的心也总是扑向不那么适宜她的爱，甚至在新爱中生旧爱的孩子，命运奇崛，爱与自由总是在她抵达时，又无情地远去。她说：“我一生最大的痛苦和不幸，都是因为我是一个女人。”她一生所承受的不幸、屈辱和痛苦，一是来自她的“爱人”：与她一样处于进步文化阵营、并一起追赶新文化运动大潮过来的“他们”。一是中国的文化土壤所致，因为社会制度与文化的历史震动，已深化到性格的内在分裂，萧红既渴望传统的家园，又追求自由精神，抗争专制，就必然在夹缝中生长。因此，四分五裂的中国女性的灵魂，无力对抗人类的愚昧与铁桶般的男权社会，因而充满悲剧与苦难。“我想飞，但是我同时感受到我会掉下来的。”萧红从女性的个体经验出发，追问女性生存的价值与意义，作品感人至深的是女性的文化处境及其悲剧命运。心里有痛感的人，才能写出好的文字。

同是旷世才女，滚滚红尘中的张爱玲生活安逸，却也无法面对生存实际，一个胡兰成便毁灭了她灵动深长的情感世界，也造就了她惨淡的后半生。读着她笔致妖娆而阴冷、气局狭小尖锐、寒意沁骨的文学世界，一种怀旧家庭的人生悲凉，不期而至。而生活惨烈的萧红，笔致却素朴天成，气局宏大奇崛，文学世界温暖深切、纯粹执着，那是一种紧贴大地、关于百姓生与死的大悲凉。当然，她们都无法面对人生的矛盾与冲突，也就无法完成个人的自我救赎。

女性文学的杰出代表伍尔芙又是另一出人生悲剧，她也在世俗的人间与个人追求中无数次迟疑和冲突，实在无法忍受生存实际，于是，伍尔芙选择了自己的灵魂，最终还是离家远去。她注视着虚空，在某一个黄昏，走向那条叫马塞诸斯的河流，上衣口袋里装满鹅卵石，抱了必死决心，沉入波光潋滟的河流。在另一个国度继续她精神世界的思索，这是电影《时时刻刻》中妮可演绎伍尔芙对尘世冲突的最后决绝，黛色的晚霞留给我一种知识女性无奈无望的悲凉，至今犹在。

便想起叶弥的《亲人》《香炉山》，如果萧红、张爱玲、伍尔芙们换一个角度看自己的人生，一直是失去的同时，是否也一直得到了什么？也许便可化惨淡人生于日常生活？当然，人间也少了一曲曲文学绝唱。

少了面对生存实际冲突的能力，也容易少了揭示人心及其人类异想的能力，是否就是中国女性文学与2013年诺贝尔文学奖获得者门罗的人生与文学智慧的一个重要差距？也许这也是当下女性写作一个值得探讨的课题。

因为在当下世界各地的现代化进程中，女性和文化都被用来指称现代化的程度，那么，与世界多元文化碰撞最为活跃的全媒时代，女性书写的发展必然受到各种女性主义文化思潮更深刻的冲击和影响，由此也体现出当下女性书写在某种意义上的独特性。当然，女性因其性别的“宿命”而更加边缘、更加敏感、更加易碎的特殊情境，更渴望获得并展示自身的话语权力，既完成女性的自我救赎，又留下更多的为抗争多重压迫所做的挣扎和努力，为人类发现更多女性命运何以如此、人生何以如此的人生与审美经验。也惟此，文学之旅才路漫漫兮。

《滇池》2014年第10期

南方的果实

我不知道，许多年以后，鬼子是否还会记得羊年正月里那个阳光灿烂的下午，在“仫佬族文学研讨会”上，他面对他家乡的仫佬族同胞，面对广西文坛的同行们，动情地谈着他的故乡、他的过去、他的创作。那声声倾诉仿佛蜘蛛，在会场的每一个角落结着丝丝情网，它牵连着大家的心，一时仿佛大家都是亲人。那感觉至今还温暖着我，我还记得他最后说：“我觉得，每一个作家，犹如一条船，不同的船它都会靠拢不同的码头，码头给你许多庇护，你心存感激，感谢你的家乡，感谢很多很多的人，有时，你甚至都不知道该感谢谁……”他低着头喃喃不停。我不知道别人眼角是否也会像我一样潮湿，我明白这是绿叶对根的情意，这是鬼子对家乡另一种形式的抵达。我还明白，这便是文学，文学使我们有了家乡，文学使来自四面八方的我们成了亲人。

这便是鬼子。尽管鬼子这名字曾招来不少人的误读，但人们也许不知道在仫佬语中“鬼子”就是聪明人的意思，仫佬族的聪明人廖润柏便是鬼子。鬼子以自己的聪明和刻苦为中国文坛奉献了一批坚硬的果实，读者感激他，而他却以赤子之心感谢一切。东西说过，有感恩意识的作家的写作“是有良知、有情感的写作，也是一种低姿态高境界的写作”。为此，东西、鬼子和毕飞宇共同出了一套《回报者文丛》，他们以一个中国前沿作家的身份，回望自己的来路以回报一切关注过他们的人们和社会，赤子之心历历在目。

同时，命运意识浮出水面。

“命运意识”是陈晓明为东西、鬼子、熊正良、毕飞宇等人定义的。的确，鬼子、东西近十年的创作大多都是触及当代底层民众的生活，并揭示出生活的困境和无法更改的境遇。鬼子写了那么多如野草般长在苦难深处的晓雷（《被雨淋湿的河》）、寒露（《上午打瞌睡的女孩》）们的荒芜生命；东西则机智地挖掘着许多悲哀犹如一聋一瞎一哑三口之家（《没有语言的生活》）那样无望的生存处境和内心世界。记得初读它们时，只觉得小说的分子、原子全是那种叫苦难的东西。我竟有些害怕，尤其是鬼子的作品，常常令我在无望中无路可逃。那份疼痛，令人不得不鼓起勇气面对生活中被我们忽略了的那些如草芥般的苦难生命和弱势群体。记得，初次见到东西时，有些文弱的东西正跟人谈笑，但我分明看到他明朗笑容后面的一抹忧伤。而那时的鬼子可不是如今的满脸圆润，他一脸冷硬，那些生活的皱痕一圈又一圈，密密实实，无数、无数。我真切感受到东西、鬼子那深入骨髓的悲剧意识和绝望。

而真正灼痛我内心的，是我读到《回报者文丛》中鬼子的《艰难的行走》、东西的《时代的孤儿》。贫困的生活让鬼子十几岁还光着脚，甚至还不会说一句汉语，青年时期为讨生活，当年小学民办老师鬼子开始给地摊写武侠小说，“那是一段近乎卖血的日子”。我明白了他为什么在书中放了这么多幅今天舒适新居的照片，他在呵护今天。而少时的东西挨饿受冻是常事，刚成年生活开始有了起色，却一次次朝那至今未通公路未通水电的家乡“谷里”飞奔，张罗哺育他长大的同样饱受磨难的亲人们接踵而来的一个个催人泪下的葬礼。许多年后的今天，孝子东西三十六岁，已经过了多少山多少水，过了多少生多少死。然而，苦难的命运成为聪明的东西、鬼子无穷的动力，激励他们刻苦，激励他们走向梦想。于是，关于个人命运的叙述使他们获得了思想深度，并找到了文学叙述的力量感，这使得他们沿着这条路得以前行。这些孤儿般凄苦和执着的艰难行走，终于使他们成为中国新生代作家的代表，1998年后他们先后获得了鲁迅文学奖。在潮汐般涌来的表现现实生活的中国当代小说中，东西的《没有语言的生活》、鬼子的《被雨淋湿的河》将是两块留在岸上坚硬的石头。它们是苦难的果实，它们是艺术的果实。

从前种种，譬如昨日死，以后种种，譬如今日生。

记得1997年夏天，在北京的“中日学者对话会”上，我和白烨、王干、谢泳晚饭后散步，大家聊起《南方文坛》以及广西的青年作家。那时，《南方文坛·南方百家》已经以专辑的形式推介过东西、李冯的创作，我正在请王干写鬼子的评论以便做鬼子专辑。王干提醒我说，你怎么不把他们三个合起来开个研讨会，把他们整体推向中国文坛，我们《钟山》就是这么做的。的确，江苏的创作氛围和文学大省的风范全国闻名。回来后，刚好鬼子从桂林来南宁到我的办公室。我告诉他做他的专辑和开研讨会的创意，他挺高兴的。我马上给李敬泽打电话，既向他约评论，也向他讨主意如何命名。那时，河北“三驾马车”刚刚热起来。于是“三套车”“三驾车”“三个火枪手”“三剑客”等几个名称，就在我的长途电话中，与李敬泽、马相武、陈晓明、王干、朱小如等评论家之间推过来敲过去，最终定格在“三剑客”上，主要是三人艺术（剑术）风格各异。操办会议，我力不从心，便联合作协冯艺，那时他刚调到作协。于是，他联络了陈建功，又行文报告潘琦部长。东西、鬼子、李冯都是广西首届签约作家，潘部长欣然支持，拨款并参加了后来的研讨会。于是，1997年底，融融的冬日里，《南方文坛》与中国作协创研部、广西作协、广西理协、《花城》杂志、广西师大中文系等单位联合在南宁南鹰宾馆召开东西、鬼子、李冯创作研讨会。陈建功、雷达、陈晓明、李敬泽、王干、马相武、郦国义、朱小如、张陵、田瑛、钟红明、张梅、尹汉胤、林宋瑜等著名评论家、作家、名编来了，这是中国文坛一批响亮的名字。于是，“广西三剑客”的称号开始流播中国文坛，这串青果茁壮成长为广西文化的成熟果实。

从此，与“三剑客”的友谊在渐行渐近中精进了许多，他们的才华给我留下深刻的印象，尤其东西。他实在太聪明了，他总是思维敏捷，谈锋雄健，而且他还有几把“利剑”——诗歌、散文，近日听说他戏也写得好。去年曾在《作家》杂志读到他的组诗，令人动心，似乎诗名为“只一次”。我一直以为，不读东西的散文，你不会知道他的真实情怀；不读他的诗，你真不知道他有多大的才气。

黄佩华也是个才子，而且少年得志。二十几岁发表小说的同时，就在家乡当着县委宣传部长。春风中，他竟自己卸下花翎去了《三月三》杂志，他只想做一个纯粹的作家。1993 年初，在长江“白帝号”轮上，他向我们几个文友说起这些时，我正习惯性地坐在边上不吱声，我真想告诉他，我对此一直心怀敬意。我总以为，一个人一辈子能做好一件事就很不容易了，何况当官与写作实在是两条道上的事。黄佩华二十大几就能不惑，就能明白自己要什么不要什么，真是大气得很。日常的黄佩华也是颇具名士性格的。他一般不做自己不喜欢做的事，自由自在，朴素坦诚，棱角分明，疾恶如仇。他尤其厌恶那些溜须势利的风派人物或损人利己者，如果饭桌偶遇，他不是视而不见，便是极尽嘲讽之能事。要命的是，他不动声色，平平常常地说着，常常弄得一针见血地针砭这个“他者”，却赢得满桌人会心一笑。他说话实在是风趣、冷隽，令人难以复述。如果你以为这似乎有伤忠厚，可饭后谁路远他会很潇洒地用车送你到家门，又让你体会到他另一面的朴素真挚。

早几年，我曾邀请他上“南方百家”栏目做专辑，开始他答应了，可过了十来天，我收到他一封言辞诚恳的来信，他觉得自己那两年几乎没有新作品，实在愧得慌，更不敢上《南方文坛》丢脸，甚至都不好意思在电话谢绝，所以写信。至今我还记得他说的“衡量作家成就的唯一标准是他的作品”。感动之下，我当即给他回电话表达自己的敬意。可见，他不仅实事求是待人，也实事求是待己，这便是他的理性和清醒，也是我做《南方文坛》以来唯一谢绝专辑评论的作家。今天提起更富意义，因为不少青年写作者不明白作品是作家立身之本，而去热衷作品之外的功夫。近日读到他的新长篇《生生长流》再次触摸到他重重叠叠的乡土情结，触摸到他在家族、乡土、文体之间寻找自己艺术世界的努力，触摸到乡土上家族蓬勃旺盛的生命力和脉脉相袭的亲缘，此时我们感受到的又是一个智慧而温情的黄佩华了。

“故乡是作家永远的家园”（黄佩华语录），其实乡愁对他以及东西、鬼子、凡一平早不是一枚车票，乡愁更多的时候是果实，是事业和生活的果实，他们是以自己不断的新的要求和新的创作果实回报故乡的。

相对黄佩华的成熟，同一个单位的凡一平则显得天真多了。记得我第一次见他，他就是这个童心未泯的大孩子模样，哪怕头发斑白了，他剃成光头；胖了，倒越缘佛了或说缘福了。你几乎见不到他苦笑过，从来嘻嘻哈哈的，整个邻家大男孩的样子。最可爱的莫过于在饭桌上，一上酒他就露出少年儿童的笑脸，举起酒杯就直截了当地往胃里倒，那真的是胃好呀。喝到几成，他就看谁都是亲人了，搂肩搭背的，掏心掏肺的，还时不时落到女性话题上，并且充满向往。你心里骂他，还骂酒是色媒人，可你一看他一脸无邪的样子，你还不得不承认他的天真和多情。似乎这就是人体艺术与黄色画报的区别了，也是凡一平的可爱和人缘。

写了许多年的都市化小说，凡一平也曾获得一些荣誉，但起色不大。可是，这阵子他的人气指数直线攀升。关于他的影视新闻一桩又一桩。有的真是夸他的，有的则是扯红薯藤似的带上他的。什么《寻枪》

电影拍摄、公映过程一波三折，折折都夹着他；《理发师》还在筹拍，啰唆的好事就一筐又一筐，筐筐都装着他。他是这些电影的小说原创兼编剧呢。一个作家最关心的莫过两件事，写出来的作品一是专家认可，一是社会认可，至于历史的认可，那是后世之事，管不着了。凡一平占了第二条。于是，他从来的笑容更阳光了，看上去真的是气象万千啊，说他福相说他缘佛说他急功近利什么都有，春风得意着呢，得意感仿佛短大褂里的长内衣，想掩藏都掩藏不住。这家伙是有影视缘，听说近日他又谋好一新剧本。恐怕四个朋友中，他最甘于“触电”了。他明白自己要什么。作为文友，我高兴朋友们任何一种选择，可高兴之余，我更愿意他写作不止于影视，希望再看到他的《随风咏叹》式的好小说，本期的《爱情海》还是一副为影视而作的版本。我总以为，“触电”给作家带来了满足，显然也带来了遗憾，那就是日益渐离文学品质。

因为是朋友，所以率性而说，尽管他们比我都写得好；因为我们都是以文学为事业为生命的人，创作是第一位的。为此，黄佩华早早离开政坛；鬼子老想着什么时候不用坐班打卡，拉长自己的写作时间；东西干脆弃去《广西日报》副刊部副主任，到专事写作的艺术创作中心了；凡一平更是自由自在。他们真的是人精啊，他们明白自己长在文学大树上，要结成怎样的南方的果实。

《红豆》2003 年第 3 期

公元 1999

——怀念张钧

1999 年 8 月，接到《文艺争鸣》郭铁成主编从长春打来的电话，一是想知道我去长春开会的航班号，二是想让我婉言劝阻东北师范大学的副教授、青年批评家张钧与会，而且说这是他们会议主办者，尤其是张钧的导师戚廷贵先生对我的委托。因为张钧的身体已经吃不消了，他的肺癌随时都有可能让他倒下。医生说，他能活到今天，已是奇迹。大家都希望奇迹更奇，都希望他能多活些日子，再多活些日子，周围的人都瞒着他。而浑然不知的张钧，这些天他一直要求与会，一直在打听我抵达长春的具体时间，说要去接我，全然不理会大家的劝阻。轻轻搁下电话，我慌乱不已……

张钧是 1999 年 4 月发现患肺癌的。无奈中，他放下手中的课题：中国当代小说创作中的个人化写作。他为这个研究，阅读了六百多篇（部）作品及大量理论文章，作了几十万字的访谈提纲，并做了令中国文坛瞩目的访谈——走遍大江南北，专访了二十八位新生代代表作家，并整理完成了近五十万字的访谈录和二十万字的论文，历时三年，直至积劳病发。他还计划出三部书稿：一是他与新生代作家的对话录，二是他编的新生代作家的小说理论集，三是他自己写的研究论著。此外，他还有一批诗歌小说与理论文章以及一部长篇小说。他无奈地搁下他的艰苦治学，到了北京动手术，回来后，他兴奋异常地告诉我们大家，北京的医生说不是肺癌，长春的医生是误诊。然而，顽强的张钧怎能知道，北京医生打开他的腹腔后发现，医学早无回天之术，他还活着已是奇迹。医生们唯一能做的便是再缝合腹腔，告诉他“没事了”，希望奇迹延续。而当时唯一知道实情的是他的爱妻王村径女士。这是何等凄美的欺骗！

慌乱中，我给北京的敬泽兄打电话，他听了我语无伦次的叙说也傻了：是我们一拨文友为他联系的医院，说排除癌症之后，我们和他还到饭店庆祝一番呢。怎么会是这样呢？

是的，谁又会料到一个如此执着于理想追求、一个受尽了生活磨难的顽强生命还得面对死神的挑战？我竭力止住自己的颤抖，给张钧去了个电话，告诉他我到长春还有点私事，请他千万不用去机场接我，我会去看他的。因为，前一天他来过电话，知道我的具体行程，也知道他的刘继明访谈我已签发。

第二天晚上，张钧来了，他无论如何都不让我去看他，说很近，他要走走。我不放心又问他妻子，王村径说他行。在东北师范大学宾馆我第一次见到他：高高的个子，很瘦，一身疲惫，却乐观。我实在没有勇气正视他，生怕管不住自己的泪水，我一再找各种理由让他第二天别来会场。他并不搭理我的话题，只是说着自己的写作计划，还要给我们杂志稿子；说着 1998 年他多年后回故乡广西的情形，说见了东西和鬼子，可惜那时我去了欧洲没见着；说着他三十岁以前的坎坷，尤其年幼时在柳州全家成了反革命，十几岁便开始流亡东北；说着这次会议要来的同行。他很平静，但每个话题都是三言两语，因为我总是轻轻打断他，生怕他累了，生怕他伤感。最后，他终于同意不来开会了。虽然他低着头说，我还是感到他的无奈和失落，我无言以对。早早地我送他回去了，生怕他轻飘飘的身子倒下，生怕自己会忍不住说：如果你很想来开会，就来吧。

虽然完成了大家的重托，可是，直觉告诉我应该让张钧来，因为他很想来，因为有这么多他认识的师长、同行朋友，更因为文学是他的生命。然而，大家都认为他不来是对的。可是，他低着头说“那就不去吧”的情形一直让我不安。这种不安直至年底。

1999 年底，世界众声喧哗，人们或在讨论是否是世纪末年，或是谋划如何过个百年元年，尤其商家更以此为商机以多闹腾些银两。张钧的故乡广西也乘时召开“文代会”，文人们欢聚之时更免不了争位排名，而这一切与一生飘零、早已失去故乡的广西籍文人张钧无关了，因为在遥远的东北，张钧耗尽了生命，静静地离去，时为公元 1999 年 12 月 22 日。

张钧的文学生涯起点是诗歌，后来多为文学评论，而他一生流浪不断一生理想不断，显示了他诗人的天性。我突然明白里尔克为什么会说诗人都是些没有故乡的人了。便想，张钧早已把他朴素而艰苦的文学追求播种到中国的大江南北了，何处不故乡？

一年后，陈思和先生把张钧生前托付手稿又在几个出版社间辗转未果的事告诉我，我又把张钧的故事告诉了广西师大出版社的社长肖启明、总编何林夏，感叹之余，他们同意把张钧的新生代作家访谈录纳入我在该社主编的“南方批评书系”中出版。终于，故乡的上空为张钧飘浮了几朵美丽的云彩，他一定能看到。

毕竟，张钧为新世纪的中国文坛留下了一种永远的文学精神。出版他的访谈，是为了他这份 20 世纪 90 年代文学批评的生命追求与艺术良知，是为了一切像他那样的真正的文学殉道者，是为了一切关爱文学的读者，还为了我难以忘怀的 1999 年他不能与会的失落。

《羊城晚报》2002 年 7 月 11 日

一棵精神之树

世界本没有相同的树木，却有相似的树。

2004 年夏，弥留之际的文学评论家程文超先生，要把《欲望的重新叙述——20 世纪中国文学叙事与文艺精神》这部他最后日子里与学生一起完成的书稿托付给我，“希望成为《南方批评书系》之一”。他以生命探寻一种融叙事学分析与诗学体验于一体的有效路径，直接清理欲望叙述与当下文化的难题。2004 年秋，四十九岁的文超离去了，这部遗著也成为一种生命的见证，见证他的学术精神，见证他的师者精神，见证中国文学评论家的精神。

也许是一种巧合。我主编的《南方批评书系》第一辑始于另一位同是评论家的文学殉道者——东北师范大学青年学者张钧及其《小说的立场——新生代作家访谈录》。20 世纪末，张钧为了完成本书，做了令中国文坛瞩目的访谈——走遍大江南北，走访了二十八位著名的新生代作家，历时三年，直至积劳癌症病发，于 1999 年 12 月 22 日不幸逝世，年仅四十一岁。而这本具有当代文学学术性和档案性的访谈录在出版未果中，陈思和教授托付给我，并由广西师范大学出版社在张钧逝世两周年时出版了。《羊城晚报》以“一个人，一本书，一种精神”为通栏标题，倾诉了一组文学同人的纪念。各大媒体也说：张钧为 21 世纪中国文坛留下了一种永远的文学精神，他是一棵精神之树。

其实并非巧合。2001 年底，程文超与中国文坛三十余位实力派评论家到北海赴《南方文坛》之约。大家说到即将面世的张钧遗著，正处于病情有所稳定时期的文超望着无极的蓝天碧水对我笑呵呵：“我不会这么快麻烦你的！”想到那几年，他几次的瞬间犹疑和苦痛，他在电话里说他想不治了。于是，有了 2000 年底我在广东肇庆开会要赶去他家的探望，陈思和兄、陈晓明兄说也要同行；有了四人轻拥、无语凝噎的一刻。那一刻，文超是那样真实，那样勇敢，面对朋友一切敞开的勇敢。因为只一会儿，他的爱妻回来了，文超又换上一副淡定朗健的笑脸，他能给久荷折磨的家人的只有笑容了。一时，我竟无法面对坚韧的形销骨立的文超的笑脸。我知道这副超人的笑脸是因为有一种精神长在文超的心灵深处，使他得以超越十二年四次治癌大手术、大剂量化疗的超人历程，以对文学执着的虔敬和生命的每一分抗争为文为师为人。他与张钧一样都是真正的文学殉道者。

一棵树生长十二年会有多粗壮？一个人十二年如一日与癌症抗争，却同样斯文有传，学者有师，以百余篇论文、八部学术专著为干，以无数亲友的情缘为叶，以三十三位他带出的硕士、博士为果，程文超用生命植下了一棵精神之树。与张钧一样，树上都生长着一种文学和人类赖以生存的精神。

精神之树长绿。

《作品》2005 年第 10 期

南方艺术视角

南方艺术，是生长在《南方文坛》的艺术景观；本画册《南方艺术视角》收录八十五位艺术家的作品，既有他们发在本刊封底的画作，又有其富有个性的代表作，诚如主编苏旅兄所言：是二十年来中国当代画坛诸多艺术探索者不懈努力的代表和缩影。

这样的视角与展现，的确令人振奋。它来自边地广西《南方文坛》的封底栏目“当代艺术视角”，来自本刊美术总监、著名美术评论家、出版家苏旅先生之妙手。

“当代艺术视角”缘于1996年底，是《南方文坛》改版后确定的栏目。帮助我们完成最初改版的美编是广西民族出版社的张文馨，他的灵慧时尚令杂志旧貌换新颜，1997年都是他选画直接发封底。改版一年，《南方文坛》便在国内文坛迅速崛起，喜逢如此良辰，又感念美术的先锋性，便起意张扬美术批评，使杂志彰显多元并存与先锋性的姿态，以及坚持为不同艺术门类、不同学科的人文，乃至不同艺术个性留出必要的空间，力求形成人文学科、文学艺术互动互补的大格局。于是，1998年初，便恭请当时被誉为广西美术头牌批评家、任广西美术出版社副总编的苏旅先生主持封底，并商定“当代艺术视角”为栏目名。作为20世纪90年代中国先锋艺术许多画家的伯乐，苏旅兄挖掘了众多优秀画家，写评论、办画展、出画册，在国内颇具影响力。于是，从1998年第2期始，便每期一名家一画作，苏旅兄又亲自撰文做美术短评；从此，每期封底便从一名家一图，到一名家一图一短评，每年六期至今。

坚持了二十年，勾画出中国近二十年艺术发展的一种轨迹。每两月拿到新刊，我最先翻看的便是封面封底，这是《南方文坛》的脸面。然后，在封底画作下方的精短评论上定格良久，它们大多出自苏旅兄之手。没有这些目光敏锐、判断准确、评论精良的文字，杂志的品位立减四分之一。

回望二十年封底，正如本书前序苏旅兄所言：专栏“希望能做成当代画坛的阴晴表。二十年来我才发现，它不但是艺术的晴雨表，也是时代变迁的晴雨表，是我本人艺术喜好的晴雨表，所以这个专栏从一开始就不是单一的、纯粹的，而是综合的、复式的、多面的。有前卫，有传统，有现代，也有古董，只有一条是不变的，就是它尽可能是高端的、高雅的、高水平的”。的确，这既是《南方文坛》改版二十年的纪念，也为读者提供了近二十年中国美术发展的一种视角，或者说提供发现艺术与美的客观依据，并显示出艺术个性、水准和品质，蔚为大观。

二十年的改版之路，是疯狂却是富有激情创意的二十年。封底的画作既有传统的高雅，更有不拘一格的前卫，甚至异想天开，这是令从事文学创作与批评的我叹为观止的。

任何一次文艺思潮，立于潮头的大多是美术。

为此，我感谢苏旅兄及其几位编外同事。无论做人作文，我与杂志都在与他们的学习工作中同生共长，那真是同谋同道同志。二十年里，有十一年没有办刊经费，及至2001年与广西师大出版社合作。最初几年，苏旅兄完全是被我居然敢徒手改版而感动，真正的友情出演，每期封底从在全国确定画家，到选画并写短评，到制作室检查图样全线亲力亲为，甚至两年没有稿费。

这样一条珍贵的精神通道的形成，源于我们都是中国20世纪80年代的文艺果实，都是唯美的理想主义者，都养护着中国传统文人的情怀、风骨与品格。当然，苏旅君更为特立独行，眼里更容不得沙子，新世纪初期居然一纸公开信辞去所有协会兼职，成为一时佳话，令我等苟活者惭愧与敬佩。

凡俗的我学不了他，便尽可能参加他主持的一个个广西的、全国的画展。是的，这位在美术创作、美术理论、美术策划、美术出版、美术组织等方面，综合能力在广西难有出其右的亦师亦友的人物，真的极富感召力。20世纪90年代，在他策划的油画“南方的风景”系列活动时，看到广西数得着的油画家对他的追捧；而新世纪又成为“漓江画派”的策划者之一，画家黄格胜告诉我说：“没有苏旅的理论支持和策划行动能力，漓江画派不可能获得如今的成功。”

2002年他责编、我主编的《鸢尾花图文书丛》，让绘画的局外人写画。我们完全信任作为文化名人的作者，任由作者自由选画，只要写出对画作的某种感受——喜欢或不喜欢。我在序言《以画面穿透情感》中，表达了我对苏旅兄如此创意的高度认同，表达了对作者铁凝、刘索拉的美文美图，以及那份艺术自由飞翔的赞叹，至今翻阅，还令我感动，那真是直抵艺术本质并值得收藏的好书。

二十年来，表面上杂志社就我与张萍副主编支撑着，实际上我们的美编筱茜君、主理全书美术尤其封底的美术总监苏旅兄、英文要目的翻译专家（前十年是自动请缨的贺祥麟教授，后十年是复旦的谈峥教授）、出版社的校对彭青梅等四五位文化精英，一直按时按质按量鼎力支持杂志的准点出版，从未耽误，二十年如一日。

做一个杂志主编二十一年，尤其压力最大的几年，终于一年年坚持下来了。感谢苏旅兄、筱茜君给我带来疯子般的工作激情。他们不仅是我的编外同事，并成为兄弟姐妹，成为亲人，因为《南方文坛》。

许多年，大家一同春游秋行，一年几聚，每聚必解决一两个疑难问题。更重要的是，二十年谈书读画，论世议时，乃至生活的琐碎。一切都真诚率性，欢声笑语中，苏旅兄灰白的长须时而随着朗声欢笑俯仰有致，时而随着幽默狡黠的微笑而颤动。加上童心不老已到耄耋之年的贺祥麟教授（愿老男孩在天堂继续欢喜）、冰雪聪明率性朗健的筱茜等等，他们在哪里，欢乐就在哪里。相聚先议事论工，个个极为认真精细，争论互补；尘埃落定后便轻松自由，笑震屋宇；没有不可逾越的规则，一切皆可调侃，你想，这样的聚会，连空气都在捧腹大笑啊。欢笑中，各自认领好各自的活计，每每散去，又约好下次聚会的工作内容。如此工作氛围，《南方文坛》怎能不好?!

回望来路，心生感念。

他们令我无数次感受到：工作是美丽的。志同道合的合作长达二十年，我们彼此欣赏，与苏旅关洁夫妇，与被誉为广西金牌美编的筱茜鲍翰夫妇，还有童颜鹤发的贺祥麟教授，还有时尚独特的张文馨，以及客串过的美术评论家刘新、张东等，从来不掩饰对彼此的敬意与称赞。

如果做《南方文坛》，必须重来一遍，我们还是要找到苏旅与筱茜。

如此深厚的友谊，本书当应苏旅兄主编，我是外行，依旧任他在二十年已发画家中，自由选编并决定本书体例，一人一简介一照片一短评外，视版面，当然也视苏旅兄的艺术喜好，排一至三张作品，可惜时间跨度太大，不少原发作品的图片已难寻其踪；体例上，以艺术前辈、油画、前卫艺术、水墨画四部分依次编排；依旧是筱茜君操刀设计版面，依然美如南方，依然制成艺术品。

欣欣然，可以面对《南方文坛》的读者了。尽管，无一遗漏的出版物是不存在的，因为我们永远难以透彻中国美术谜一般的诱惑和不尽的深邃启示。

是为跋。

丁酉年·立夏

（此为《南方艺术视角》跋，广西美术出版社 2017 年 6 月版，《南方文坛》2017 年第 5 期）

文学批评三人行

与新世纪十年对文学批评此起彼伏的质疑不同，近年文学批评颇获赞誉，并显示出从内向外生长的新气象，其勃勃生机主要来自“70后”（1970年以后生人）青年批评家群体的成长成熟，其中时常被人提及的是“80后”杨庆祥、金理、黄平的三人行，三位青年才俊分别就职于中国人民大学、复旦大学与华东师范大学，不是同根生，却是同时长；虽各有师承，却相携同行。三人常常共同署名著文，或对话，或论述，或同会讨论，让我等老生疑似回到80年代文人相重、文学批评多对“双打”的黄金时代。于是，在业内，“80后三人谈”便成为文学批评界一件标志性的文学事件，其意义也许会日久弥深，眼前三人合集《以文学为志业——“80后学人”三人谈》，便不止于纪念和佳话了。

“以文学为志业”，不仅仅是明志，也是“三人谈”栏目首期话题，更是三人相生相应的底色和出发点。如果说在习博期间，庆祥与黄平就在导师人大程光炜教授带领下重返80年代的文学现场，实实在在地重读80年代的文学文本和文学事件是同门同道的缘分；那么，2009年在常熟范小青研讨会上，庆祥与金理同居一室，两位作为《南方文坛》2008年第5、6期“今日批评家”的彻夜长谈并相约同行，便是会心后的文学自觉了。这是一种既对自己文学研究事业怀着天职般的虔敬，视之为个人的生命意义与生活价值；更让人欣喜的是他们还富有平常心，他们不止一次与我谈道：高校青年教师生活清苦，要自己过好它，但能从事自己喜爱与理想的谋生职业已经是幸福了。关于职业与天职的关系，他们有着清醒的理性自觉。

最早见诸报刊的三人谈，是《“80后”写作与“中国梦”（上下）》发于《上海文学》2011年第6、7期。同年8月，在《南方文坛》与中国现代文学馆、上海作协联合举办的第二届“今日批评家”论坛期间，我与三人达成共识：《南方文坛》2012年开辟三人谈专栏，三人轮流主持。第1期开栏词杨庆祥如是解说：张燕玲老师找到金理、黄平和我，希望我们能以对话的形式在《南方文坛》开一个“80后学者三人谈”专栏，发表对于当下中国文学和文学史的一些意见，张老师的意思，年轻学者，不能老做学生和听众，该发言了。至于我们想以“学人”自称，不敢戴“学者”之帽，张老师笑道：谦逊很好，但有“80后”做前缀，再说这既是肯定也是期待。经过仔细的商量，我们特别认同“80后”定语，首先当然是一种身份和代际的区隔，我们三人都生于20世纪80年代，有着这个“代际”特有的一些观念和经验并自然投射到我们的研究中；其次更重要的是，我觉得这种区隔同时也是一个将个体“历史化”的行为，个体只有把自己置于某一历史位置才更能理解自我和历史，因此，这种命名实际上是为后面的系列对话确定一个观察的角度和思考的定点。

于是，三位“80后”学人的文学对话就从自我的阅读经验、文学趣味、知识型构谈起，追问在当下语境中以“文学为志业”的人生蕴藉和担当使命。在此基础上，对话由近及远，分别论述了“新世纪历史写作”“80年代文学”“社会主义文学”以及“现代文学传统”“未来文学备忘录”等系列话题。因为“80后”的特殊身份，他们还专门论述了“80后写作与当下中国”的种种话题，从历史与现实的角度全面剖析了“80 后”写作的历史和趋向。“三人谈”不追求统一的批评标准，相反，它在尽可能的限度上展示了一代人面对共同话题时不同的价值观念和思想立场。在这个思路里，对话在当下与过去、批评与历史研究、个体经验和普遍知识之间找到了一些交接点，打开了问题，并引起文坛学界的广泛关注，在不同场合，我听到不少的赞誉。两年下来，“三人谈”被视作“80 后”批评家登上文坛的标志性事件。

第一次见到安徽才子杨庆祥是 2007 年底，我们在桂林广西师大出版社图书藏品厅举办年度优秀论文颁奖会。在满室高及屋顶的书卷中，还博士在读的庆祥谦逊平实，一副小鬼当家的模样。作为获奖者却反客为主，相助会务，一马当先，稳健干练，真是个勤恳可信赖的小伙子。要命的是，我从此六七年间便不断“剥削”庆祥，《南方文坛》活动会务、纪要、网络事务、栏目主持等等，他总是爽快应答，并按时按质按量完成，耗费了他不少智慧和时间。如今年代，如此尚德青年，难能可贵。

当然，他为文出色，曾获“娇子·未来大家”《人民文学》年度青年批评家等多种奖项。这首先得益于他导师光炜教父般的引导和关爱，光炜兄还把这种爱心传染给我，以至 2006 年至今，《南方文坛》和我便不断得益于他们“重返 80 年代”及近年“90 年代”的系列研究，他的团队坚实地支持了我，其中庆祥和黄平便是突出者。庆祥的系列文章对 80 年代以来的一些作家、作品、期刊、思潮、事件包括“偶像”进行反思与追问，并举一反三，以此探究 80 年代以来形成的意识形态和学术体制（包括复杂的文化权力和文化资本），努力厘清作家作品与时代、社会的复杂关系，实现了他的批评“去魅”功能。近年更是活跃于文学现场，以有效的文学批评备受关注，我多次听到他在会上不畏权威的发言，独立内敛而不失锋芒，显示出诗人的风骨。曾狂热写诗并获过“80 后诗歌十年成就奖”的庆祥，会常常以诗人之心和诗歌之维写作与研讨，比如他获过的“南方最佳诗评人奖”，比如他关于欧阳江河的长诗《凤凰》的评论，就以多重维度间形成的矛盾张力揭示了长诗新的内涵，以强有力的难度进入强有力的作品文本，并构成有效对话，显示了庆祥出色的诗心思力、他独有的干练有力而冷静稳健的文风，以及独特纯正的审美原则和历史洞察力。

他的成名作《路遥的自我意识和写作姿态——兼及1985年前后"文学场"的历史分析》（《南方文坛》2007年第6期），以第二名的高票获得了本刊"2007年度优秀论文奖"。有论者曾著文说，庆祥和上海一著名批评家同票，"在僵持中，著名批评家李敬泽说：庆祥此文深得我心。最终，杨庆祥成为该奖项历年来最年轻的获奖者"。以讹传讹了，庆祥是当时获奖最年轻者，但持续了十三年的《南方文坛》年度奖，一直由编辑部初选若干篇目，提交评委独立审读终评并写出简短评语，以邮寄（包括电邮）投票方式评出六篇获奖论文，并以得票多少排序。同票，取年轻作者。评委敬泽兄在投庆祥文章票时，的确有"深得我心"之真言，高票的庆祥不存在僵持之说。同票事件，是指2010年度评奖时，庆祥师妹杨晓帆与著名评论家同票，编辑部取年轻的晓帆。这也是本刊催生新一代批评家成长的旨归。于是，"庆祥有了第一次坐飞机的机会"（程光炜在2013年5月"80后批评家研讨会"上如是说），我也幸运多了个得力助手。

2010年阳光灿烂的初夏，因参加《现代中文学刊》的学术会议，在虹桥机场见到前来接机的黄平，一声愉悦的轻呼和一脸的天真，我的疲劳顿消，没料到为《南方文坛》主持过两年新时期文学"作家访谈"专栏、写就一手雄辩文章的黄平，竟是如此阳光少年，而且待人接物，既有身为东北汉子的自然爽朗，也有南方人的细致周详。难怪陈子善先生不仅请他做兼职编辑，还要为他介绍女朋友。在本刊2011年第3期"今日批评家·黄平"专辑中，华东师大的倪文尖以书信的方式评述与褒奖后学黄平，亦师亦友，算是学界佳话。

以80年代以来的文学与文化现象的研究为起点，黄平比较集中于

80 年代文学、当代文学批评、“80 后”文学与青年亚文化等领域的研究。他分别获得《当代作家评论》《南方文坛》年度奖的《“人”与“鬼”的纠葛——〈废都〉与八十年代“人的文学”》《从“劳动”到“奋斗”——“励志型”读法、改革文学与〈平凡的世界〉》《“大时代”与“小时代”——韩寒、郭敬明与“80 后”写作》等佳文，令我们感受到他进行着一种通过“形势分析”抵达“历史分析”的尝试，他认为有效的批评，是以文学分析方式真切阐释“中国故事”。从路遥、贾平凹，到韩寒、郭敬明；从《今天》，到王朔、王小波、六六，乃至网络文学，他在做着重新建立“文学”与“历史”关联可能性的努力，尤其是打通自己的“专业”与自己“生活”的可能性，包括与自己生活的时代与上海进行深度的学术对话，例如他的《〈蜗居〉、新人与中国梦》，以及新近发在《南方文坛》的《个体化与共同体危机——以 80 后作家上海想象为中心》《巨象在上海：甫跃辉论》便显示了他这种独特的重返历史现场的方式，并寓同情理解于审度中。这种深入时代与生活的学术姿态，也许与黄平丝丝入扣的文本细读有关，与他声情并茂的滔滔雄辩有关，与他课堂上爆棚的人气有关，或许还与他热爱生活有关，与他身上的人间烟火和厨艺有关，也许也许……“小小少年”不仅有了真正的学人功力，还有高于同龄人的生活能力，令人欢喜。我素来认为精学问、能工作、会生活、有才情是人生高妙之境，尤其对于知识女性，而辽宁青年黄平却也能抵达，实属不易。

如果说庆祥的通达令我亲切，黄平的朗健给人阳光的话，金理的沉实则让人心静。印象最深的是 2010 年 11 月我们同行越南，颁完年度奖后评委与获奖者且行且聊，会心之下，颇为开心。而两位年轻的获奖者——在读博士金理与杨晓帆，金童玉女，虽一静一动，却也谦谦然，颇为养眼。也有豪迈的评委大家对金理时而静默和拘谨有所质疑。分别不久，便收到金理的来信，方知金理心中之痛。两月前，他刚痛失父亲。他痛自己对父亲突发重症一无所知，“等我赶到病床前，陪了不到十分钟，我父亲就推进重症监护病房，自此父子分别……父亲十七岁的时候离开上海去江西插队，最后就是我和母亲扶着他的灵柩回沪，辛苦一生就这样走了，天地不仁”；他痛自己求学的时间太长，父亲退休还没返沪，自己“至今还没工作，连孝敬父亲的机会都没有”；他痛自己一点准备都没有，不幸临身，“才发现没有任何经验可以抵御这种伤痛，真的一无可恃”。他感谢《南方文坛》“给了我机会和生活世界恢复基本的关联，能态度积极一点带着母亲走出阴影”。长叹中，我立即电告那有些误解的大家，金理是因家有大事而略显缄默。两年后，有幸见到金妈妈和他的新娘，已是蔼蔼然充满爱心暖意的日常生活，欣然中，便以为寻到金理明亮双眼深处的光源，找到他沉静笃实文字的根须了。

三人中，出道最早的是金理；大三时，他的处女作《繁复的表意空间》，就经老师张新颖推荐发在《上海文学》2002 年第 12 期。之后，在《文汇报》中短篇小说评议专栏“期刊连线”担任主笔，在《小说评论》开“小说的面影”专栏等。我一直欣赏金理从小处为切口，并渐次撕开扩大的入笔方式。对于性灵笔慧并潜心研习的金理，新颖君曾向我描述过“老师与学生共处而长成”的感受，令我感动并羡慕金理有福，前有才情兼备的张新颖师，后有一代大家陈思和师相携，难怪金理能在闹中自静，沉潜研习。也是新颖兄推荐并主笔，2008 年第 6 期《南方文坛》做了“今日批评家・金理”专辑，近十年，金理以不断的文章获“第六届华语文学传媒大奖・2007 年度最具潜力新人”提名，获《当代作家评论》《南方文坛》年度优秀论文奖。去年，还在《人民文学》《南方文坛》的年度青年峰会上，独获“2012 年度青年批评家”。我草拟的授奖词如下：金理以丰富的学养、通达雅正的文风以及文史互证的研究方法，翘楚于“80 后”批评家群落。2012 年度，他对现代文脉的接续，对当代文学的时代冲突和精神困顿，对“80 后”写作的变局，都有深度的思考和洞见。他精细条理的人文阐释，学术感觉敏锐，论述清通畅达；他以专注的目光、个性的发现、独立的专业精神，显示了青年批评家开阔明晰的学术视野与独特沉实的学术潜力。

近年，再见金理，沉静依然，却时有歌声低低传来。是的，到复旦历史系做博士后研究，追求沟通文史哲、现代与当下，行文有出处的严谨金理，走过了冬日，虽还慢条斯理，却已踏歌而行了，真好！

全媒时代，批评何为？浮躁喧嚣中，三人相携，竟不同程度地找到了自己的“问题意识”，共同追求着一种具有历史性与文学性的批评；而且，深入文学现场，都入选中国现代文学馆客座研究员，三人同曲共鸣，彼此欣赏，当下文坛，真的是难得几回闻。便想，正是春风得意时，三才俊是否对褒奖有足够的警觉？是否对飘浮的欲望和诱惑有足够的守持？是否对名利的加减与进退有足够的明察？是否对“志业”有足够的沉静和耐心？古人说“辨材须得七年期”，人与树的成长亦然，成长是一辈子的事情。想起庆祥“三人谈·发栏词”的自白：我们和前辈一样，都不过是“历史的中间物”，或者说不过是一座“桥”，来路茫茫，去路滔滔。对我们来说，文学既是起源也是终结：它是我们赖以理解时代、历史和自我最合适的支撑点，最终也是我们个体生命得以展开丰富的形式。

如此看来，我的忧虑只能算共勉了，因为他们有“历史中间物”的理性自觉，便会在文学之路清醒而坚实行走。记下这些文字，不仅是不辜负三位才俊的信任，也是一种以他们为师为友的学习机会，一种对三人行的致敬和祝福。

《文艺报》2014年4月1日

（此为《以文学为志业——“80后学人”三人谈》序，广西师大出版社2016年1月版）

今日批评家二十年

二十年，可以成长一代人，也可以相关四代人：“50 后”“60 后”“70 后”“80 后”的文学批评家。尤其于文论杂志《南方文坛》而言，幸莫大焉。

因为，他们不断激活《南方文坛》的创造力，使之获得了无限的学术磁场、强大的新锐作者群，并留下好书《我的批评观》（广西师大出版社 2016 年 1 月版）、《批评家印象记》（作家出版社 2019 年 9 月版），荣莫大焉。

与“今日批评家”结缘

——关于《我的批评观》

一代的文学，有一代的作家，必然也有一代的批评家。

“今日”不仅仅是年龄概念，更是时态，现在进行时，当下的。1998 年起，《南方文坛》以“今日批评家”为头条栏目，一期一人，至今九十四名青年批评家曾经从此栏目走过。推介彼时中国最年轻的批评新锐，即“凝聚批评新力量，互启文学新思想”这一编辑理念是在十几年的工作中不断形成的理性自觉，而且还在完善中。

这个过程历经十八年，脚步蹒跚却屐履声声。

1998 年第 1 期开栏，我写道："新年里，本栏将陆续把中国当下年轻的、活跃的、富有思想和学术品质的青年批评家以专辑形式推介给读者。此辑包括批评家的批评观（以卷首方式）、最新论文、对批评家的评介、个人学术小档案、近照等，以期汇集并学术地表现中国今日的批评家，他们是中国文坛批评界的希望和未来。"

如此五年，好评如潮。而建议声也鹊起：前沿批评家差不多了，下去是否会滥竽充数？的确，批评家本来就比作家晚熟，于是，停了两年。而要求读此栏目的呼声此起彼伏，一浪高过一浪。2005 年第 2 期便续上，我在编者按如是说：

"'今日批评家'栏目从 1998 年开始，五年里以头条推介了实力派青年批评家：南帆、陈晓明、郜元宝、王干、孟繁华、李洁非、张新颖、旷新年、李敬泽、洪治纲、谢有顺、王彬彬、张柠、吴义勤、程文超、吴俊、戴锦华、罗岗、施战军、杨扬、葛红兵、何向阳、汪政、晓华、黄伟林、王光东、李建军、张闳、张清华、王宏图、林舟等。通过批评家对自己批评观的言说及其他批评家对他的再批评，批评家不仅展示了自己的最新成果，同时通过再批评，形成批评家相互间文学观念的交流，文化精神的对话，从而体现文学精神。《文艺报》曾赞誉'今日批评家栏目催生了 90 年代青年批评家的成熟'。在栏目暂停两年后的今天，我们将一如既往，以推介更年轻的批评家为己任。"

于是，推介彼时更年轻的新一代批评家成为自觉；"60 后""70 后"乃至"80 后"，意气风发，敏锐丰盈；才情思力，深长弥坚。他们以学术新知支撑了《南方文坛》。

我们知道，一个文论刊物有一种潜在的文艺领衔的职责，它会成为未来的文艺史在形成期的良种库。那么，全媒时代，进行文学经典化工作的文论期刊，如何为文学史的良种库提供文学良种，为当代文坛提供学术而鲜活的文学现场，催生一代又一代的作家与批评家，为学术生态和社会文化生态做出有效的建设，成了今日文论期刊面临的难度。而《南方文坛》身处岭南边陲，要想使这个中国文学批评版图少些遗珠之憾，是艰难而永无止境的。我们唯有尽可能以多种渠道发掘新锐，寻找那些活跃在文学现场、颇具潜质的才俊文章，哪怕泼辣新鲜的批评文字出自在读博士，只要他面对文学现场有足够的真诚和个性、足够的敏感和活力，即使修为和学理有所欠缺；而栏目的包容性也须有足够的宽度与敏锐度，并因真切的爱心与支持而散发温度。那么我们所进行的经典化工作，就有了一份相对系统的关于文学批评的当下描述，并留给文学的未来。这份当下描述尽管不那么有力，毕竟也为文学批评这棵灰色之树，添生了几分绿意。也许可以说，在这个时代尽了自己的努力。

可见，编辑的过程便是编者与作者与读者相互成就的过程，任何创意在实践中都有一个不断完善、不断成熟的进境，最重要的当然是坚持，尤其当下的全媒时代，坚持更显珍贵。断了两年，终又续上；而且面向当下的、全国意义的、相对年轻的批评家，我们不敢言说“培养”“推出”之类，只能说是在做“催生”的努力而已。因为这个群体，大多都是呼之即出的人物，浩浩荡荡，生气勃勃。是他们赋予了《南方文坛》“中国文坛批评重镇”的美誉，更激活了《南方文坛》创造力。十八年来，我们共同成长，共同记忆，不仅仅批评文字，还有诸如和《人民文学》历时十余年的中国青年作家批评家论坛与峰会、与中国现代文学馆历经五届的“今日批评家论坛”、以“今日批评家”为蓝本和命名的中国作家网·批评栏目与网页等等，还有难以忘却的一次次相会。会上会下，个性与个性相汇，才情与义气相照，针尖与麦芒相对，对话与锋芒相应，感性与理性相生，思想与友谊相映，以及那些如血液般流动其中并充满淋漓生气的朗声欢笑和歌唱，乃至开心游戏般的深夜来电……许多时候，许多批评家来到南宁，不约而同说得最多的便是：

《南方文坛》是我的娘家，我是探亲来的。是的，文学批评使我们结缘，并成为了亲人，一种志同道合的文学亲人。

于是，批评界赞誉“今日批评家”“催生了90年代青年批评家的成熟”，“集结起中国一支有生气的批评力量”。2001年底近三十名批评家相聚广西。会上，著名学者陈思和教授如此解读：“‘今日批评家’年龄从南帆到李洁非往下挪，已经挪到年纪比较轻的一批批评家，他们正是我们90年代——一个正值文坛变动时期涌现出来的很优秀的年轻批评家。‘今日批评家’实际上是90年代文学批评的一个道路、一个规则的清楚展现。它集结起一支如此生气的批评力量，这不是一个一般栏目的问题。”

“这个栏目体现了《南方文坛》的爱心，这个爱心非常重要，现在作家层出不穷地出现，可批评家的出现非常难，需要我们的爱护。”谢冕教授深情款款。

中国当代文学研究会会长白烨的解读则重于当下性：“‘今日批评家’栏目推出的批评家有朝气又有实力，他们已经成为当代文学批评领域的中坚力量。他们的出现与成长至少有两个显见的意义：第一，它表明随着文学创作的不断发展，批评新人正在健康成长；第二，新一代批评家更能适应多元格局的文化时代，更能理解层出不穷的文化现象，在解读市场经济下的文化、多元文化下的文学，可能发挥更为有利的作用。”

从1998年至2014年，已有九十名优秀批评家从这里走过，并留下一篇篇华章，尤其不同个性的批评家以其敏锐犀利、才情思力、灵动丰盈言说着“我的批评观”，近百篇文章累积形成了一种敏感鲜活、富有生气才情的批评文风，颇具1986年海南文学批评会议结集《我的批评观》的精神质地，令人爱不释手。

于是，便想把这些当期的千字文，以《我的批评观》为名编辑成书，一人一文一新简历，附上同期声，此乃当期其他同道再批评的标题，照片一旧一新，企望美文美图；试图还原历史，更在于描述和激励当下，还期待能通、续、连、接中国文学批评的文脉，以及对海南会议和所有前辈的致敬。

感谢广西师范大学出版社多年来的精神契合。

相携而行

——关于《批评家印象记》

1998 年，《南方文坛》希望有个更好的精神布局。

于是从 1998 年第 1 期开栏“今日批评家”，以推介中国青年批评家为宗旨。在当期编者按，我写道：“新年里，本栏将陆续把中国当下年轻的、活跃的、富有思想和学术品质的青年批评家以专辑形式推介给读者。此辑包括批评家的批评观（以卷首方式）、最新论文、对批评家的评介、个人学术小档案、近照等，以期汇集并学术地表现中国今日的批评家”，通过批评家对自己批评观的言说及其他批评家对他的再批评，批评家不仅展示了自己的最新成果，同时通过再批评，形成批评家相互间文学观念的交流、文化精神的对话，从而体现文学精神。如此坚持二十年之久（其中休整了两年），至今已推出了一百一十三位彼时的新锐批评家，如今他们皆已成为中国文坛的中坚力量，《南方文坛》也因“催生了中国新生代青年批评家的成长和成熟”，被誉为“中国文坛的批评重镇”，深受业内鼓励。

可见，真正的受惠者是我们，因为“今日批评家”成为了《南方文坛》保持良好品格的重要支撑，可以说他们与当代文学的动态进程共同呼吸，保持了一种鲜活的在场状态。这个栏目既提升了刊物的品位和文化影响力，而且通过对新锐批评家的关注，推动了当代文学批评的发展。

本书收入该栏目当期其他名家同行状写该批评家的印象记，共计一百一十三篇。需要说明的是，1998 年开栏时编辑理念还不够明晰，前五期没有组发印象记，只有一篇评论；直到第 6 期，才有完整的结构。为了本书及此栏目的完整性，一并收入本书。这些篇什，肖人肖事，鲜活如见，文字生动，令人会心会意之余，无不感念于名家同道间相携而行的文学传统，并心生敬意；而且，以如此灵动鲜活的文字，形成文学名家间文学观念与文化精神的对话，颇具才情，很是精彩。

于是，今日批评家与当代文学有了一个互文的精神通道。

戊戌立夏，书稿已交付出版社。为此，我们还请2018 年为第5、第6 期两位年轻批评家写印象记的张柠老师、张颐武老师提前交稿。时值己亥正月，因技术问题，书稿辗转作家出版社，才得以出版。感谢作家出版社及责编向尚女士，感谢筱茜工作室的辛勤工作！

《大家》2019 年第 5 期

素履

此岸，彼岸

哲学家告诉我们，此岸到彼岸有多长，一生就有多长。但实际上，此岸与彼岸对于人生是远远不够的，此岸与彼岸并不能耗尽所有人的一生，有的人就没有彼岸。这个悲凉的认知源于一段心灵疼痛的旅程，旅程的疼痛始于2002年中元节，在台湾海峡的彼岸，我认识了一个与我们骨血相连却苦海无涯的群体。

1

我们去不去阿里山、日月潭？去不去绿岛？去不去澎湖湾？今天只有半天工夫了，还是先去看看基隆港？

我们这一代人，对于台湾的向往大多来自我们熟知的那几首台湾民谣，向主人“吱吱喳喳”地要求一一托出各自的台湾梦。

圆梦。《美丽的基隆港》，我们胡乱哼唱起来，从台北上中山高速公路，经过隧道就进入基隆，仿佛过时光隧道来到了另一个世界。

基隆的确像是另一个世界。

那天，我们一行闯入的是一个临海依山次第而生的海港山城，它没有了台北的都市化，甚至连一片大平地都少见，三面环山一面临海，形似鸡笼，旧时就称鸡笼港。然而，基隆的别样，并不只在于山城海港，令人诧异的是在不期然中，我们闯入了一个勾人哀思的香火世界。满街飘散着各色冥钱焚烧的烟火，店铺门前巨大的或方或圆的铁盒熊熊燃烧着各式现代化的生活冥物，家家户户门前挂着灯笼，上书“阴光普照”“庆赞中元”“普度”等字样，处处插有“何蓝韩”姓氏的蓝白旗。仿佛丧礼，仿佛乡葬，仿佛清明，又肯定不是，街上的人们一脸虔诚和肃穆。我们一车的欢歌笑语刹时凝固，谁都未见过这般情形，只觉出阴气飕飕，以为闯入一个不该打扰的灵异世界。

主人没料到我们一脸骇然，她受传染似的急急告诉我们，这是台湾的“中元祭”即中元节，鬼节，整个农历七月都是，尤以基隆为甚。

果然，穿过一城的香火，顺山盘旋到了“老大公庙”。这是基隆中元祭的中心，这天是初九，那里已是香客熙攘、灯明火旺了。回望山城，香火萦绕，冥旗飘飘；放眼海港，船帆猎猎，远海苍茫。基隆地势险峻，又是主要的登陆港。早期，大量的移民辗转漂洋过海来台湾，沿途葬身海底的不计其数，侥幸在此的登陆者又因种族理念不合，械斗、纠纷死伤惨烈。这里的冤魂实在太多太多，便有了隆重的中元祭，有了后人悼祭在此不幸的亡灵，有中元普度节庆诵经超度亡魂并为后人祈福。

于是，每年七月以老大公庙为中心，以民间各方宗亲团体轮流担任炉主，并请道士或僧侣主持，举行普度、放水灯、放焰口等祭仪。而能担纲炉主的则为基隆人口最多、凝聚力最强的黄、江、林、郑、赖、许、刘、唐、杜、张、廖、简、何、蓝、韩等十五姓的字姓宗亲会轮流，今年的炉主“何、蓝、韩”宗亲会已在初一会同道士在此打开了庙侧龛门、启墓扉、放鬼魂，让冥界幽魂无主阴灵来到阳间，分享餐宴，直至七月底“关鬼门”。这么说，我们如今是与无主孤魂野鬼一起在四处飘荡，我们不觉打了一个寒战。中元节，我们也是近十年才开始摆上桌面的，也不过全家吃顿饭、烧个香罢了。

俗话说“当兵望落雨，饿鬼望普度”。在基隆，鬼神的期望的确得以圆满。七月初一“鬼门”一开，老大公庙夜夜点灯，那各家各户门前高挂的灯笼都是夜夜明亮的普度公灯，它们要整整点够三十天，彼岸的幽冥到此岸享祭的来往之路，那是亮堂堂的了。那么，在阳界游走的我们则是借光了。在我们长期的理念里，我们是否缺乏这种对彼岸阴界的关爱之心呢？是否缺乏对此岸彼岸、对生死阴阳两界的追问呢？一时，便觉出了基隆人的可爱和可敬了。你想，如此尊崇彼岸各方冥灵、慎终追远，如此祭祀祖先、推己及人，如此充满敬天法人的情怀，其意义似乎早已超越了宗教。

2

真正感化幽冥，也感动我的是中元节的当天。

那天，到台湾中部的花莲，夜色已晚，统帅大酒店的房间正在直播基隆人中元祭的高潮——七月十四放水灯游行和放水灯仪式。那真是热闹非凡的场景，岸上彩船彩舞，水面灯火辉煌。所有的水灯不仅争奇斗艳，还争先恐后，人们呼喊着，许多青年人甚至上了年纪的人们下水推灯助澜，各姓氏角逐相当激烈，谁都希望自家本姓的水灯能拔得头筹。因为水灯漂流愈远，则愈表示崇高诚意，对幽魂能有更多感召，也能普度更多的孤魂野鬼，并得以庇佑施灯的人兴旺平安。

那是倾家倾城的祭祀，吸引了大量的世界各地的游客。人们疯狂的虔敬达到了极致，既在感化幽冥也在感动自己。

可是，今夜谁能感动那个广西老乡曾老伯千疮百痍的心呢？

车子刚进花莲时，主人指着路边一个院子说：“那是‘荣民之家’，住着全是在台湾孤身一人的大陆老兵。”同伴中的曾先生低声叹道：

“我老家有个叔叔可能还在里面，如果他活着。”于是，我听到一个难以释怀的故事。

曾老伯是广西武鸣人，当年是村里有本事的青年人，1948 年当兵前与青梅竹马的同村女孩结婚了，没料到这暮婚晨别，无奈太匆忙，便是漫长凄苦的半个世纪的别离。曾老伯跟着蒋家部队一路血雨腥风一路牵魂新娘一路到了台湾，然后，是谁也料不到的几十年始终不寐的思念，尽管音讯全无，他却深信他的爱妻与他心心相印，年年期待着回家与她团圆，这个梦想支撑了他五十余年。

也是，爱的确能创造一切，当世界还是一片死气沉沉的不毛之地时，是爱神厄洛斯“拉起了他的生命之箭，射穿了大地冷漠的胸膛”，“黄褐色的大地立刻覆盖上一片繁茂的青翠”。生命是男人和女人创造的，万物是爱创造的，有生命的世界就有爱。

新娘也深爱她的如意郎君，在那个时代，她咬着牙把屈辱一一往肚里吞，一等就是近二十年，然而，再坚强的脊梁也难以负荷“文革”的严酷时代，况且，她的新郎生死不明，杳无音讯。在众乡亲的撮合下，她改嫁了。

世纪之交，曾老伯终于与家乡联系上了，口口声声回来与他的新娘团圆，没有人敢把真相告诉他。

五十四年后的相逢已是尘满面、鬓如霜了，整整三个小时，两位老人相顾无言，执手相看，唯有泪千行。要开饭了，曾老伯兄弟让女方赶紧悄悄离开。落座时，曾老伯才发现这一切，悲愤交加的老人摔下筷子竟去追赶他的新娘，整整追了五里地，也没能追上他的新娘。

尽管残年兄弟相逢在，老伯更盼妻子在身旁。爱可以激发生机，同样也可以扼杀生机。曾老伯张了半个世纪的爱弦“砰”的一声断了，一生的期待在相见的瞬间，引发出令人惊叹的喜悦也带来令人沮丧的绝望。人的内心不可以没有期待，那是宗教，那是信仰。绝望中，他当即把自己带回来的一辈子的积蓄，也就是他原准备抚慰他的新娘并安享晚年的生活所依，全部送给了兄弟乡邻，并以最快的速度回到台湾海峡的彼岸，回到“荣民之家”的当晚就病倒了，并拒绝医治。

不久，在岸的这边，他的新娘也病重了。

花莲是石头之乡，它邻近的太鲁阁峡谷的大理石世界闻名。绚丽的石纹肌理分明，每一条纹路便是一次惊心动魄的板块运动。我不知道，在曾老伯和他的新娘千疮百痍的身心里，发生过多少次人生的板块运动；我还不知道，基隆中元祭的水灯是否有一盏属于曾老伯。

精美的石头真的会说话？

3

一夜无眠。

清晨五点多钟，我便冲到令我心里堵慌了一夜的“荣民之家”，我只想赶在八点半出发前看看曾老伯是否还在世，我还想看看那些大陆老兵，他们是否像传说那样过着艰苦的生活。

没料到，那是一个漂亮的大院，排排行行的榕树掩映着一个个红瓦白墙的小院落，老人们说那是他们的住所，大理石的门楣也有些气势。

围墙外正有三位老人在散步，征得他们同意，我们聊开了。徐老伯是上海人，陆、李二位是安徽芜湖人。徐老伯说他回过上海，只剩几个远亲了。他说：“我们都是孤身一人，有钱就有亲戚，没钱就没有亲戚。”大部分回过家乡的人，都回到这里，而整个大院（“荣民之家”也叫“国民之家”“荣军院”），有大半人没回过大陆，主要是家乡已没有亲人了。陆老伯、李老伯就没回去过。陆老伯说他有个妹妹以前在上海纱厂做工，他写了许多信，最终只得知她去了东北。他读过点书，他说：“我们一直都在等死，谁理你？八十岁了早该死了，死了也没人理。

人言落日是天涯，我们望极天涯也不见家。”他说着宋诗呢，语气却冷漠。

当我问及曾老伯时，他们说虽然不认识曾老伯，但这类事在大院里太多太多，多半都是绝望而死。这个院子建了四十多年了，原来好几千人，都死得差不多了，如今只剩下七百多人，都是民国三十八年过来的大陆兵，生活上能吃饱，可是全部都是孤身一人，“没有想法啊”，也有极个别与当地人成家的。“他就是。”老人指着一位开着一部旧车过来的壮实老人说，他是安徽老兵，每天清晨他都会来陪他的老乡老战友们在大院门前的石凳上坐坐。他说，他今早来晚了，因为昨晚中元祭到深夜，睡晚了。

难怪，我清晨打不着出租车，是酒店大堂副理帮我叫的车。老人又说：“大院的人不关心中元节。”

他们说，他们钱不多，偶尔也会结伴到以大陆地名命名的风味菜肴餐馆茶室坐坐，吃吃乡情：汕头沙茶、上海卤味、四川抄手、广东老火汤、湖州粽子、北平豌豆黄……有时，只上一碟驴打滚，听听乡音，解一解长长的思乡之情。然而，回到大院，又是一夜一路的乡愁。清晨，如此刻，万物还在沉睡，他们又三三两两，或以老乡为由，或与战友为伴，走走看看，有话没话，或者一径沉默。他们说，乡愁一直都是只犬，女人梦则是一匹狼，它们在他们一辈子的荒原里嗥叫，怎么也挣不脱，它们交替着时时逼逐而来，闯进日梦夜魇里狂吠而且长嚎。许多老人便挣不出嗥声，惶惶然追犬而去了，更多的老人还在此生凄苦无望中挣扎。他们说，他们无所谓生无所谓死了，生死都没有人可以相会，曾老伯有可能与他的新娘相会吗？他们说“活也不是，死也不是”。

他们没有彼岸。

正聊到苦处，从大门里又走出来一位穿格子睡衣裤的老人，他听到我的恳求：“老伯，您好，我可以跟您说说话吗？”

"不可以。什么大陆，什么蒋介石，我都不要!"他愤然而去。

几位老人说："难怪他了，十几岁就离开北平的家，一身弹痕，又一直没回过大陆，没有任何亲人了。老蒋一直说带我们马上回去，喊了几十年，等不到也成不了家，老蒋还比我们先死，他有人送终，我们只能当孤魂野鬼了!"

老人们心中的耿介和块垒绝非外人可以想象的。老人们可不管政治，他们只想回到生命的本真，回到人生的起点——故乡，回到人生中生命之源——爱情。这是他们人生的此岸，而后，在故乡与爱人一同走完此岸，在彼岸圆满新的世界。然而，乡关何处？爱人何方？此岸没有人等待他们，彼岸他们也没有人等待。

"生死都是可怕的。"

"我们在等死！谁管你呢!"

这些时代的孤儿。

我曾看过一条电视新闻，在加拿大，老兵们每年11月11日都集会游行，为了纪念那些失去今天的战友并为此而自豪，他们认为他们已经为这个社会做出贡献。政府官员一同与他们举行纪念仪式，他们穿着不同年代的旧军装，高唱军歌，老泪纵横，感慨万千，队列里有不少华裔老兵。

然而，在台湾海峡的彼岸，我认识的这群与我们骨肉相连却苦海无涯的群体，却是一个被遗忘被漠视的群体。

我有说不出的感受，我想，一切战争狂想都是有罪的。战争的残酷，不仅仅表现为对平民生命的漠视，也表现为对军人生命的漠视。

4

在与台湾黎明文化公司座谈时，我读到他们出版的陈漱渝先生《以贫穷人为师》的文章，让我难以忘怀的是陈先生提到台湾的孙大川先生写文章引用了威廉·詹姆斯对工业革命后现代社会中财富与贫穷问题的有关论述，特别强调要“以贫穷人为师”，因为：

——在这个世界上，有谁比他们更有资格告诉我们“不正义”的痛苦？

——有谁比他们更具权威、更具说服力地说出“被排斥者”的疏离经验？

——有谁比他们更了解“知识”“职业”以及“住屋”对人的重要性？

——有谁比他们更清楚“饥饿”与破碎的“家”对人性的摧残？

——有谁比他们更知道“尊严”与人间善意的价值？

——有谁比他们更渴望“自由”？

——有谁比他们更清楚“恐惧”的滋味？

请允许我把它摘录于此，献给这些大陆老兵。

5

农历七月十五，台北在举行盛大祭拜的普度仪式，我们从花莲飞抵台中，驱车前往埔里。

在穿越南投的旅程中，随着黄昏残阳的逼近，沿途一直不间断的私普（家庭中元普度）越来越多，渐渐变得家家户户都在门前祭拜了，我们就在两边焚烧的冥物、供品中穿行，它已不是基隆一个小城了，而是几个小时长长望不到边的祭拜，仿佛我们也成了被祭祀的孤魂野鬼。

尽管一周以来大家已有所领教，但还是在渐深的夜色中被如此的情形震住了，有人一直想笑话沿途的槟榔西施来淡化此情此景。然而，大家还是感觉到阴气嗖嗖地往车上冲过来。

孔子说“敬鬼神而远之”。一时，车上，有任何同伴对鬼神有一丝失敬言行或有不吉利言论，都招致群起而攻之，敬畏和恐惧集攒了一周的日子随风从马路两边的香火顺着空调车紧闭的门窗接榫处，一丝一阵穿心而过。

一车静默。

“今天是鬼圩呢。”有人冷不丁说了一句。

我朝墨绿的云海间望去，他们说鬼圩又称“绿圩”，说鬼圩坐落在绿色的云海间，热闹非凡。圩上，众鬼云集，比富比穿比欢乐，由阴间子孙后代供给钱财，谁家供得多，送得早，其家鬼赶圩就更显荣耀，可提前参与欢乐。没有阳间供给鬼钱的“穷鬼”，遭受冷落，不敢靠近闹区。尽管基隆人在为普度更多的无主阴灵而努力，然而，鬼圩上还是有冷暖之分。看来，鬼狐世界也是人世的，同样充满卑俗势利。我突然明白了，为什么“荣民之家”的老人不关心中元节，为什么他们说没有彼岸了。

来自另外一个世界的意义对此世之人的作用更加严酷。我想，我们过去的世界实在缺失对此生来世的描述和追问了，此岸彼岸我们知道得太少，这才会导致我们此行产生的一再恐惧。

其实，这些本来就是我们文明的一部分。

比如，就文学而言，神鬼世界、博物志怪的文学传统极为丰富，它神秘、奇妙、幽深、灵异，它们描摹人事，委曲生风；抒写鬼狐世界，虚实相映；极具想象力又富于象征主义。山鬼出没，触发屈原，写成骚赋；神仙幻化，启示李贺，吟成诗章。更不用说《庄子》《山海经》《搜神记》《世说新语》《博物志》《拾遗记》《酉阳杂俎》《幽冥录》，还有《聊斋志异》，等等。这些书当是风雨敲窗时的最佳读物，正如此时此刻。当然，创作他们的先师并不知道什么主义、什么手法，他们就那样随性随意描述着、创作着，如此自由，如此自在，这不是文学，又能是什么？

然而，文学这一脉被我们丢失殆尽了，连同敬天法人的情怀，连同推己及人的仁爱，连同关于此岸、彼岸。

2003 年 7 月台风“伊布都”降临之际

《人民文学》2003 年第 11 期

西津渡，锅盖面

我知道自己凡俗，太迷恋人间烟火，家里常常鲜花盛开，更香锅热灶；出门在外，只要美味飘来，常常会寻香而去，大快朵颐；不便时，就禁不住一步三回头，内心顿时彷徨，寻思着何时再来。那天，在江苏镇江，面对一轮轮美食袭来，我更是俗相难掩了。

一杯金山翠芽，“搭茶吃”的是水晶肴肉，以及长得只能吹口琴般撕吃的茅山老鹅翅；热菜是海参酸辣羹、红烧东山羊肉、清蒸鲥鱼、河豚烧秧草，加之满口春气的芦蒿，待上镇江名吃蟹黄汤包时，我早已是打嘴也不丢筷了。学着主人，也拿起一支恒顺“蜂蜜养生醋”倒向形如座钟的小包子，轻轻夹起，慢慢移至嘴边，小咬一角，吸口汤汁，满口鲜香。正当放下辛苦一晚的筷子，主人说：镇江一怪“锅盖面”总要尝尝，吃不动，一口也要吧？可有讲究啦。半推半就，又倒些香醋，居然连汤带面小半碗，好面呀！至此，再也不看其他小吃了。瞬间，一夜珍馔一一化为一碗好面的味道，知足了。知足之后，好奇的我便提出：明天早餐，我只吃锅盖面了。

是的，在镇江，你可以不吃肴肉、河豚、蟹黄汤包以及无数河鲜，但必须吃碗锅盖面，否则不算来过镇江。此后，在镇江，这个念头我愈加清晰坚定，尤其饭后漫步西津渡，我才明白了主人说的“讲究”。

一早独步到“镇江锅盖面品鉴馆”。在镇江，面馆千家遍布大街小巷，人人都需吃上一碗扎扎实实的锅盖面，才能算地道的镇江人。品鉴馆不同于其他面馆之处，在于厨房为开放式。面条现做，一根粗杠子压上揉好的面团，师傅坐在竹杠一端上下颠跳，很快面团被挤压成薄薄的面皮，用刀一切，独特的镇江“跳面”就成了。将跳面投入大锅沸煮，女师傅随手扔只小锅盖覆在大锅中央，小锅盖随着沸腾的面在锅中自在漂泊，一如江上生活。浮沫溢出小锅盖边，师傅一勺一勺去沫子，那种漂浮感，那份热乎乎，甚至师傅的麻利劲儿，我都喜欢。我突然明白锅盖面与码头的相生相应了，操作如此大起大落，滋味又醇厚，当然非寻常胃口不可。

这胃口，属于码头。前一晚的踱步，早已令我蹚不尽西津渡码头的千年文化之河，经历过大江东去的举世风尘，难怪这里如此静好。立在金山寺上、明代的待渡亭中、元朝的过街石塔前，想象“潮落夜江斜月里，两三星火是瓜洲”的前世，眼前一个远远超出我期待，令我惊艳的镇江，居然如此不同于其他喧闹的吴侬之地，人文荟萃，而且宜居。放眼望去，满街都是悠悠闲定的踱步，没有别处似乎追着躲着跑着赶路的急躁，也少些江南的胭脂水汽，多了些悲壮清凉，天书都难写这“金陵渡”。

是的，西津渡古称“金陵渡”，是长江古运河交汇处，南来北往客商相聚地。自公元208年，东吴定都镇江以来，那便是数代王朝经济血脉的通和，出过二十多个皇帝的京口，当然可称“金陵渡”，它是“漕运重镇”“吴楚要津”。不足千米的古街，曾经是怎样繁华的街市。招呼着南来北往的游子、商贾、官宦，街口便是长江下游繁忙的渡口，待渡亭迎送着如流商贾、如织行旅，小山楼留寄骚人墨客。长江天堑，风高浪急，行旅危机四伏，历尽苦难又劫后余生，落入大江的有随浪到另一世界投生的，也有幸被义渡局济渡救生的。据说，镇江救生会是世界最早的海事组织，南宋乾道年间镇江善士们就成立了水上义渡救助机构拯溺扶困，直至民国二十二年兴办轮船为止，镇江人传承了七百多年义渡救生的历史，真是兰义满长江。平安是福，见神便拜，镇江多元的宗教文化，与救生会一道同心渡慈航。

腥味码头千年就这样迎来送往，乃至生之欢欣与死之悲哭。我曾有过坐在海边看渔船和客轮上岸的感受，那种各色旅人扑上陆地的疾步，渔人的装卸，以及还有对着大海烧叠叠黄色冥币的招魂，一眼望去犹如兵荒马乱。但在既定的时空中，人与行李相随，身后便是鱼是鱼、物是物，损坏的器械扔了一地。纷乱中其实一切井然，其中有坚不可摧的秩序，日复一日，年复一年，方生方死以及方死方生都在瞬间。南宋之后，镇江又涌来这么多北方移民，所有的乡愁便简化为上岸后的第一碗面！

那时的金陵渡，各家东翁店伙望着涌上码头的那一片惊魂未定，自然更张扬店里锅盖面的挤、扛、压、煮。招呼上岸人，进店，坐定，一直冒着的热气，便是各色远航人压压惊、解解乏、消消力的小圆满。伙计一声吆喝，面上来了，倒入一勺香醋，热乎乎吸面，汤也喝干，直顺肠胃。醋是香而微甜，酸而不涩，绵软可口；面是不生不烂，汤清味香，直上心头，暖遍全身。一碗好面下肚，心安了，气定了，魂自然也回来了。

于是，昨日的风浪搏击，方死方生，在热腾腾的汤面中便成一条条远方的传奇，眼前的大江汤汤起来，反身，回家，安枕，入梦。

那时节，“日色很慢，车，马，人”，连家书都得过黄河穿长江，更慢，“慢到一生只够爱一个人”。那是灵魂迁徙的方向，隔着山岚，更隔着大江大河；那还是故乡的方向，低头处，只剩下这碗散发北方家乡气息的好面了。无论各色人等，望着大江大浪风急舟险，或功成名就，或官家富商，或文人骚客，或江上亡魂，但又如何，人生仍然充满无常，方生方死，方死又方生。疲惫而微茫，悲凉又悲壮，长歌呜咽，又生机勃勃。坐在面馆，望码头上一艘艘远方的船正在靠岸，一碗热气腾腾的锅盖面，就着几方肴肉喝下风雨飘摇的人生。锅盖面便是西津渡的慰藉，西津渡的日常，西津渡的人生。

他日晴好之晨，他们又踏着青青石板，再次远行，一次次，一月月，码头连着那碗锅盖面，经年如此自然，相沿成习，积习成俗。西津渡便生动了千年，就这么简单。

于是，“面锅里面煮锅盖，先烫浇头再烫筷”的锅盖面，便得益于码头文化和南北习俗的交融，融入了码头人生，并风靡大江南北。锅盖面不仅仅是舌头与味蕾的依恋，更是生命生活的本质味道，也是汗水、泪水与血水的，欢欣的还有些破碎的津渡人间。择善而生，质朴淳厚，厌世不轻生，无语却向上。

没有锅盖面，西津渡会怎么样？

我再次感受到“平平常常才是人间常态”的悖论。在世间许多方生方死的关口，比如西津渡，水中岸上，并非人人能对世界安之若素，在世界深处，许多人生并不平常。惟此，大风大浪与大悲大喜之后，一碗定神好面何其及时与珍贵。

于此，大江渡口上下的方生方死，便有了码头文化，便有大碗饮食，尤其北人南移的镇江。锅盖面就这样维系着乡愁与牵挂乃至寄托，以及生死相依的爱情，更成就了孟姜女以及许仙白娘子的传奇，连蒋介石也演绎了一出难为自己的求爱的绅士方式，十天的焦山缱绻，终于遂了美龄“此生非英雄不嫁”的芳愿。那天安坐焦山海云堂的凉亭，佳想安善，这双影雁是在哪片竹林放情？壁上纪晓岚的“紫鸾对舞菱花镜，海燕双栖玳瑁梁”不正相映着同心？我甚至不合时宜咕嘀：西餐之余，吃惯江南味道的蒋公肯定也会来碗锅盖面吧？众人皆点头称是。

没有锅盖面，西津渡会怎么样？英雄，当然也须镇江美食养育。

镇江自古出英雄，单单女才便有孟姜女、白娘子、杜秋娘、梁红玉等等，但历史留给女人的空间总是局促，像一场腾挪不开的舞蹈，只能低眉敛袖。孟姜女寻夫哭瞎了眼；白娘子成就一段惊世爱情之后，终被法海压在雷峰塔下；被四朝皇帝宠爱，被少年杜牧惊为天人的杜秋娘，貌美才艺绝世，一首《金缕衣》使其成为《唐诗三百首》唯一女诗人传诵至今，而现代远高于其文才的当属在镇江居住十八年之久，并留下《大地》三部曲的赛珍珠。而杜秋娘，当杜牧为了一辈子的仰慕迷恋，从西津渡上岸探望被遣回镇江年老珠黄的杜秋娘时，不禁悲从心起，一曲《杜秋娘诗》，堪比白居易的《长恨歌》，同悲切。

苏东坡十一次到镇江，“我谢江神岂得已，有田不归如江水”。《醉落魄·离京口作》中，也表达了“此生飘荡何时歇？家在西南，长作东南别”的无奈。都说东坡大赦后到镇江时，心似枯木，两月后，就在镇江相邻的常州病逝了。其实，早半年路过廉州时，东坡就心如死灰。我曾寻着他的足迹，一路眉州杭州湖州黄州惠州儋州廉州，也多次立于合浦东坡亭，为壁上东坡的“芒鞋不踏名利场”而叹息不已。

有良心的文人，误入仕途，当然只能一路坎坷，官场一贬再贬，但东坡毕竟是旷世奇才，自然一路恣肆于文艺，也美食一路。他与发小至交金山寺方丈佛印和尚，两人满腹经纶，才情奇崛，仅仅美食，便为镇江留下“五柳鱼”“东坡豆腐”等，一句“蒌蒿满地芦芽短，正是河豚欲上时”，便为江南美食奠定何等凡尘俗世的快乐，既有绝世才情和趣味，还有暖到心胃的日常。就这样，妙高台上，已处江湖之远的东坡居士与老友佛印方丈相伴，怡然于镇江的山水之间，恬淡在寺庙的禅意里，镇江的秀丽江山和暖心美食，为东坡晚年提供了一个退守的精神家园。

便想去常州，看看东坡为何选择那里入土。

临别时再入面馆，上来的锅盖面是送客之意了。依旧倒些香醋，又一碗好面落肚，此时无闲事挂心，真是人间好时节。

《文汇报》2016 年 2 月 7 日

柠檬，《柠檬树》

柠檬，十几年前在中国是稀罕物，摆在水果架上还单个果实独立包装，且大多来自原产地东南亚或欧美，我们常称之为西柠、洋柠檬。而进入全球化时代的今天，柠檬，早已进入寻常百姓家，尤其中国长江以南多有种植，包括我家露台。日常生活，我仅仅听到柠檬二字，便会口含甘露式地要来杯柠檬水，包括菜肴调味的柠檬汁，口感清爽，还益于身体健康。我们广西北海的饭桌，还习惯摆碗柠檬水，用以洗净剥虾弄蟹的双手，还主人以清净。柠檬的穿洋过海与普及，告诉我们全球化时代，物质的共享早已成为今天时代的重要标志，包括人类文明及其文学艺术成果的共享，新丝路沟通着人类的方方面面。

我看过一部以色列电影《柠檬树》，这个根据真实事件改编的电影，以难以置信的沉静讲述一个意味深长、内核犀利的伤感故事。

巴勒斯坦寡妇萨玛，为了守护她父亲经营了六十年的柠檬园，不屈不挠地与她的新邻居以色列国防部长对峙，因为柠檬园的边界就在以色列和约旦河西岸，它被认为对部长的安全造成威胁而勒令砍掉。面对高额赔偿，民族矛盾与族规不允许萨玛接受；而对父亲的情感与成长的记忆，也令萨玛珍视这份家族的遗产。在律师的鼓动与帮助下，执着的萨玛强劲坚持并一路诉讼，官司虽无赢家，结局却令人无语而伤感：两家间筑起一座又高又长的铁墙，一边是只剩下满园五十公分高的柠檬树，虽是萨玛尊严的残茎，却已难长累累果实；而另一边的部长家不仅风景不再，高高的铁墙挡住了曾经的满眼碧绿与令人口舌生津的柠檬，部长夫人也因这场纠纷离家而去，只留下部长一脸的落寞。更令人无言的是，最大的赢家竟然是帮助萨玛诉讼的律师，他不仅以身心进入萨玛的情感与俗世生活，官司结束时，还搭上总理千金并将成婚。剧终，悲愤难当的萨玛只能把律师留在她家的生活用品，连同报道官司的报纸，统统扔进熊熊燃烧的油桶里，而默默陪伴一侧的是父亲留给她的家丁，为萨玛留下一丝人间忠诚仁爱的人性温度。所幸的是，萨玛与部长夫人，相邻两家女主人虽默默无语，却常常相视会心，情感相通；女性的和解，赋予了故事同情之理解与理解的同情。

《柠檬树》故事切口很小，从柠檬起笔，以隔离墙收束，尤其萨玛形象的丰富意蕴，她高强的生活能力，沉静坚毅的外表、而一旦被点燃后热烈的内心，以及坚韧无敌的信念与行动力，令人过目不忘；影片开首，穿过绿树黄柠，是在屋里捣鼓柠檬饮品的萨玛，画面里，新鲜饱满、果汁滴答的柠檬在萨玛的手中，飞速变成一瓶瓶饮料，并一一置放冰箱里。整个物象和细节不着颜色，以形传神，颇具独创性、可视听性，其饱满汁液与色香味的真切传神，深信唤醒了无数观众的味蕾，而且为柠檬园的去与留，来萨玛家的各色人等开口谈事前，必是以萨玛的柠檬水为序言的，如此的白描手法，我是至今难忘与神往，当即摘下露台柠檬来来去去捣鼓，当然只能暂时平息食欲与内心的向往而已。可以说，《柠檬树》把约旦河岸人们的日常生活与世相百态、民族宗教与精神气质、人文风骨与文脉传承、家园意识与和平向往表达得如此鲜活而丰沛、坚韧而强大，既悲凉疼痛，又意味深长，令人心动。我想，这幅约旦河岸的浮世绘，所呈现的独特的看待世界、想象世界的方式，属于约旦河岸的人民，而坚定守护家园的生活理想却属于全人类，这便是文学艺术的力量，因为家园意识永远是文学的母题。

当然，柠檬有根终会成活，活的柠檬树还需相宜的种植生长环境与方法，才可能如影片开首时令人心醉的一望无际的青葱绿黄，万物如此，文学亦然。任何一个民族的文学都有文学根性与文学传统，作家都是从足下的土地出发，自然便有他的地域性，所谓一方人文的水土，这种地理的文学自觉，终会以其独特性与世界文学对话。《柠檬树》便是以约旦河岸的地域与自然、民族与宗教、描述与艺术向世界讲述自己的故事，并以此个性在日益严重的文化同质化中感动世界，文学艺术从来就是以个性取胜。

在世界，有很多犹如安曼这样的人文之都，它不仅是生活场域，不仅是经济聚落，它更是文化保存、传承和生长的地方。去年我曾沿着古丝绸之路来到安曼，有幸与文学同行友好地坐在一起，真诚恳切地与约旦作家交流，相互了解，相互认知，寻找中国文学与约旦文学共同的生长点，一如《柠檬树》两位不同民族女主人的凝视与相知，但比她们幸运，我们毕竟心怀尊重，相携而坐，共同憧憬媒介时代的丝绸之路，生长出更多美好鲜活的文学生命。

我想从物质的柠檬，到精神的《柠檬树》，我们已经感受到果实的美味，感受到《柠檬树》下有灵魂有梦想的生活质地，感受到全媒时代新丝路带给艺术无限的可能性，而我们每个行进在这条迷人广阔之路的作家，无疑都是受益者与创造者。因为文学艺术通灵，超越民族与国界。

《人民日报（海外版）》2018 年 5 月 12 日

础　石

人生几十年，居然从未有过“础石”的概念。

那天，漫步未央宫遗址，秋风瑟瑟中汉长安城除了荒草凄凄，黄土片片，映入眼帘的就数柱础石了。古人造房兴土木结构，哪怕皇宫，都经受不起岁月的风吹雨打，经年战乱或一把大火都可能灰飞烟灭，阿房宫的短命便是。皇宫都如此，更遑谈百姓人家。我们并不知晓历史上发生了什么，皇宫当年的华丽与威武，我们只能在遗留下的础石上寻找，并遥想与猜测当年宫殿的方位、基础与样貌。西安人以敬畏心呵护着废墟、遗址，没有让现代机器惊扰在未央宫游走的汉代先人，这便是文明。

汉长安城的础石或突兀或隐在地面，深于地面的叫大础墩，巨大粗壮，只能透过厚玻璃俯视；而矗在黄土荒草中的则浑圆古拙，剖面平整，伸手抚触，清凉光滑，忍不住坐上去，起身时剖面已有了温润之气，未央宫就是建在这大大小小无数的柱础石之上，竟全然没有时下建筑工地林立的水泥桩的冷漠，础石可感可触。

一时被震住，我不由停止不住的询问。

便想起李泽厚描述处于草创阶段的汉代艺术，真的就是这般幼稚、粗简和笨拙？础石们就静静矗在那里，雄浑厚重，充满生命感和力量。

想想汉代皇宫大大小小每根梁柱都稳稳立于之上，在丞相萧何的令下，向世界昭示一代一世的威武，古拙与气势在此显示了最为质朴的美的本质。

浑浑圆圆，几乎没有线条，一如《美的历程》所描述：以简化的轮廓为形象，就使粗犷的气势不受束缚而带有非写实的浪漫风味……从画像石到汉乐府，从壁画到工艺，从陶俑到隶书，汉代艺术呈现出来的更多是整体性的民族精神。那是中华本土的音调传统，是由楚文化而来的天真狂放的浪漫主义，是人对世界满目琳琅的行动征服中的古拙气势的美。

如此饱满，如此实在。朋友说：在汉代，一切都遵循“够用”就好了。所谓天地为心，简朴为用。

够用，真的是今人所缺失的精神。在废墟，走了大半天，我们很少说话，一路听一路看一路回望，也一路审视当下。作为础石，对于土木建筑的确够用了，古人如此明慧，行动却如此简单质朴。够用，在我心中没有任何语言会比够用的础石古拙与强大了，两千二百多年前的稚拙与简朴，令当下无度的奢华暗淡无光。

够用，其实也揭示了那个疗伤、养育、生息的时代本质，乃至民族实用后的旷达精神。不是吗？秦暴政劳民伤国，于是，革除秦朝的苛政，“破觚而为圜，斫雕而为朴”（《史记·酷吏列传》），系列的宽松政策，方方面面得以舒缓开放，百姓得以休养生息，文化可以长袖舒展。为官用人，竟也英雄不问出处，能用够用便好，一如高祖手下大多来自底层的英雄，萧何是狱吏，曹参是算账的，周勃是吹鼓手，夏侯婴是车夫，韩信是地痞，樊哙是屠夫……却成就如此千秋大业。今天真的难以想象，如此自由平等，如此不拘一格降人才，如此接近人本思想。“仁者爱人”，“民为贵，君为轻，社稷次之”，尊重人，推崇人，弘扬人的生命存在的意义和主体独立自觉的价值，其社会文明程度之高，令后人难以望其项背。那样的包容开放，当然会激发无数平民的无限创造力，在一切可以“够用”之后，汉民族便豪放地一往无前。于是，中国古代的文化又开始了它生生不息的创造力。

开放，包容与仁义也深入到后宫，史书描述汉宫宫女每年元宵节可以开放出游渭河一次，与民同乐，有关关的雎鸠，便不再回宫。而宫女年长便放出宫，大多也过上常人生活。甚至汉武帝当政之后，在民间还找回了母后初婚时生的女儿并接入宫，敬为姐，封公主。如此仁义通人性，又用贤变法，尊王攘夷；大战匈奴，出使西域；巫蛊为乱，罪己示民，等等。武帝以自己纵横跌宕的一生，造就了一个风云变幻、英雄辈出的时代。

汉代后宫也呈现出“够用”的风尚。食不重味，衣不重彩。武帝皇袍数年不换新，王后衣无重彩，大多一色，很少多种颜色。整个皇宫，无奢靡之风，唯有简朴。想想今日国际高端场合，女士着淡雅净色衣裙，文静高雅；男士穿纯正深色服装，一派雅正。这份净色美韵，不也是人类的基础色？已经不仅仅是够用就好，人类至雅之境是自然本色，汉人以其古拙质朴，奠定了中华原初的审美传统。

文景之治，一切从皇帝皇宫做起，一如今天约束官人的“八项规定”。这不正是国家的础石？立于之上的是浩浩荡荡的民心。

一时，汉长安，成为世界大都市，犹若今天的纽约。盛世之余，出使西域，辟丝绸之路，一路从未央宫出发，一路从我们广西合浦扬帆。陆路与大海成就了辉煌的骆驼与航海文化，开历史先河，何等的气魄与雄风。当然，张骞们做生意是否盈亏，我们无从知晓也没法说清，但留给我们的是一派大国风范，更是一种文化和思想。

又一日，专程拜谒萧何曹参墓。仅仅两堆黄土，两个修葺的墓碑，一左一右，全然没有今人墓地的豪华奢靡的攀比，他们以其朴素到仅有的黄土，记载着一个旷世传奇，一段伟大友谊。今天，他们的三十米相邻，继续着相知相敬。每天夜里这里一定动静不小吧？举杯相邀，两人一定早已杯酒解怨。抵牾是暂时，因为同装着社稷江山，是同道同志，便不会有暗算，只有英雄相惜。杯觥交错或低唱浅酌，或月下漫步，不知二位英雄对今人的愚蠢多多有何激愤之议？是的，天地为心，简朴为用。许多既定方针，够用就好，今人怎么这样瞎折腾。“萧规曹随”，继任丞相曹参淡定无比：“人家做这么好了，一切随着前相萧何既定方针前行。”仅仅四字，却不止于曹参的黄老思想，更多的还在于他的朗阔胸襟、家国情怀与高远理想。环顾今人，一任非议一任，任任有新观念，任任要新政绩，劳民伤财不说，坏了纲常及音调传统则是大事。两块断裂的墓碑，两堆静穆的黄土，两位已乘黄鹤远去的英雄创造的文景之治，为汉代带来繁花似锦的太平盛世，也为我们带来无限的想象力。

未央宫的柱础石，就这样一一讲诉着我大汉的古拙与气度，就这样携着楚汉之风，扑面而来。真的是挥一挥衣袖，便是几千年的气韵；抡一抡石斧，便是顶天立地。今天的我们决不能止于仰望。

因为几千年的华夏文明历程，仍在进行中，而且必须的。

西安的文友还说，我们写作的源头虽在周秦，但础石却立在汉代。因为“文学”这个词，在汉代的观念里，比今天宽，也比今天厚。汉代的文学包含了文章经籍和选官制度，尤其在汉武帝时代是显学，全国瞩目。司马迁眼中的文学：“明天人分际，通古今之义，文章尔雅，训词深厚，恩施甚美。”可以称得文学家的，既饱学与真知灼见，文章笔法讲究，还“恩施甚美”，即要有深层次的审美享受，可见其大方大气。

在当年文武百官上朝处的承明殿遗址，我有幸看到一位冯姓游客于8月24日的留言：千古帝业唯余此，贾谊过秦谁过汉。的确，想想巍巍然挺立着的司马迁、贾谊等，如今文坛鱼目混珠的我等，也因之向上多出些许收获识见，往下延伸出许多自知之明并羞愧难当。才疏学浅，居然也无知无畏敢动笔涂鸦长安。但想想西安“满城文化，半城神仙”，一路西安，处处神仙，与神仙相遇的好处，是令我时时看见人生必须脚踩的那些础石，并自我寻思自己何以为汉家女？何以说汉语？何以写汉字？汉文化的础石就那样稳稳地立在那里，心神向往。

《光明日报》2014 年 11 月 7 日

耶鲁独秀

2002年4月的一个清晨，在康州千顷万顷的阳光中，我们穿行于不知是纽黑文市还是耶鲁大学的街道上。在美国，大学不像我们用高楼高墙包围着，它是开放式的，大学就是城市，城市常常也是大学。就如眼前纽黑文与耶鲁这样难以区分，它们互为拥有，比如街道，比如耶鲁培养出来的五任美国总统，比如十三位诺贝尔奖获得者等。而对于中国人，再比如这里录取了中国近代史上的第一个留学生容闳，之后的詹天佑、梁诚等中国的栋梁之材。

走在整齐划一的街区，渐渐地便感受到一种历史庄严、开放自由和博大生机。耶鲁大学东亚图书馆副馆长龚文凯博士，指点着眼前的哥特建筑丛："那是交谊大厅、教学大楼，那是法学院——克林顿与希拉里就是在这里第一次相识和相恋的，东亚图书馆——你们马上开始的中国作家赠书活动就在这里进行。"建筑的意义就是这样，过去和现在都可以活在其中，似乎每一座建筑都有一个"前世"的故事，而这种历史的性灵，在我眼里正代表了耶鲁的魅力。说话间，我们走近一个雕塑，陪同我们的冰凌先生兴奋地告诉我们："那是耶鲁女生纪念碑，又因形同桌子又叫女生桌，是林徽因的侄女林樱设计的。"我仿佛被击中一般：世界名校，林樱，华人女生，林徽因的侄女。这一串美丽的意象犹如

“前世”的故事，令我着迷。

我喜爱林徽因。新文化女性中，在我心目里林徽因是第一人，这不仅在于她没有那时文人的颓靡、滥情和做作，也不仅在于她纯正的诗文以及建筑奇才和创造天赋，更在于她在民族危难之时为中国建筑史做着实实在在的杰出的贡献，更在于她为人的优美与激情、刚烈与克制、明朗与大气。如今，满城争说的林徽因是个风流的伤情女子，这讹之又讹的恶俗传说，不仅肉麻，更是对林徽因的一种误读乃至侮辱。幸而，林徽因没有面临这场快餐文化的灾难；当然，她也没有看到她们家族为人类贡献的另一位才女林樱是耶鲁的独秀。

的确，林樱在西方的现代建筑史上，为耶鲁争足了面子，也为中国人（尤其中华女性）赢得了荣誉，犹如贝聿铭，犹如她的长辈梁思成与林徽因，1940 年至 1947 年的梁思成还是耶鲁大学的聘问教授呢。只是中国的建筑大师梁思成与林徽因没有料到，他们的侄女创造的是融汇东西方文化的神来之笔。

女生碑坐落在耶鲁东亚图书馆门前，一大片椭圆的黑色花岗岩的剖面，椭圆的中央是一个圆孔，水从螺旋上升的圆孔中不断涌现，匀匀地一波一纹地向整个桌面漫去，无声无息无休无止，亦水亦岸的剖面上，以波纹的走线，排列着耶鲁自 1873 年以后女生的名字和数字。它无声地告诉人们，在耶鲁三百余年的历史中，有近三分之二的时间里没有女生，而最早有幸进入耶鲁的是两名艺术系的女生。这横如眼波的薄水就这样清清浅浅顺顺柔柔地润化着女生入校时的数字和年代，一如女性的平和蕴藉。尽管太阳强烈，我静静地坐在女生桌下那半圆的大理石凳上，不仅与所有到过此处的家有女儿的人们一样，留个影，以祝福家中的女儿也能考上如意学校；我还要听听这水声，看看她潋滟泽光，感觉她的味道。这时，清风忽来水面，那水仍然不黏不滞，干净、透明，清澈、无尘。我知道自己需要这片水，可以为镜鉴出自己内心之浑浊，以有所清澈有所归依。便想起苏东坡“好风如水”之说，如果他看到这女孩般无纤无尘的波光，他会不会说“好水如风”呢？

这的确是一片好水，只是西方人是否知道女人是水做的这一东方文明？是否知道中国河姆渡文化和大汶口文化中水盆、水瓶生命之树（花）的崇拜。是否知道中国关于生命源于水、生命之树通天地而源于水的原始哲学观念？还有那象征生命之源的阴性符号：椭圆、棱形、凹形等，还有女生碑剖面上蕴藉的圆孔。这圆孔不仅是整个剖面汩汩流水之源，它更是女生碑的灵魂所在、生命所在。在中国原始人的观念中，圆穿、圆圈、圆点，同人的眼睛一样，是自然万物的眼睛和生命之所在，这犹如玉圭凿穿与汉代圭碑凿穿，其意义并非常人所说是出于实用，为了便于佩系和葬礼穿绳往下系碑，而是出于玉圭、圭碑凿穿成灵，成为通天通神、生命永生象征的通灵圭臬。其实，这是人类的美学观念，它在现代雕刻抽象艺术流派中早已作为艺术规律而在普遍起着画龙点睛的作用。我想，林樱的丰富、深刻和柔韧大约也在此了。

还令我着迷的是整个雕塑的材料——黑色花岗岩，凝重、深沉、高贵也纯正。而赋予黑色生命的是阴性符号的椭圆与鲜活无际的流水，这轻灵的律动是女性的舞蹈，她展示了一种女性的平和柔韧、超脱束缚、飘逸流动的美感。林樱完美地融汇了梁思成的厚重坚实、林徽因轻盈灵动的东方艺术风姿，再以寥寥的几何线条便把西方现代技巧化为神奇，我仿佛触摸到林樱如同林徽因那时时涌动的难以遏制的强烈的艺术灵感与创造力了。因此，这神来之笔只能属于林樱，无人替代，独一无二。于是，天才的林徽因便拥有了富于国际声誉的同样天才的侄女林樱。除却天资之外，什么是家学？我想这便是了。

女生碑就这样立在耶鲁东亚图书馆门前，与中华文化、东亚文化，更与世界文化的书香为伴，日复一日，永远不断；林樱富于人文精神的女性关怀也成为一个永远的绝响，与东方女性的魅力合一，日新月异，永远焕发，独秀于耶鲁。

令林樱成为耶鲁独秀的，还不是女生碑；设计女生碑时，她已经名满世界。还在耶鲁念大二时，小小年纪的林樱居然设计了越战墙。那是一个国家纪念碑。林樱居然在一千四百二十一件角逐作品中荣获第一。二十一岁的华裔女生，美国的纪念碑，这不能说不是对美国人情感的一种挑战。这是真正的天才了。而中选与选择之间，其文化含量也一样伟大，其中就有一条是公平竞争的规则，以及这规则后面的文明、活力乃至趣味。在这些规则面前，林樱是幸运的。

越战墙林樱用的还是黑色花岗岩，岩石深埋大地，并竖排成直角的两面墙体，墙面上光鉴照人，上面刻着五万六千一百三十二名越战阵亡将士的姓名，据说要三天才能从头到尾看完所有的名字。一本阵亡将士名录安放在起点的石桌上，他们的亲友，可以据此索引找到他，给他放上一朵鲜红的康乃馨或玫瑰或美国国旗。当我站在这样一朵红玫瑰前，望着墙体上映照的自己以及行走的生者，在感受着林樱虽死犹生、生死无界的创造理念的同时，我深切理解到受难者的死亡记录对于人类的意义，假如忽略人类历史悲剧中的受难者，我们就是在轻贱人类和生命本身，假如忘记了战争的罪恶，就难以抵达真正的现代文明，这是人类诗意的信仰。

“那是一个老兵。”朋友轻轻对我说。我顺眼望去，只见一个理着齐刷刷平头的花白后脑勺，定在黑色的墙体前，一动也不动。这个斑白点点的老者与一个穿梭于亚热带丛林中全副武装的战士是同一个人吗？那时的潮湿、闷热，毒蛇、虫蝎，暗桩、陷阱，恐惧、伤亡……时间无情，它竟让你找不到当年，了无旧痕。但他就那样一动不动地站在那里，你能感到他的苦痛、他如墙如山的沉默。是的，战争是统治者挑起的，而最后承受战争苦果和灾难的却是人民，他们无法掌握自己的命运。今天的他们只能无言以对，只能选择泪水和静默，这便是全世界老兵的今天。老兵用手轻轻抚摸着墙面上的一个名字，当年的同伴已不能相济相助了，唯有沉默。我似乎看见了老兵的泪光，似乎看见了他沉默的外表里翻卷的几十年的岁月：血汗、人性和情感，英勇、艰辛和沉重，不堪回首，还有永不消失的死亡的恐惧和难以愈合的创伤。老兵还在枯站着，伴着夕阳，与那座同样沉默的黑色的碑墙连成了一体，他就是一面越战墙。我不得不钦佩林樱的深度，钦佩她年仅二十一岁居然就弄出如此深刻、博大的文化意象，一个中华女孩就这样接通了生者与死者的阴阳之界，犹如所有往来的游客都来往于墙体一样，黑色花岗岩映照了所有生者与死者的现在进行时，"前世"和"现世"相会于此。

其实，林樱这简洁的两面墙体相错成直角的半个四方连续图案，正是天地相合、阴阳相合、生命永生、灵魂不死的阴阳哲学观念的典型符号图像。如果说耶鲁女生碑体现了林樱"水"的理念，那么入土而立天的越战墙便是"天、地"的概念。于是，天、地、水三界生命起源的东方文化观，在林樱的现代创造中便得以完美显现了。而美国国家纪念碑评审委员会是这样表述他们对林樱越战墙的选择的："它融入大地，而不刺穿天空的精神，令我们感动！"东西方文化在这里殊途同归。

意象万千的女生碑与越战墙就这样成就了永远的林樱。

离开美国正好一个月，这个月里我常常沉迷于对林樱的遐想中，心里真的是愉悦万种，为中华优秀的女性，为林徽因，更为林樱。心里常常涌出林徽因的诗句："直到灵魂舒展成条银河，长长流在天上一千首歌。"此时，握笔的我正以灵魂唱着这无数的歌。

《羊城晚报》2002 年 9 月 25 日

“0点”废墟

在踏上美国国土之前，许多人都告诫我“9·11”之后美国航空安检的严厉，却少有人提及“9·11”对美国人精神与生活的重创。在我随中国作家代表团访美的4月间，一颗颗受难的心灵时时牵动我的神经，它刺痛了我每天的日常生活，这份伤痛来自所有不同肤色的美国人，包括我们的华人同胞。时过半年，痛定思痛。“9·11”已经成为美国人一个永远的受难日，“9·11”已经成为人类悲剧史上一个永远的伤痕，它给美国人给人类的未来生活将带来许多根本性的变化。

为此，我理解了美国航空令人恼怒的安检，在我穿越美国东西部的旅程中，虽然我的同伴尤其姓氏有着穆斯林特征的朋友，一次次遭遇近乎搜查式的安检，而我的齐腰长发也被一次次“梳理”，然后，我还是默默地配合着热情有加的美国航检人员，犹如过去的七个月里美国人无可言说的静默，那是一种难遣悲怀的沉默。

静静地默祷，是美国人疗治心灵创伤最多的一种方式。

4月13日，在中国驻洛杉矶领事馆欢迎我们的酒会上，一位同胞向我描述着当时她的恐惧和苦痛，那天，她的女儿要到大楼里上班。“所幸的是女儿还在路上，可成千的美国母亲却在瞬间失去了她们的孩子。”她哽咽着，周围一片静默。

4月16日，在耶鲁大学的欢迎交流会上，我们见到英姿飒爽的校长夫人（雷文校长临时到市府开会了）、中国驻纽约领事馆的文化参赞和领事以及耶鲁大学的汉学家们，见到著名学者、耶鲁大学东亚文学系系主任孙康宜教授，她也是我们《南方文坛》的作者，更见到孙先生对“9·11”的描述：一种前所未有的沉默笼罩了世界各地，也笼罩了耶鲁校园，这个产生过美国五任总统的世界名校，当晚就有无数的耶鲁师生以一种惊魂未定的心情举行了一次名副其实的默祷。整个广场鸦雀无声，只有黑暗中到处闪烁的烛光以及雷文校长极其沉重的哀悼声：“这个悲剧性的灾难破坏了我们国家的平静，也威胁到全人类的生存，这个突来的悲剧震撼了我们每一个人的心灵。”“在耶鲁三百年校庆的前夕，没有人想到会遇上如此惊天动地的恐怖事件，我看见学生们大多低头落泪，有些人抬头望着夜空，一切都默默无声。”孙先生疼痛难已。

我的朋友、全美中国作家联谊会会长冰凌先生告诉我，“9·11”事发的时刻已被美国人称为“0点”，“9·11”废墟也被称为“0点”。是的，时间在这一刻在美国人的心灵是静止的，这是一个巨大的空白，一个巨大的黑洞，犹如4月18日我所面对“0点”废墟上那巨大的黑洞。这个深陷地下黑黑的大洞仿佛撒旦罪恶的大嘴，在咀嚼着人类的良善和现代文明，咀嚼着那挂满四周的死难者遗物的美国民众的伤痛。车内一片静默。我的眼前满是电视上纽约民众当时惊惶走避的情形，满是这巨大的“0点”黑洞以及相邻大厦剥落的墙体，满是人类在恐怖主义面前的惊惶、焦虑和悲愤，满是丧尽人性的人们及其霸权带来的罪恶和灾难。我明白了纽约市长朱利安尼所说的“这样大幅度的伤痛远非我们所能忍受”。是的，这是远大于“珍珠港事件”的创伤。今天世界最强大的美国怎能料到会有如此地惊天变的灾难？美国人又怎能料到在自己的美好的家园也会遭遇他人的袭击？号称文明的人类为什么会对自己的同类做出如此丧尽天良的事情？现代文明给人类带来的和人类所向往的不是应该一致的吗？为什么？

永无止境的追问也无法阻止永不静止的时间在美国的时刻表上一动也不动。这不仅是美国人的“0 点”，这是全人类的“0 点”。

“0 点”就这样赤裸裸地展示着人类胴体上的伤痕，但愿它能引领人类从暴力、罪恶和毁灭中走向忏悔、自省与和平。我以为“0 点”的静默意义，正是美国人寻找到的一种心灵的治疗，这是一种疗伤的过程。

在这过程中，人类突然变得焦虑和小心翼翼。所有的公众场合全都强化了安保措施，犹如即将开赛的世界杯所进行的严密有加、史无前例的防卫，以确保世界球迷有一个欢乐的足球之旅。当人类在自己的家园都无宁日，那么世界于人类还有什么意义？“0 点”废墟不仅令人类疗伤，更令人类反省与建设。

走出“0 点”很远，车上有人说笑。我把笑放在嘴边，但那笑却离嘴有一尺远，我知道“0 点”的阴霾已把我的脸皮风干，在这 4 月的失去姊妹楼的曼哈顿，悲凉是景。

《羊城晚报》2002 年 8 月 17 日

维也纳森林的故事

就着春夜的温暖和伤感，我写下这个题目，心灵回响的并不只是施特劳斯的同名圆舞曲，我渴望的是与维也纳森林对话。

这也许是一种精神野心，但我更愿表述为是一种对美好记忆的诗话，或者说是我逃遁现世最好的方式。生活的谎言有太多令人随时升腾又随时坠落的伤感，而单调山野的森林，却代表了永恒的素朴和真实，犹如一部原始诗集，足以让祈求宁静安然的我心折。何况，维也纳森林还有施特劳斯们，有令我着迷的绝世美女茜茜公主，更有令我神怡意远的记忆。

一切都清清楚楚，一如昨日。

那年，在整个欧洲行程中眩晕不断的我，最恐惧的便是总觉得自己永远在高速公路上以二百公里的时速旋转。面对巴黎到戛纳公路两旁整齐划一的葡萄园，满山遍野的草地、牛羊、黄花，无奈中，我也只能让这份生机和灿烂与我迷糊眩晕。然而，在穿越数个长达二十公里的隧道之后，一阵清风吹来，展现眼前的是大片大片的山毛榉、栎树、冷杉，山地坡麓和谷地还有村庄的袅袅炊烟，始终环抱着我们的阿尔卑斯山脉，林子边不断出现的湖泊，还有公路旁雀跃的赤鹿、灰兔，我不禁阵阵轻呼。这比我在戴高乐机场看见满草地野兔时的惊喜多了几分欣慰，仿佛找到了家园，我明白自己总是中意于山幽水清、环境雅静的地方。是啊，维也纳的山野清洗了我一身的疲乏和困顿。

终于，坐在一个距维也纳几十公里的湖畔。风携着花草的清香从前方青黛色的山林长驱而至，拂过波光潋滟的湖面直沁心脾。面对远处的阿尔卑斯山脉，面对记忆中的维也纳森林的故事，面对湖面上怡然自乐的水鸟野鸭，面对湖畔草地上坐在大藤篮上荡秋千的孩子，我只觉得灵魂出窍，仿佛这是我的新世界，我一世的幻想。温情中，我走向那些欢乐的孩子，犹如这块土地上的著名影片《音乐之声》中，无趣的上校终于情不自禁加入他的孩子们的歌唱，深情的《雪绒花》至今仍令世人倾倒。我满心微笑摇动着秋千的蓝绳，藤篮里的金发男孩快乐地在我的沉醉中飞翔起来。同伴用镜头为我定格下这个令人神迷的画面，我感激她。

其实，山水、森林、湖泊、月光、星空和野花都是些很重要的滋养性灵的东西。难怪素来喜爱郊游、骑马的茜茜公主，在森林得以与弗兰茨·约瑟夫（1848—1916 年在位）心目对视；难怪在《音乐之声》里，能有女教师和孩子们在山野林间的无忧无虑以及由此唤醒了上校自然素朴的欢乐天性；难怪施特劳斯在森林散步时能舞蹈出《维也纳森林的故事》；难怪萨尔茨堡的林间至今还跳跃着莫扎特的旋律；难怪贝多芬穿行在维也纳森林能弹奏出《第六交响曲》（《田园交响曲》）；难怪舒伯特神迷于维也纳的花妖树魔，一曲《魔王》令天下人尽想维也纳森林的故事。

自然，一草一木总关情，离开了心心相印，离开万物有灵，草木也会无趣。令奥地利骄傲的茜茜公主在林间开始了她富于传奇色彩的婚姻。当年《茜茜公主》系列电影放映时，全世界都为之着迷。然而奥地利人却认为，电影里十七岁的施奈德（她也因此而成了国际影星）饰演的茜茜远不如生活中的茜茜公主漂亮。当我在美泉宫看到茜茜的真实画像时，惊叹不已。这才明白奥地利人对施奈德的轻视，才明白汉语中“高贵、美丽和绝世”的真正意义。维也纳人还告诉我，茜茜与弗兰茨·约瑟夫的初恋的确如电影所描述的那样神奇浪漫。然而，婚后的茜茜皇后并不开心，曾发誓要经常与她到维也纳林间散步和骑马的夫君，作为一国之主，连同其他一些向茜茜许下的诺言都实难兑现。便想，女人的神经血管心灵毕竟有异于男性，只企盼真爱的女子最后只能弄伤自己的身体和精神。对此，我至今都难以明白。那么，在林间独自漫步的茜茜公主最终能否安然于世呢？我没有来由地又想起茜茜公主与众不同的房间，里面有一只浴缸，浴缸上方吊有一个圆环，据说它是用于茜茜公主沐浴时吊束她那头美丽的金色曳地长发的。有如此美丽的生活场景，我觉出茜茜的优美、从容和忧柔了。

维也纳的书籍、明信片、钥匙链，甚至巧克力上都印有茜茜的画像，这些都是她三十五岁之前的画像；在三十五岁之后，她便拒绝了所有画师为她画像。于是，青春的茜茜公主便成了奥地利永远的美丽和永远的音乐。

在某种程度上，占有国土面积百分之四十的维也纳森林孕育了世界音乐的精灵，她们在那蓝色的湖水、绿色的丛林中游走。活跃的节奏、丰富的情感表现、浓厚而清远的音色，伴着热烈和轻灵飞翔于维也纳的上空，飞翔于全世界。人类为此而清澈灿烂，曼妙歌舞，返老还童。

我明白了为什么浪漫主义诞生于德国，奥地利历史上与德国本来就是一体，“维也纳”德语即为“东疆”。因而，它的音乐传统也与德国一脉；我也明白了欧洲谚语“森林是我们的面包”的真正含义。

一位交往很少却颇能相知的朋友，曾很伤感地向我指责我们中国人对待森林和土地的粗暴。他说：大地是母亲这句话绝不能止于言语，北欧人耕地都用木犁，而反对用铁犁，他们认为大地是母亲，所以不能撒野只能温柔待之。我想这大约也算是一种农业文明吧。

当然，不同的生活土壤造就不同的文明，可是我们毕竟共同拥有自然。我深信环境养人。

接着，朋友还告诉我他在北欧生活时的两个小故事。他说周末的晚上，他常常被一群德国青年拉到森林里过周末，所有的人不带任何食物，饿了，大家自己找东西吃。他们每个人都有很强的甄别树叶、野菜、野果的能力，他们说当人类没有食物或是大饥荒时，“我们能生存下去!”森林的确是面包。还有一次在丹麦，房东老太太领着他在森林里散步，那时大约下午两点，林子很静，深处不时遇见一两座用树皮编成的猎人木屋，他说感觉好极了。他就是那个时期时刻感受到欧洲人对森林的深情的。我插言问他，在林子里游走，有没有想过会从大树或青藤或岩石中跳出一两个妖怪或神仙或精灵什么的。他说那是自然的，那毕竟是生养安徒生的地方。我想，那真是一种神秘、奇异而美好的境地。要知道这是我与女儿读到安徒生、格林兄弟时常常描绘的梦幻了。走笔至此，我还能感到一种甜丝丝的留恋。再说，友人正为森林而醉时，他与丹麦老太太已踱到了一面湖镜边了，几只白天鹅正在清澈的湖面上自在地游弋着，这时，落日的紫云闲闲地散落在湖光里，房东老太太不禁喃喃：“假如我死后能上天堂，我相信天堂也就是这样的了。”朋友不禁牵紧老人的手。“我感到有一种力量，正从林子的深处悄悄袭来，我的眼角一热。”朋友这样告诉我。

是的，生活常常让我们失望伤感，同时又总是有一种力量让我们泪流满面，总是有一种力量让我们抖擞精神。正是这种力量，使老人像施特劳斯们一样，在森林里获得了灵感，她似乎感知到了她未知的冥茫。于是，她把自己对生命执着的爱延续到生命之外，她超越了生与死的界限。兴许，这也是一种生命之根，根植于此，森林、生命、人生、死亡便都有了意义。

记得梵蒂冈圣彼得教堂的众雕塑中，有这样的一个情节：见不着真容的骷髅上覆盖着一块猩红丝绒（大理石质地，但丝绒的轻软和光泽却可感可视）——因为在时间面前，人人平等；人，无论贫富美丑，都会死的。雕塑家是这样表述了时间和生命的自然性。

不久前，中国老人冰心的葬礼不就是在一种盎然的生气中进行的吗？

当然，这些都已不是维也纳森林里的故事了。

《作家》1999 年 12 月

朝云，朝云

最早知道朝云，是在苏轼的《蝶恋花》，而后在林语堂笔下。

并且知道朝云独自安息在鹅城惠州的西湖边上，知道朝云墓洁净，且有几分华贵。有山有水，还有圣塔和一座亭台几间佛寺。

访客可以听见傍晚的钟声和松林的轻唱。

当我远道来访时，却在西湖风景简介及旅游图上找不到朝云的仙迹，待一路询问，曲径通幽禅房深处现出坟茔时，我吃惊地发现朝云墓竟出乎我意料地清秀幽静、朴实无华。这也算与她佛徒的信念相宜。墓地除了多少显示它气派的一坡松林和亭台外，就再也普通不过了，它一色南方墓地特有的灰黑墓碑和圆穹，碑上刻着“苏文忠公侍妾王氏朝云之墓”。

是的，朝云出身歌伎，也只是苏轼的侍妾。兴许这是今天旅游出版物上不闻其迹的缘故。但她却是苏东坡一生所际遇的女人中，最了解他、敬仰他、热爱他、帮助他，同时也被苏公深爱的女子。而且，唯有她在东坡一再被贬谪流放、荣华富贵散尽、原有的数妾弃他而去时，相伴东坡涉万里南来，从京城到黄州到惠州，如影相随相知相护相爱，自然也相生相应。这使苏轼在晚年写下了满心的感激和炽情。他俩都把彼此的爱情推到了极致，可歌可泣。

朝云贵为东坡妻（我们实在应该把她看成东坡的妻子了，再说，妻妾制本来就是人类社会的糟粕）。可她却没有东坡两位亡妻王弗、王闰之姐妹的宦妇生活。她褪下旧日的长袖舞衣，与东坡一起，为民造福并为百姓散尽钱财后，开菜园，躬身耕种，她缝补洗涤克勤克俭，为东坡解愁，为生计而力行。

朝云为爱而活，而且活得清明；朝云自主自立，绝非古代名夫人所能及，甚至还超越了许多现代女子。

朝云是丽人。秦少游就曾赞她美如春园，眼如晨曦。十二岁被杭州通判苏轼收为侍女时，歌女朝云不识文墨，但她竟然能把一腔爱情化为了聪慧。渐渐地，她不仅能读书了，并能书法楷体，还能把名人的诗词名句串集成首，而且意顺韵通。更令东坡着迷的是，他的诗词，只要她念上几次，便可熟背，且配上恰当的曲牌放歌高唱。唱，是悉心沉醉，传韵扬情；听，是满意可心，欣喜神迷。相生相应中，又是一种何等境界的和谐呢？我们只有去读苏轼为朝云留下的天地诗篇了。

这颇具现代性质的爱情，在从来不谈爱情的旧式家庭里，已经远远走出了才子佳人式的肤浅，尽管才子佳人式的爱情在古代已包含了进步因素，这也更是女子无才便是德的传统所格格不入的。

我如此理解并热爱朝云。

朝云实在活得不同凡响。她爱得够浓、够烈、够艳，也够精彩。她一甩低眉回首的风雅，不仅陪东坡谪居黄州，并在幼儿死在襁褓之后，再陪东坡走南荒到惠州。此时已是三十二岁的她有了自己的信念，她与五十七岁的东坡开始了皈依法门，竟如金童玉女般地过起思无邪的佛门生活。他俩在丰湖建起了行善的放生池，在为百姓散尽钱财后，他们祈求着上苍保佑贫民；他们一起读经炼丹，一起迎朝阳沐月光……于是，他们化入一个恋爱情操与宗教精神水乳交融的圣洁境界了。

白发苍颜，正是维摩境界。空方丈、散花何碍。朱唇箸点，更髻鬟生彩。这些个，千生万生只在。好事心肠，著人情态。闲窗下、敛云凝黛。明朝端午，待学纫兰为佩。寻一首好诗，要书裙带。

东坡在这里已不再担忧他的天女维摩朝云，成仙后不系念俗世姻缘离他而去了，而是把他俩的爱在情感和宗教意义上又升华到一个更为激情的境界。

苏轼是一块丰碑。

朝云是无缘读到外国名篇《红帆》的，可她比起那位决心用一生的时间渴望邂逅驾驭红帆的王子的女孩幸运多了。朝云虽然遭遇了凡人所难以克服的困苦，可她三十四岁的生命终究有近二十三年生活在自己心底的红帆上，并使自己平凡的生命放射出最耀眼的光芒。沧桑中更显美丽。

这似乎又是诗的占卜。然而，谁说人的遭际不存在着一种公平？

苦极乐极美极的朝云，最终还是敌不过南荒的瘟疫，三十四岁时念着一首偈语仙去了。

一切有为法，如梦幻泡影。
如露亦如电，应作如是观。

悲极伤极的东坡允着她的意愿，把她安葬在丰湖（今已称西湖）边的山脚下。和尚们筹建了六如亭纪念她。据说，就在她下葬三天后的晚上，下了一场大雨。第二天，农人发现墓地有大大的脚印。于是爱戴她的人们都相信是圣者来引朝云进入西方世界了。一时佛事鼎盛。

东坡是葬下了朝云，可朝云的故事却无法安葬。

无比热爱她的东坡亲撰了她的碑文（而今碑就立在她的身旁），并写了一诗一词悼念她；东坡还因“伤心一念偿前债，弹指三生断后缘”，果真谢绝了美貌少史温超的爱恋，而鳏居到老；东坡还从此不忍再去丰湖，这是他俩最喜欢野宴且葬着她的地方。朝云怎能安息呀？然而，最令她魂灵不安的是，当朝宰相读到东坡两行描述他在春风中小睡的诗句时，竟说：“原来苏东坡那么惬意。”

轻轻拂袖间，她的东坡又遭大祸，被贬至更蛮荒的天涯海角。

然而，朝云的东坡天心依旧，任凭千磨百炼。朝云唯有不息了。

东坡和朝云的爱，就这样圆满了它原有的神性。

否则，民间何以有如此多的朝云还魂护诗翁的传说，六如亭不是又称还魂亭吗？

否则，鹅城的百姓何以在朝云的生日（十二月初五）为她“多立会祝寿”？何以有书记载北宋末年的“盗匪”谢达攻占了惠州城，焚烧了不少商店房屋，却为朝云“修理坟墓，致祭而去”？这绝非仅仅是强盗的冷铁心底下一角暖处使然，这实在是东坡朝云的情缘和为民的品性所散发的人间暖意抚慰着一代代人心，终成千古绝唱。

真正的爱情本来就是人类所属所求所望。

朝云是爱神。

一阵寒风刺骨而来，我才发现自己望着朝云的墓碑发呆得太久了。转身下墓阶，发现墓沿零星地供着不少鲜花，这定是访客们的祭礼了。抬头六如亭，便读到清代名士手书的对联：

如梦如幻如泡如影如露如电

不生不灭不垢不净不增不减

朝云，这便是你的精神？

而与你们修建的苏堤相望的对联则多了几许苍凉：

从南海来时经卷药炉百尺江庐飞柳絮

自东坡去后夜灯仙塔一亭湖月冷梅花

朝云，这该是你的一生了吧？

朝云，冷梅花。

东坡早就喻你为梅花白衣仙子了。如今，你的四周已种满了梅子，而不仅仅是你生前听东坡咏过的松风亭的两株了；一坡都是，虽还矮小却开满了碎银般的花色，冰洁而亲切。

我曾在东坡的眉山故居，迷恋过一树蜡梅，豆粒大的花骨朵儿鹅黄华贵，兴许是领了蜀地的王气，一副不为尘世所生的孤傲玉立。而今，方觉在眉山时的我肤浅，且不说西湖的白梅如不如眉山蜡梅的孤芳冷艳，但它却实实在在地多了许多凡人的暖意，一如朝云生命的本色，平凡得着实令人热爱。虽然眉山三苏祠内苏轼的家谱故居也立着朝云的蜡像，可眉山的富贵毕竟不属于她，她是属于惠州的，属于平民的。她高贵，高贵与富贵只是一字之差，却昭示了她不平凡的人生。

白梅普通，却美得可人。

吹拂着白梅的冷香，只觉得 1996 年春节广东遭受的百年不遇的寒潮竟多了些暖意。漂流到惠州妹妹家过年的我，忽然对眼前的情景涌出一种相见恨晚的感觉，浓浓的，一时是如何也化不开了。

此地如此造化钟神秀，我怎么今天才来呢？过去，我一直以为东坡与朝云不外又是一个才子佳人的范式罢了。我怎么也没想到在苏轼系年表上那一行“绍圣三年，七月，爱妾朝云卒于惠州”，竟蕴含如此不朽的故事。这实在是我不懂人生，不懂世界，更未深领爱的精神。今天，驻足净地，我不知不觉忘却了身边那些令人心乱的事体，在平静的心绪中，自己战胜着自己。

又来了访客，大年三十的，尽管没有路标。朝云，并不寂寞。

我走进六如亭，在光亮的闪着沧桑风雨的石椅上坐下，看一拨一拨的人，一簇一簇的花，来了，默立，然后离去。

许久。

待我走出西湖公园的大门，才发现早已过了妹夫开车来接的时间。迷路，我又开始了迷路，就连出租车司机也找不到妹妹家显明的大院了。更不可思议的是，妹妹家的电话就在这两小时内居然久拨不响。朝云，我迷失了。如今，我常常迷失，总在人群中寻觅自己，寻觅心灵的风景。朝云，你是标识吗？你是岸吗？

第二天，大年初一。再访西湖，已是与妹妹合家同游了。此时，整个南中国狂风大作，寒风凛冽。

又过朝云墓，瞥见墓前多了几簇鲜花，康乃馨、玫瑰、水仙，鹅黄、血红、雪白。妹妹说："每次到西湖，都见这里有鲜花。"

走近六如亭，忽然我发现墓穹铺满了梅花，这大约是呼啸的寒风刮落的。我竟没有一丝惜春叹春，而是满心惊喜：太美了，黑地上的白梅极其晶亮洁净，平淡地看着过大年穿着绚烂的人们。素来自视清高的我突然间有了一种自觉凡俗的叹息。是呀，"高情已逐晓云空，不与梨花同梦"。

朝云，这就是你吗？

《广西文学》1997 年第 4 期

地狱之门

电影《罗丹的情人》叙述的是这样的一个故事：

1880年，法国著名雕塑家罗丹接受了官方的聘请，为巴黎装饰艺术博物馆的大门并为西侧门框做浮雕装饰。

在罗丹巨大的工作间里，成群的青年雕塑家以学生的名义把自己对罗丹的崇拜和自己的艺术才华，去服从和实现罗丹这项宏大的艺术工程，巴黎年轻的女雕塑家卡耶儿也在其中。一天，罗丹出现在工作间，卡耶儿热烈的心狂跳着，激动慌乱中手上的工具高高落地，高傲的罗丹正要发怒……突然，奇迹出现，咆哮着的罗丹突然呆立了。原来，不知所措的美丽的卡耶儿正高高地愣在这个庞大的作品上部的两个人体雕塑之间，形成了一个极为完美的造型。于是，这个被称为《地狱之门》的世界名作顶部有了一个令世人过目不忘的美丽造型。而天才的卡耶儿也从此步入了自己人生的地狱之门，一曲哀婉的女性悲歌回响于全世界。

当时的罗丹创作灵感正处于低谷，是身为“学生、情人和灵感的启示者”的卡耶儿帮助他寻回了自己的艺术感觉，并使他明白只要自己总是役于情欲，他就永远不能臻于毕生企盼的完美境界，罗丹承认卡耶儿对他的贡献和牺牲。要知道，在卡耶儿美丽的外表下，蕴藏着隐秘而强大的艺术力量与烈火，她可爱的大脑感应了它们而激发出一种超人的艺术灵感和创造力，充满生机，极具天才。她把这一切献给了她敬爱的罗丹。“女人对爱情的理解是十分清楚的，这不仅是奉献，而且是整个身心的奉献，毫无保留地，不顾一切地。”

罗丹的确很幸福，艺术创造力也空前旺盛。

卡耶儿的父亲及时地提醒自己心爱的女儿：“你的未来不属于罗丹，而是属于你自己。”

终于，卡耶儿面对两种选择：妻子或者独立的女雕塑家。她不愿永远在罗丹的庇护下做他的学生、情妇和灵感的启示者。

罗丹逃避着。

感情不能契合，艺术上日益不能相容，还有社会泼来的污水都没有摧毁卡耶儿的艺术心性，悲伤的卡耶儿只是把自己关在画室里疯狂地创作。然而，“娜拉出走以后怎么办”这个世界性的问题同样扼杀着天才的卡耶儿。正如波伏娃所指出的：“在许多情况下，只要不玷污他的崇高形象，男人在女人的默许下可以干些使她名誉扫地的坏事。”你想找回自己吗？你想自立吗？你想发展自己吗？你面对的是整个世俗社会，社会的罗丹和罗丹的社会瞬间就吞食了你。卡耶儿的作品被砸、被抢、被封。尤其她的天才作品《成熟年纪》，这部描述自己三重人格的雕塑，竟被罗丹误为讽刺他的作品，而多次遭到来自以国家名义的疯狂的损害。

我一直以为《成熟年纪》是女性完整人格的象征。一个壮年男子分别牵扯着一个老妇人和少女，犹如卡耶儿描述的：我就是那老妇人，不过不是她的身体；那男人，我把我的粗暴付与了他，他把我的虚空交给我作为交换；而年纪正增长着的少女是我的今天。她很好地阐述了三位一体的概念，一如我们所有人的真正自我。其实，卡耶儿只想告诉我们她的本质是阴阳兼而有之的，她不同于我们，她把自己迁得远远的，索居离群，障碍较少，因而似乎较完善地保存了阴阳兼具的整体。然而，为了罗丹的名声不受玷污，卡耶儿遭到了社会的遗弃，她在无爱的世界里精神崩溃了。

是啊，不时的山重水复，稀罕的柳暗花明，交织着这生的纠纷，已难继续她生的理想了。毕竟，她已过山过水过生过死了，然而，她还要再经西风……

1914 年 9 月 9 日，巴黎最有才气的前卫女雕塑家卡耶儿被强行押进精神病院的白色汽车里，目睹这一切的是她最亲爱的弟弟，以及一辈子都不能给她理解的母亲，从此，卡耶儿挣扎于地狱之门，生不如死。

1943 年 10 月 19 日，卡耶儿死于精神病院，她被软禁在精神病院三十年之久。

世界一片悲凉。

我不知道今天她的坟墓还在不在。那次在巴黎的短暂停留，我曾闪过这个念头，却没有时间寻觅。欧洲的坟墓相当漂亮，在一个雨天，我参观过维也纳的中央公墓，那里几乎每一座坟墓的雕刻都是一个音乐故事。欧洲人把这称为葬礼艺术，他们是想通过艺术把死亡装饰得比生存更为美丽。兴许，卡耶儿的坟墓没有这份美丽，然而，在我心里，世上所有的美丽都属于卡耶儿。

《大家》2000 年 2 月

孩子的，也是成人的

湛蓝的天空，洁白的云朵，院子里大树环绕，摇曳的秋千架上是八岁男孩布鲁诺的欢笑，这是盛夏的乡村，也似乎是理想的乐园，但也是各种惨无人道的屠杀和人体实验的罪恶发生地。

出身于德国军人世家的布鲁诺，随着父亲工作调动，从柏林迁往波兰纳粹集中营（大人告诉他：不远处有穿条纹衣服的人的地方是农场）。除了荡秋千外，经常独自待在斗室里的小布鲁诺自然孤独、忧伤无比，儿童固有的好奇心和探险精神使他不顾大人们的警告，偷偷要去发掘男孩子的新世界，最终在“农场”铁丝网边邂逅同样八岁的穿布条纹衣服的犹太小男孩希姆尔，并成了好朋友。布鲁诺每天都冒险来与新朋友见面，或带吃的或隔着铁丝网下棋踢球游戏，虽然每次都因希姆尔被铁丝网内哨声的召唤离去而匆匆结束，但两人的友谊给了这两个不同原因却同样孤独的孩子极大的欢乐和抚慰，直至布鲁诺母亲发现了集中营的罪恶，决意要带他远去。布鲁诺却害怕再也见不到新朋友了，绝望中，他听到希姆尔在“农场”里继母亲姐姐“失踪”之后，父亲又“失踪”三天了，他决定要帮助希姆尔找回突然“失踪”的父亲之后再走。稚气的布鲁诺穿上希姆尔带来的条纹衣服，从铁丝网下挖出的浅洞爬进了集中营。无情的命运与小男孩布鲁诺开了个天大的玩笑，在他母亲呼唤他离去的喊叫声中，在风雨如晦的暴雨声中，纳粹分子又将大批犹太人赶进毒气室，天真的布鲁诺和希姆尔手牵着手行进在队列中，一无所知走向了死亡，至死都以为这是他俩的游戏。这对未泯童心的温情、悲情想象的点睛之笔——两个孩子不知不觉中走向了死亡陷阱，他们紧握在一起的温暖小手并未能挣脱死亡的魔爪。这令人难以承受之轻的结尾，顿时把故事推到了一个撼人心魄的新高度，其叙述的穿透力，开拓着阔大的内力，令人重新审视战争的悲剧性，审视那些杀戮和令人难以直视的鲜血。这是隐忍的力量，也是作者超强的沉静叙说能力的有力体现。

“战争”远在天边而又近在咫尺。孩子的故事，更是成人的故事。

《穿条纹衣服的男孩》，这是我近日偶然看到的影片。这个温情讲述的悲情友谊的故事，令我许多天都走不出那个童心四溢的温情与悲情激烈反差的想象，走不出战争那些残酷屠杀和令人难以直面的灾难，走不出许多相关的以儿童视阈审视战争，尤其“二战”的作品，诸如早些年的《美丽人生》，近年《追风筝的人》《芒果街上的小屋》《朗读者》《无家可归的中学生》……它们悲凉地一一在眼前掠过，如影相随，郁结于胸。我不得不承认，这部根据爱尔兰作家约翰·伯恩的同名小说改编的电影，与上述系列透过孩子视角叙述战争的作品一样，是一部令人动心动容的优秀之作，它纯正、沉静的儿童本位叙事，它惊天动地的惨烈，它博大的悲悯情怀，既是孩子的，也是成人的。

《长袜子皮皮》的作者林德格伦认为“童心与童真”是儿童文学的核心，无论长幼，超越年龄，其中童心童真显现的智慧、灵性和精神气质，便是儿童文学的经典品格与现代精神。一如《穿条纹衣服的男孩》，约翰·伯恩对“儿童”的深切理解，使作者得以以“童年”视点沉静地洞察战争对弱势群体——儿童的最为残忍的戕害。故事以复线叙述，一边是两个天真烂漫的男孩世界，虽然潜隐于文本深处的叙述者是成人，但作者始终守住忠实于儿童本性的写作底线，绝无我们常见的“成人腔”，而是真切可触、笑容可掬的童心童真；一边是明明白白的残酷的成人世界。两者相生相应相反相成，在那异常的孩子气的反观下，更凸显成人世界或说现实的残酷——纳粹残害犹太人的同时，也无意杀害了自己的孩子，作者在童心未泯的想象中，试图以童心抗拒杀戮，消除战争，体现了博大而悲悯的人道主义情怀。这部优秀的儿童文学作品，两个纯真、懵懂的小男孩无猜的情谊无疑是最温暖最令人感动的意象。在这个悲情友谊的故事中，还隐含着布鲁诺对友谊、忠诚、同情、自由、正义等精神成长关键词的认识，他与他母亲的择善而生，其中显现的智慧、灵性和精神气质，显示了儿童文学的经典品格与现代精神，它超越着年龄与地域，在世界范围内获得认同。可见，好的儿童文学作品既是孩子的，也是成人的；它的艺术品质，不仅具有阅读快感，更有阅读记忆，而且这份记忆会影响读者许久许久，乃至一辈子。

想起十几年前读曹文轩的《草房子》，桑桑成长的疼痛，曾引领着无数成年人回望各自的来路与童年的记忆，那唯美的雅实的生动至今还能若隐若现地令人感知。可见，有“童心与童真”的儿童文学，也属于成人。而有“童心与童真”的成人文学，同样也属于儿童。都说高三的春节前后是最难熬的，考期要到未到的，弄得一个个孩子家长焦虑万状。去年彼时，我女儿也被逼得了无生趣，直嚷嚷：“妈妈，给本课外书救命啊！我快受不了啦。”我随手递去韩少功的《山南水北》。她居然带到学校，课间不时读上几则，一个人咯咯笑个不停。夜深回家，还挑些段落给我们朗读，说要去八溪峒，“扑进画框”里，看“韩爹”，听“遍地应答”。全家不时为这本遍地应答的亲历者的书会心大笑，一时，焦虑远去。韩少功听说后，笑道：“我以后多写这种少儿文学！”可见，童心未泯、灵魂真切的优秀的成人文学，也是孩子的，它超越年龄。

然而，具有这样的“童心童真”的经典性作品，在今天还是稀少了些，尤其我国儿童文学的书写在心态和气质上先天不足，与国外的同类作品存在相当大的差距。我们有太多的伪“童心童真”、反自然天真或“成人腔”，弯下腰与孩子说话，或教孩子捏着嗓子说话成了常态。我们缺少林德格伦、约翰·伯恩式的对儿童的尊重和自然平视，缺少他们纯正、沉静的儿童本位叙述，这也算是我们儿童文学创作与批评的难度之一吧。

《羊城晚报》2009 年 5 月 30 日

留给贺兰山

今天一头走进重重叠叠的贺兰山口，便撞进了无法解谜的千年西夏文化中了，而那些预约的风景却还是令我惊奇和神迷，自觉中只有把我的无知和求知留给贺兰山了。

文人来看景，也来寻史，更是来寻诗的。然而，今天我们并不只是来贺兰山追寻品味那些传诵了数百年的诗韵的，我们奔贺兰山岩画而来。

岩画散落于山口里。山口很大，也很长，举目山色，没有人影，一如美国西部片的荒凉与神秘。两壁突兀的大石山间，有一条清亮的山泉一径流来。于是，脚下数不尽的鹅卵石便添了几分灵气和生意，走在上面好像踏响了整个山谷，贺兰山不再荒寂。而壁上的岩画，它与山泉间的响声一定有千年的对话了吧？

那些岩画碑石，或高或低，或类人首或是牛马、驴羊、飞禽、狩猎图，或是人手、脚掌、生殖图、交媾图，或是歌颂佛法昌盛的西夏文题记，或是不同年代的佛像浮雕和文字碑刻。全是本色，没有莫高窟壁画的红色，也没有花山壁画的多彩，却苍劲粗犷，勾人心魄，令人神迷；我只想知道它们蕴藏着西夏人怎样的秘密——那西夏文字我们彼此陌生。你看，那简朴的人头线条上高高竖起的绝非是几根粗线，它代表了西夏人怎样的审美情趣？银川高学者说那是饰物；而那些栩栩如生的牲畜图、狩猎图，又刻下西夏人怎样的生存轨迹？这毕竟是游牧民族的疆域；而那不见血光的生殖图、交媾图，又飞扬着西夏人怎样的生命光彩；还有那歌颂佛法昌盛的西夏文题记及佛像浮雕，都蕴含了西夏人怎样的精神依托和理想境界？那份苦苦守望、虔诚崇拜宗教的心绪，曾使一个民族的精神永远不被放逐，他们是怎样点燃过人生的希望？我想起胡笳和羌笛。然而，我在这石壁上找不到它们的形象，或许是那勇武在驱马击剑过（守）箫关，朔风中举起猎猎战旗却在笛声中无言倒下，便化为岩画了，哀笛也至壁上而绝音。是啊，那声声哀音，早已使一个民族不忍听闻。于是，这岩画与贺兰山东麓的残垣废墟、累累荒冢一起近千年来日复一日，在默默诉说着昔日西夏王侯的兴衰荣辱……我无言地抚着这苍劲而又充满血泪与生命史的岩画，焦渴地追问远古年代发生的一切。

岩画无言，贺兰山无言。

我发疯地往前追跑，跟着两位银川的学者，其他的同行者早已落在身后不见了踪影。然而，山谷不尽。我又寻天，天狭长，形如山谷，没个完整，却盖在头顶。终于，我知道我难以寻尽贺兰山谷的天地了，难以追问贺兰山千年的威武坎坷了。再说，那风干的青史又有谁人能道清，谁人能湿润？我注目于那些原色岩画，怕只有它们能知晓贺兰山谷的雄关战火、一路坎坷和几多民族的几多离合几多兴亡了。然而，岩画长年孤寂，古老的伤痕已不再荣耀，如今幸得学者们的珍视探究，将来兴许会重放其应有的光彩吧。再说，伴着绵延不断的岩画的，还有不断的山泉，以及同样难以变形的被人揶揄的永远长不大的山间小榆树。

是的，这小榆树已长了上百年，却还是这矮小模样，翠绿坚硬却难有花期，它任叶片枯黄、冰封雪盖，它任世人俗笑嘲讽遗弃，生命风采依旧。我又想起这山谷里稀落杂草中的荨麻——人一碰上了，便会奇痛、红肿，这株山谷中罕见的绿色却长满对人类的敌意！然而，就是这荨麻，却是西方一个极富人情的优美童话《野天鹅》中的神物。生命现象就是这样繁复和生动。于是，在众人对榆树的嘲笑和对荨麻的恐惧中，我也矮了下去。心绪无言。

无言中，自觉悲凉。

我是无法走进这岩画、这山泉、这榆树乃至荨麻的心绪和语词中了，不尽的追问都难圆心梦。唯一能带走的，便只有主人盛情下的一方贺兰石了。

《南宁晚报》1996 年 4 月 9 日

长歌短板羊楼洞

七月做客呼和浩特，肥羊之后，友人端来一杯汤色澄红明亮的热茶，双手接过，香气迎面；抿了一口，醇厚顺滑，神清气爽。“真舒服!”主人介绍这是来自湖北的老青茶。与大多数庸人一样，我也在享用美食好茶时，常常不问出处，再说，屋里萦绕着主人监制的蒙古歌谣，摄人心魄的蒙古族长调，顺着一团人间暖意，绵延舒展，动心动人。

来到老青茶产地羊楼洞，是在初冬的夜里。说是去鄂湘交界的武赤壁，便住进龙佑赤壁温泉宾馆。寒气中，接过主人一杯香气纯正的热茶，一饮而尽，暖和了。主人说：这是我们羊楼洞“川”字牌青砖茶，有百年历史了，一直供应着蒙古、俄罗斯市场。顿时，半年前，呼市那顿美食红茶呼之欲出，原来那杯令我沉醉于蒙古长歌的老青茶生在这里，之前喝了它，之后便偶遇它。人生就是这样，事事因果。

随缘而行，便留下羊楼洞的几个关键词：古城墙，百年的茶马古道，中国近代第一家海外茶场，欧亚大陆，茶行商市，中国青砖之乡，石头城，武赤壁，文昌阁，三个总统秘书、八位将军的诞生地等历史传奇一一叙述着令人感慨的故事。如果说如此深厚的文化底蕴，如此高亢悠远的历史回声是过去时，那么，依傍滚滚长江，头枕幕阜群山，背依松峰山北麓，以及万亩楠竹、万亩茶园、万亩荷塘、万亩芝麻等等，大气磅礴、山清水秀还鱼米生香，是现在时的遍地应答，是万物的自然回响。回响着绵长的历史回音和清纯的自然天籁，是羊楼洞的长歌，字少腔长、高旷辽远、舒缓自由，然而却长久疏于叙事，同行友人无不称奇，更感叹世界浩茫、世事沧桑，竟然就淹没了如此胜地，没世而无闻。无疑，这是羊楼洞的短板了。

我唯有倾听、追寻、发现，以及动笔表现了。

再说陷于高楼森林的今人，不都在寻找这样的去处：它置身于田园诗般的画卷里，有岁月的积淀，有文化的底蕴，有神奇的历史故事，有不尽的饕餮美食……纯净而充满烟火气，那真的可以去去羊楼洞。

因为纯净，是每个人天性中对自然的一份向往，一种回归。尽管，环绕羊楼洞老街的小河，已变成了小溪。生于斯的友人，是个诗人，此时也无奈地说“记忆的清澈小河，已是一个遥远的沉睡的梦，但这毕竟是我的家乡”。是的，每个人的家乡小河，不也一直流淌在所有人内心深处最诗意、最浪漫、最神秘的地方吗？

随着友人，一进他的家乡羊楼洞古镇，便喜欢一街的明清建筑，以及一街原生态的充满人间烟火气的日常生活。闲坐门前的老人，奔跑在青石板的孩子们，绕着正在采访的当地电视台，嘻嘻哈哈，好奇又淘气地人来疯着。镜头中，我们和孩子随意拥进街边一间老宅院里，嗬，满屋菜香，柴火旺旺的铁锅里炒着半锅肉片白萝卜，女主人笑盈盈招呼着我们进屋，堂屋是天井结构，上面是天窗，下面是地井。天窗四四方方，明亮清朗中从梁上直直垂下一条麻绳，午后，它将悬挂上一篮剩饭剩菜，深冬则是一挂熏肉熏肠。“天然冰箱哦！”主人还说，我们的房屋虽然老旧，但天窗采光好，遇到雨天，雨水还可以从天窗落在地井上，顺着石头的缝隙流到院外，从来不闹水灾。再看窗棂上精美的雕花，便想，明清时期羊楼洞人或许比今人更聪明？“喝杯老青茶再走吧!”长长的人间盛情随着浓浓的生活气息漫入心间，暖暖的，让人欢喜。

老人们说，过去，这条街上有茶庄二百余家，什么阜昌、怡红久、顺丰、黄川顺、陈恒发、兴隆茂、江天成、宝聚川、天聚合等茶行成市，熙熙攘攘，热闹极了。清道光年间，有英、德、日、俄等国贩子竞相于此办厂制茶，山西、天津、上海茶商也都蜂拥而至，蒙古茶商一直就没断过，这里成了驰名国际的茶市。以前都是用“鸡公车”运茶出街的，前后独轮将青石板都碾出一条直直的深槽，你看。“但是，现在没有多少人知道，老街也冷冷清清了。”这是羊楼洞今天的短板。

退休了的文化馆老馆长游哲茂说：“六百年茶文化，外面都不知道，不甘啊，这也是我们这帮老者为什么还这样操心奔波。”游漠俊老人也说羊楼洞是“洞天福地，它应该福泽更广泛的人们”。刘美珠老人则详细描述了她家祖祖辈辈手工制砖茶的往事，“要失传了，那怎么可以呢?子孙要骂的哦”。深情款款，幽怨又带着期许。于是，他们出门呼吁，进门整理地方志，收拾失落的文明。白发苍苍，坚定执着，文化老人们在加高羊楼洞的短板。

是的，羊楼洞有茶香、古意、胜景、人文，还有一街百姓恬静的日常生活。在怀想远去的繁华和文明时，要想历史文化生生不息，必须寻根与再植根，必须承传，也必须植入今天寻常百姓家，一如闲坐门前老人们的念想，一如当地文化老人的执着奔走，惟此，一地文明才有可能源远流长。我想，这样的羊楼洞才是真正的人文圣地。一方水土总有一方人们守护，尤其当地文化老人，拳拳之心，历历在目。我想，地方文化便是这样传承的，中华民族文脉也是这样通、续、连、接的。

沐浴在纯净中，便舍弃了去看那争斗惨烈的武赤壁遗址。回到住处，就着夜色的寒气，放一池温泉，一步一步走向心的深处，心里又响起草原长调，舒缓，缭绕，绵长，喝上一口老青茶，在汤与茶中，日常熟悉的生活倦怠渐渐远去，想想自己，了解自己，当然也反省自己，更原谅自己。四周有冷风吹来荡去的，心房还在等着未完的故事，静静的，有茶香幽幽散开。

羊楼洞的长歌，渐渐响起……

《文艺报》2014年1月3日

黄姚竹音

又来到黄姚，清明过后，谷雨之前。

依旧古香古色，依旧恬淡静好。群峰葱茏相连处，古榕绿荫庇护，姚江蜿蜒环绕街前屋后，条条溪水清澈无声，岸边翠竹婀娜，走在如水的老青石板路，静听满城古韵的明清建筑诉说着黄姚昔日的繁华，一如溪边那座伫立了几百年的“司马第”官宅，默然中不知隐藏着多少人事情结。而抗日战争在此避难的众多文化名流，更为古镇勾皴点染了一代风流。人文余音与自然胜景便绵绵不绝地引来四方游客，我也是闻声而三顾者。

前两次因陪远方客人，未能深识黄姚真面目。今年借着清明回八步祭祖，只身再来这个距家乡六十多公里的著名古镇，除了听满街的乡音，就想来看看黄姚的意象。

带龙桥、宝珠观、仙山祠、古戏台、吴氏宗祠，还有处处可见的森森翠竹，毛竹、桂竹、凤尾竹、佛肚竹等，或散生或丛生，婆娑有致。街上一位阿婆在教我识竹后告诉我，20 世纪 60 年代时逢灾荒，这里的竹子大面积开花，人们纷纷采摘竹米为食，救活了不少乡亲，她说开花的竹子一般都是几十岁以上甚至几百岁，开花的竹子死了，却救活了人。这些挺拔秀丽、千姿百态的竹子，就这样摇曳着黄姚人“宁可食无肉，不可居无竹”的诗意栖居。再看递进式台阶下那方方以青石间隔的吃、洗、用分明的溪水，更是难能一见，乡野中的文明，自古就有。黄姚的意象真的诗意横生。

穿越弯曲有致的青石板路，来到迎秀街，中国戏曲大家欧阳予倩先生的故居就坐落在这里。青砖、木门、木窗下一方石条凳，普普通通的，除了门楣白色大理石上书着“抗日战争时期爱国知名人士欧阳予倩寓”外，与相邻百姓家并无二致，全然不同于北京张自忠路 5 号“欧阳予倩故居”的砖拱门楼。步入门内，吊在房顶上的铜油灯与满墙的黑白剧照，令我遐想无限。迎面的是欧阳先生伉俪与女儿以及黄姚同人的合影，他们含笑着，仿佛在迎接四方来客。可惜照片历经数十年，我只能依稀辨识着欧阳夫人李韵秋的神情，这位曾因媒妁之言被欧阳坚拒，继又相爱相助欧阳一生的大才女就在此间缝补浆洗、提笔伏案的？凝望着隐约的雕梁画栋，遥想着田汉称赞他们“台上典型台下效，铜琶应唱”在此相生相应的情形，心底一片温软。

遥望旧时春色，这里也会有属于欧阳夫妇农时的叙事诗，关于他们的菜地，他们的柴米盐油，他们的鸡鸭，等等，而更多的是同为战乱避难沦落在此的同好们的神会。想想 1938 年抗战爆发后，欧阳予倩便与一代名流们从上海迁移桂林，一到桂林便开始了六年之久的桂剧改革。他建立广西艺术馆并自任馆长，同时兼桂林剧团团长。墙上的剧照无声地诉说着他将他之前创作的京剧《梁红玉》《桃花扇》《木兰从军》等改成桂剧演出，还创作了桂剧《搜庙反正》《胜利年》和话剧《越打越肥》《战地鸳鸯》《一刻千金》《旧家》等剧本，导演了老舍的话剧《国家至上》、夏衍的《愁城记》、阳翰笙的《天国春秋》和沈浮的《小人物狂想曲》等。尤其在 1944 年主办名震一时的西南剧展，美国著名戏剧评论家爱金生在《纽约时报》上盛赞此次剧展是“除古罗马以外有史以来的仅见”。如此非凡伟业，欧阳予倩是在广西成就的，它不仅鼓舞了民众的抗日热情，更迸出传统幽谷与现代恒河之间，既借木兰、梁红玉和李香君之声发民族抗战之音，伸民族气节和挺挺风骨，又以无羁的艺术探索保卫和发展了中国的文化，为国际反法西斯战争做出重大贡献；既为成就桂林抗战文化城奠定了重要基石，更开了中国的一代戏剧新风。“这是一个古老的文明不甘于停顿，而在艺术的新发展下检讨，并从中汲取经验。”学者赖贻恩神父在他的书中如是说。

欧阳先生这种不拘一格的艺术探索早在桂林之前就已开始。比如1919年他办南通伶工学社时就主张男女平等，反对唱堂会。比如1929年，在广州创办广东戏剧研究所并附设戏剧学校、音乐学校时给学生定下艺术信条：要做有思想、有学问的演员；台上台下两样生活，均宜分清等等，真正地开了一代戏剧教育新风，于今还颇具警醒意义。

廊墙上还有多张欧阳与黄姚同事的合影。西南剧展还在尾声，战火却已烧到桂林，1944年的秋色里，艺术馆人员又与一批文化名流从桂林到昭平县城再度疏散到黄姚，共同的理想与命运，使他们在此相逢相知、相加持、相濡以沫，并相互成就了一代风流。同时，也成就了一种纯真的、于今杳不可寻的人际关系。于是，他们以吴氏宗祠作临时馆址，上课，议事；在街头的古戏台上，向群众公演《放下你的鞭子》《铁蹄下的歌女》《卢沟桥问答》和《新年大合唱》等等；举办漫画、木刻、素描和风景写生等作品展览。那些个古戏古曲在欧阳先生善讲故事、节奏分明的演出中，戏台上下演绎着如何的盛况？小小的黄姚，起码是千人空巷了，我想。

走出故居，沿着姚江，一股清气扑面而来，前面是片片竹林。竹林里该留下欧阳们多少人文与情怀？便想起魏晋“七贤”的竹林，其人其文不早已附丽于竹子？“此节无凋零”“终古保坚贞”，如此人文相映着中空、有节、挺拔的竹性并流芳千古。这种气节与刚直不阿，不也同时映照在与欧阳并誉“北梅南欧”的同好挚友梅兰芳身上吗？日寇一再命其演唱，梅兰芳就蓄胡罢演并画竹以“虚怀抱竹坚”明志，其节气风骨传颂至今。

春雨如新，竹枝吱吱呀呀，节节笔直。欧阳们栖居在暂时的乡农中，心却远在战火纷飞的故土，那里镌刻着国家的安危。于是，情怀、风骨、重负与担当，化为才艺；于是，这里不仅砥砺戏曲，还有他们创办的名震广西的昭平版《广西日报》，宝珠观内还有千家驹担任校长，欧阳予倩、秦宗汉、张锡昌、过长寿、云风等担任教师的黄姚中学，仙山祠内还有他们为青少年创办的图书馆，欧阳予倩的手书“黄姚图书馆”和高士其捐赠的图书还在，还有何香凝的书画情怀、梁漱溟的静穆哲思，如此种种文化书风，与欧阳先生那一出出桂剧唱响了黄姚，并随风吹遍当时饱受凌辱的祖国大地，在血雨腥风的夜晚，在风雪弥漫的黎明，哪怕他们重返城市，重返紫陌红尘，这份黄姚竹音也经久不衰，直至今日。

一代文化大家就是这样在战争年代抱团并以自己的方式发出抗战之音，这份担当便是知识分子的优秀传统，他们虽处江湖之远，内心却从来守望着现实困境，依然忧国忧民，而且这是集体之音，一个民族不愿当亡国奴的抗争之音。因为面临国破家亡，就没有了个人的命运，所有人的命运都连在了一起，就如黄姚丛丛竹林，一枝开花，随即殃及全林，而花开种落，枯竹处新竹又片长，绝少单枝。

一代有一代的文化。黄姚的修竹述说着大师们的精气神，以及无奈、悲愤、抗争与珍重，天地有声。

放眼现世，太多重建仿修的各种历史文化名城古镇，有的是一窝蜂复制的做作和花枝招展的商业作坊，它们缺的便是黄姚的人事与情结，缺的是我们在黄姚寻觅到的一股人间清流，一片风骨挺立的青竹，一种被延承的历史文脉。这在人文精神坍塌、匍匐人格满地的浊世，植根并延承文脉的黄姚，令人神往。因为历史与文化一样，需要植根。

悠悠黄姚，修修青竹。

倘若黄姚仅仅有这一江春水，仅仅有一街的古意与故事，它已经值得我们倾听这自然之声与历史回响了。然而，黄姚的好，还在于我们不可忽视的这湿地坡岭一簇一堆的竹子，这顺着溪流一江一水的竹子，它们经年累月站在这里随风顺水轻轻发声，低回音绕着黄姚心中的珍重之声，大地听见，天空听见，七十多年前的中国听见，今天的我们也听见，这是战乱世界中文化人抗争的风骨，以及文明的珍贵记忆，这风骨和记忆，已经深入竹子根部，化为竹节。这节节笔直，是黄姚的意象，是黄姚的足音，也是今天的底色。是，古镇。

《人民日报》2012 年 4 月 23 日

惠州客家

在惠州穿街走巷，处处闻见客家乡音，同行友人问：这是什么鸟语？莺歌燕舞的？我答：客家话。

客家话？友人又问，可是，何为“客”？“客”从何来？

书上说，客家人其实从中原南移而来，是魏晋时期开始南迁的北方河洛人。战乱？天灾？自然与非自然种种以致民系大迁徙，故称其为“客”。无奈的万里迁徙，痛苦的流离失所，一路或留或行的，向南向南，从河南，到江西、福建、广西、广东，乃至下南洋，遍及世界。一路南下，也一路重建家园，一路的土楼围屋屏障。于是，不断锤炼民系的坚韧，不断地吐故纳新，自然不断成就了一个富于创造力的、遍布全世界的不可忽视的民系，一如伟大的犹太民族。

尽管魏晋至今早已千百年了，数千年的常居，定已根深叶茂，繁枝苒苒了。“客”了一代代，早已化作惠州的主人；“ 偓系客家人”，仍然是他们与人打招呼的口头禅；而且主人说，惠州客家人居多，惠州的客家人博罗、惠东最多，惠城、淡水、龙门也有不少；但是，已经化作惠州主人的客家人，还是不断地强调自己是客家人，可见客家之“客”的坚韧。

“我姓刘，偓系客家人。”在深圳机场，前来接我的师傅见面便如此坦然招呼我。虽然我不是客家人，但家乡广西贺州有三分之一的客家人。“偓系客家人”，就是我从小听见的言语，猛然在惠州迎面而来，颇为心动。一时从机场到宾馆，我们一路的柴米盐油，聊得亲切开心。客家人这种天然的亲和力，不仅友好他人，同时无论何处，一声客家自报，他们便找到了乡亲与家园。

的确，客家话是一种美誉度很高的语言。作为从中原迁徙南来的汉族人，能保持不少原汁原味古汉语，比如筷子，客家话仍沿用古汉语叫“箸”或“箸挟”；甚至大多客家话都无须转韵换声，依然能和当时传到海外而被保存流传至今的日语、韩语、越南语中的汉字语音吻合。时常听闻客家话的人，很容易被那一副古音渺渺、雅言嘤嘤的言语着迷；遥想当年客家先人的不懈坚持，除了守根外，也许也有对当地粗简方言的不屑吧，一代一代，便有了自己的音韵了。

据说中华民国成立时，曾推选国语，由于当时的人大代表大多数是客家人，客家话所得的票数竟然比普通话还多。后经中山先生做工作，才把普通话定为国语。且不论真伪，我自幼对客家话就耳听能详，甚至误以为客家话才是贺州正宗官话。我想，惠州大约也如此。主人告诉我，生活在东江流域的惠州、河源的客家人，其“水源音”的客家话虽不如梅州音柔和，但是相对成于宋朝的新客家话“梅州音”，“水源音”更古远，也与客家先人更接近也更具阳刚之气。

是的，这是一个有阳刚硬度的自信民系，自谓“客家”数千年，不畏外力坚持讲自己的语言竟达数千年，这还哪有“客”之意？客从何来？这不是自信，不是强大，那又是什么？我忽然明白，客家人说自己是“客”，这谦逊的背后，其实是强大的文化自信，了不起的客家人。

惠州便处处可闻客家人的这份通达、自信与活力。

一早散步西湖，虽没有杭州西湖天堂般的秀丽，却也在苏东坡留韵处处的名胜古迹中，追溯到一地的骄傲，以及东坡先生的侍妾王朝云的美善。从 20 世纪 90 年代第一次祭拜朝云，至今已五游惠州了，尤其喜爱留下东坡朝云天地诗篇的西湖，拙作《朝云，朝云》曾记下我当时的感悟。的确，贬官东坡到此，不信命的惠州客家人的盛情，让东坡先生反客为主，修缮西湖，散尽钱财为百姓造福。虽然东坡在“日啖荔枝三百颗”后，未能实现“不辞长作岭南人”的心愿，毕竟在当时的南蛮之地惠州，东坡竟然有了几年幸福时光，伴着朝云，伴着西湖，一起迎朝阳沐月光，还有上游水质常年一类的东江、高榜湖。高榜湖，那真的是一个夹岸青山的美丽大湖，也幸得惠州人的护卫，使她至今免于诸如房地产或其他开发商的侵犯。一片的天山共色，疏条交映，自行车步道绕山而上，泉水击石，泠泠作响；好鸟相鸣，嘤嘤成韵。如此静好家园，东坡的惬意便在意料中了，而惠州客家人的“客”就有了诗意。

下得高榜山已是午时，一上桌，又是满桌客家菜。主人自豪道这是我们惠州客家人的“东江名菜”：苏东坡创造的梅菜扣肉、东江盐焗鸡、酿豆腐，还有龙门西溪竹笋、麻陂肉丸、罗浮山酥醪菜、惠东铁涌献蚝、高潭明姜等等。当然，最具客家特色的便是“酿”，客家人擅长把各种各样的馅料，放入掏空了的五花八门的食材中。他们一副誓在“酿”中寄乡愁的样子——把北方祖先的饺子南方化了，把“酿”发挥到极致，那份丰富的想象力令人惊叹。除了最有名气、最有滋味的酿水豆腐、油豆腐外，酿鸡蛋、笋、辣椒、茄子、苦瓜、丝瓜、香菇、发菜等等，一切可以挖空心或夹或扣的食材皆可“酿”，而且美味可心。春夏之交，我们贺州客家还喜欢酿南瓜花。工作后，每年我都要做上一两次，当然除了鲜肉、水豆腐作馅外，拨丝去皮的南瓜花茎一定要切粒入馅，一个个酿好入锅，先武火后文火五分钟出锅，入口，哇，满嘴春气，既风味独到，更鲜美无比。有心者，随便看看惠州客家人的饭桌，尤其逢年过节，那真的是超出你想象力的“酿”的世界，并令惠州家家也都反主为“客”了。养胃入心的饮食，当然也能随俗入乡，饮食文化从来都是硬道理。客家人啊！

要返程了，晨起推窗，“日头一出半天高，看牛阿姐好转朝”，一曲山歌传来，从小听惯客家歌曲《月光光》的我，当然知道这是惠阳客家山歌，因为客家山歌调子都是相对固定的，无关地域。一如元曲里的“调寄……”于是，喜唱山歌的客家人，无论身在何处，都可以循着这固定的曲调找到回家的路。

这便是历史之谜，一如犹太民族，谁都难解。是的，举旗的民系大迁徙，是连根拔起的血泪迁徙，是死而后生的创造史。落地了，便开花生枝，“酿”便是家园，乡音山歌便是家园；尽管今天惠州的客家人已很难说清自己的根系叶脉，但安居于斯，那句“倨系客家人”，仍然成了他们不变的口头禅、微笑与坦然，也许这是谜面，也是谜底。

《羊城晚报》2016 年 10 月 11 日

何谓尴尬生活

——以南宁为例

南宁是个尴尬的城市。尽管定为省会已有半个多世纪了，可是，在省外（在广西称为区外）只要提到广西省会首府，十有八九的人会说是桂林。国外的世界地图上，往往只标着桂林，不标南宁。如同说起福建，大多数人只知道厦门一样。如此尴尬，在全国省会城市中，大约就南宁和福州有如此境遇了。生活在这样的城市里，你每天参与了这座城市的新陈代谢，享受着城市链条所赋予的物质和精神价值，也喜欢这座城市，可你却难以为它而骄傲，也谈不上忌讳自卑，个中滋味的确复杂难辨，让你欲说不能，不知如何是好。说不上是优点，也说不上是缺点，如此特点似乎也只有以“尴尬”二字概括了。

人们习惯从地域特色去了解和评价一个城市，而地域特色往往包含了地理物质要素、社会文化要素和技术经济要素。从这里出发，为南宁照照镜子，尽管你很难发现南宁有极具地域特色的时空形态，但你却能真切地触摸到传统与时尚的夹缝中，南宁露出的那颗朴拙的脑袋。

从自然地理上看，南宁处于盆地中心，亚热带的气候，丰富的雨水与阳光孕育了四季丰盛的瓜果和滴翠的绿茵，也使南宁常常处于酷热与阴冷的两极。每年的一月淫雨霏霏，那种针扎般的寒冷让中国最寒冷地带的北方人也寒战不已。尤其没有热烘烘的大炕，也没有热气腾腾的暖气，你无处躲藏，尽管这种阴冷总共也不过三十天，却叫外地人久久难以忘却。好不容易盼来暖湿气流，可春天的南风天，明明有阳光照射，阳台上的衣物还是潮乎乎的，室内所有的墙面玻璃全都流泪似的，泪水竖流，空气潮湿闷热令人难受，你还得紧闭门窗，以防家具、食品、衣物发霉。然后，几乎九个月的时间都是炎热难耐，南宁盆地整个燃烧着，紫外线肆意穿透照射，除了空调房你无处可逃，更糟糕的是晚上也不会回凉，往往一宿会让你燥醒几次。而凌晨第一道阳光就能把你晒醒，同时，汗津津黏糊糊的周身不舒服也会令你以最快速度离床，直奔浴室，这时的南宁人一天至少要冲三次凉，否则难以清爽。如此气候折磨，怎能不消瘦？

尽管南宁人与广东人一样爱吃爱煲各式老火汤，然而满街放眼过去，男的黑瘦精干居多，女的黄黑一街。我曾遭遇过外地人数次的询问：南宁人是否有与越南人通婚的传统？他们竟然在质疑人种呢，因为同为广西人，桂林男男女女就滋润许多。有趣的是，今年春节前，有关方面的一次民意调查表明：在外形各项指标中，南宁人最满意自己的是肤色。在哑然失笑之际，我不知道如果大多数南宁人去趟北方、江南或者西南的四川、重庆甚至桂林，是不是就不会出现这种令人难以置信的尴尬了。

这种自得的尴尬也渗透了南宁人社会文化生活的方方面面。

还是本次调查结果，南宁 80% 以上的市民愿意选择普通话作为平时交流的语言，而南宁土著母语平话只有不到 5% 的人能听说。然而，南宁人的普通话其实也不普通。它是一个由粤语、平话、壮话、客家话、桂柳话，还有南下干部的东北话杂拌而成的花样拼盘。话说某南宁人上北京问路到天安门，连问了几个北京人“颠安门赛腊里？”一无所获后，他老兄一脸无辜还牢骚不已：“北京人听不懂普通话！”诚实自得却令外人尴尬的情形，并不影响各行各业的人士说普通话，你想，就连七八十岁的老人都敢给你卷起舌头讲你听不懂的普通话，“南腔北调”在这里被碾压精制成了如出一辙的“陋嘢”“肉酸”与“是不是嗫”。我们很难想象有哪一种方言有如此巨大的同化功能。这就是五方杂处、八面来风的文化共荣景象了，也是移民文化的特征之一，更是南宁成为包容性移民城市的重要特征。尽管这种包容是在家底太薄（南宁几乎没有什么人文积淀和自然景观）的无奈和尴尬之上，却始终透着纯朴，犹如南宁的气候，他们给人始终是热乎乎的感觉。当你面对他们一脸的无辜一脸的诚实友好一脸的热情好客，那身浓浓的世俗的人间烟火味，令你看不到上海人的势利和老北京的冥顽，你会开怀走进他们。就是这种难得的热气腾腾的气息，开门吸纳了许许多多的外地人，四川打工仔、浙江弹花郎、安徽小保姆，川军、湘军、东北军等等，只是不知外来技术移民真正抢夺了南宁人饭碗，南宁人从安乐的被窝中爬起的时候，失去的但愿不是淳朴和包容，兴许还会是一脸的尴尬。

还是这种纯朴的包容，使得南宁集饮食文化之大成，东西南北中，无论何方菜肴——刚从北海运到的各式海鲜、四川的麻辣烫、贵州的花江狗、桂林泉水鸡、东北的猪肉炖粉条，还有那北京涮羊肉……尤其涮羊肉的火热劲儿，真是令天下饮食老板急红眼。你想，那北京来的主儿，租下广西卫生厅的大礼堂及其走廊、前后院近两千平方米的地儿，全摆上八仙桌，放着京剧，进来一个吃客，门房卷花菜般的北京话一声吆喝，全体来自京郊的几十个跑堂齐声呼应，声浪一波一波涌向那上千个攒动的人头，实在蔚为大观。南宁人如此吃法，羊肉贩子眼热之下，全国连锁店“小肥羊”便进驻南宁了。那店面恰巧就在我们上班的街边，才几日工夫，我们早上就看见那门口排着长队订桌，中午、下午下班时，门口还是排着长队等候吃饭。令人纳闷，今天最不缺饭馆的南宁，居然还会排长队吃饭，如此情形全国大约也就南宁了。原来，“小肥羊”为抢“老北京涮羊肉”的生意，干脆给顾客“优惠”，每吃够二百元者赠一百元代金券。于是，朴实的南宁人兴高采烈地一再排队光顾，一轮又一轮。整个冬天，我先生都在咬牙切齿：“谁让我上‘小肥羊’吃饭，我就跟谁急。”他一再感叹：自以为占了便宜的南宁人，压根就没有想到，那一百元代金券其实就来自自己的钱包。冬季过去了，那老板乐得满地找牙，而刚清醒过来的南宁人一地尴尬。尴尬之余，照样涌向一溜溜的大排档。有人这样描绘南宁人：“南宁人干活很拼命，挣下钱，先买一辆摩托车，然后就走进大排档，拼命地吃。”的确，有炎热的天气消耗，胖不了的南宁人尽可放心地吃。

勤奋而自足，好吃不懒做，是大多数南宁人的生存状态。因而，他们大多也是一副“小富即安”的脸孔，说南宁是骑在摩托车背上的城市，即是写照。买不上汽车，骑自行车太慢太累，于是，就有41%的职业人口使用摩托车。想想吧，一百万人口的城市就拥有了超过二十五万辆的摩托车。每天看到街头攒动闪烁的骑士，90年代初的南宁人竟有一种莫名的自豪感，这是世界之最呀！记得当时央视的“正大综艺”还真的把南宁铁骑滚滚的摩托车流、南宁民族大道上的摩托车道引为中国奇观，一句“世界真奇妙”竟让数不清的南宁人一脸兴奋。如今，轮子和道路的矛盾愈演愈烈：尾气超标、噪声污染、车祸频繁使得狭长的摩托车道不堪重负。去年，摩托车限制条例终于出台，越来越多的主干道禁止摩托车入内，而新买了再漂亮的摩托车也禁止入户了。过去潇洒的骑士，将愈来愈走进尴尬的境地。

被南宁同化了的这种走样的缩水的现代化中，竟然有94%的南宁人坚信，南宁将成为“旅游名城”“文化中心”或“商贸城市”，这实在让我吓了一大跳。就有关部门统计2002年在省会城市的综合实力水平中，南宁在全国处于下游，在西部城市居中游（是“10+2”中的“2”之一，好不容易搭上西部之车），在同类规模城市中仍居中游。而且，这已是南宁几十年中最好的状态了。周末的南宁人还面临无自然景观、无人文景观、无更多休闲选择的无处去的茫然中，何来的自信？实在令人尴尬。因此，“旅游名城”“文化中心”或“商贸城市”，这些新兴的名词只能是南宁人的梦想，因为开放社会所必需的现代文化在南宁是否生根，仍然值得质疑；还因为“封闭”“守旧”“小富即安”的票数仍高达70%，通过互联网获取信息的比例仍然少得可怜，消费文化、创新意识和快节奏的生活方式仍然是别人的故事。那么，南宁人预支自信和梦想的支撑则是源于“国际民歌节”和“中国绿城”的名片上了。

“中国绿城”应该说是南宁成功的新定位。虽然，南宁市的人均公共绿地面积在各省会城市顶多也只能算是中游，“绿城不绿”让南宁人尴尬太久了。但南宁地处亚热带，只要用心经营，绿意随意疯长，尤其一街的扁桃、芒果、菠萝蜜，更是引人入胜，再把先人对南宁“半城绿树半城楼”的描绘涂抹成片成林。再说，这种定位也完全符合新世纪对良好生态环境追求的潮流，南宁市也完全具备这种自然条件潜能，况且它又极具独创性，不与别的城市美称重复。南宁人会用不懈的努力走出“不绿”的尴尬，以圆园林城市和宜居城市的梦想。在环境问题凸显的今天，这是南宁人最具国际意识的一页。

有如此“天下”志向的，还有南宁国际民歌节。曾经一部《刘三姐》，令广西拥有了“歌海”美称。然而，在能歌善舞的西部各省会中，南宁人从来就没有呈现过高于兄弟省会的歌舞形象，既缺少能唱响全国的歌曲，又缺乏唱红全国的歌手。而省际行业交流联欢时，看到兄弟民族同行们人人都能歌善舞，而空有“歌海”虚名的我们不是东躲西藏，就是两句“刘三姐”了事，真的尴尬至极。说到“刘三姐”，人们只知道黄婉秋是“刘三姐”，又有多少人知道黄婉秋当年在电影上只是做假唱状，而那令人着迷的、充满山野气息的清亮歌声，竟是出自广西歌舞团傅锦华的歌喉。为此，傅锦华叫屈了近五十年。南宁背负“歌海”虚名太久太久了。于是，“国际民歌节”成了南宁重塑“歌海”形象的一个新的起点和终点。南宁人企盼着南宁成为“天下民歌眷恋的地方”，那是一个美善而充满气魄的向往，而且已初具声誉。尽管民歌节有着民歌少通俗歌曲多的尴尬，有着民歌通俗化的尴尬，有着对真正的源于天地间的民歌缺少挖掘的尴尬等等，但我们要使天下民歌都来南宁放歌，把人类文明保存、记录和传承下去，这胸怀和格局能直入人类良知和美善的深处，而且充实着南宁，提升着南宁，建设着南宁。然而，如此颇具国际意识的构想，到了南宁人手中似乎还是被同化到尴尬的地步，南宁人并没有把这两张名片融会到南宁城市的文脉之中。城市的文脉是城市文化观念的自然延伸。绿色和民歌并没有全面地体现于人、建筑物、景观及环境中的各种要素之中，如果这所有的分子都流溢着绿意歌韵，南宁的个性和活力才能凸现，南宁才可能成为“中国绿城”和“天下民歌眷恋的地方”。如同丽江古城，你一迈进四方街，就能感知到丽江人与木楼与青石板与门前雪水与雪水拂柳与满城纳西古乐的浓浓情韵；踏入泸沽湖，就能看到摩梭人家的火塘边静静坐着的女家长；而同为少数民族地区，我们拿什么东西去与兄弟民族媲美？想想西藏，它独一无二的文化磁场令天下人永远向往。那样，你才可能不会尴尬于全国千城一面的令人望而却步的景观大道、暴晒在太阳光下的民族广场，还有一模一样“亮起来”的街道。如今，绿意和歌韵在南宁传统意识和理性在现代性冲撞的夹缝中未免显得尴尬了。

有时，我想这种在夹缝中成长的尴尬，似乎并不是南宁人的缺点，而是特点。在南宁，哪怕是日常工作，你在自治区各直属机关做得称心如意、简单明了，到了南宁市的部门，你却很难尽兴做好一件事，而令你尴尬的，往往不是脚下的高山，而是你鞋里的一粒细沙。

此时，我想起近代以来最著名的南宁人陆荣廷。他官至两广巡阅使，还成了孙中山的副元帅，并使桂系势力达到鼎盛，时称“北冯

（玉祥）南陆”“北张（作霖）南陆”，一代枭雄，军权在握，张扬得很，连提名副总统候选人他也不感兴趣。孙中山在辞去大元帅职通电中愤慨地说：“吾国之大患，莫大于武人之争雄。南与北如一丘之貉。”赳赳武夫，空置了江山，全然没有了人文。陆荣廷坐镇南宁，在市中心最高处望仙坡上添置了一门德国大炮，德国克虏伯公司的制品。如此先进的大炮（镇宁炮台）同样被南宁人陆荣廷同化了，他的炮轮轨道空着一百二十度的缺口，无论你如何转动大炮，炮眼永远都朝不着他的故乡——武鸣。这实在尴尬。你想，战争的攻守是全方位的，当然不能排除敌人从这圆周三分之一方向进攻的可能；就当时的科技水平而言，这门大炮射程也打不到武鸣，何等尴尬。然而，今人面对这门大炮，又有几人去探究这些科技含量？人们更为心动的是陆荣廷这介武夫性灵深处的一缕柔情梦乡和朴拙。兴许，这便是南宁人的经典注脚。

《东方》2003 年第 6 期

巴金遇见金城江

“巴金平素态度安详，很少激动。”萧乾在《挚友、益友和畏友巴金》中如是说，如此看来，七十几年前抗战的巴金在其《别桂林及其他》的平实从容，便是他的本性了。文章四千多字，分四则描述了巴金1942年3月的北上行程：《别了，桂林的夜》《在金桂通车中》《金城江》《河池》，使我们得知他与河池与金城江的二次相遇，得知金城江与河池之于巴金，就是一个他的人生驿站；而巴金之于金城江，则是一个挂在民间嘴边、历久弥新的传说。

是的，巴金安详，他下笔也通俗如叙家常。我们无从了解他第一次金城江之行，但上述两则七十几年前的文字，却令我多少感受到巴金与金城江的第一次相遇，尤其是他对萧珊的爱恋，并为之沉醉。在我看来，《别桂林及其他》其实就是家书，战乱年代，家书抵万金啊。一个过客，把行旅中的衣食住行一一禀报爱人，因为这第二次萧珊不在身旁，三十九岁的巴金，不同于半年前第一次到金城江。那是1941年9月8日，他与未婚妻萧珊等从昆明出发，路过金城江再到桂林，创立文化生活出版社桂林办事处，并为桂林抗战文化城涂抹了浓重的一笔。也正因为此次与萧珊同行，无须报平安，便没有了文字记载。

于是半年后，一个变动不居的过客，如是告诉他曾经一同来过的恋人，眼前一切不如从前了，不仅仅是金城江的问题，以及“金城”这过于堂皇的名字，而是因为你不在，我急于赶去与你相见，临时改了主意直奔河池，等票，再至贵州，再抵达重庆你之所在。巴金重视他三十三岁的生命节点，那年，他的师友鲁迅先生逝世；那年，他有幸遇到他一生的爱人萧珊，彼时还是未更名的上海爱国女校学生陈蕴珍，抗战爆发后，萧珊在西南联大外文系学习，开始了奠定她身为翻译家的早期训练。

于是，一份家书成就了一段历史。

“金城江比半年前繁荣了。那么拥挤的人，那么嘈杂的声音，新的建筑，堂皇的名字……我几乎以为这是另一个地方。”国破山河在，战乱中四方难民成就了天下无数金城江这样的小镇，这种因为交通枢纽而虚胖而传世之地。尽管，已经找好挑夫，并等候检查行李——民国时期也是要安检的，哪怕偏僻如金城江。正欲往金城江深处走去，但物是人非，这与半年前不一致之处，肯定触发了巴金某根神经，于是“我忽然改变了心思，从检查处出来，我吩咐挑夫跟着我去汽车站”，去河池。

我一页一页翻读着周立民的《巴金手册》，从巴金的年表与记事中，一路寻索下来，就可看见金城江与河池，只是巴金在抗战时期逃难驿站中的一个，包括贵州，都是他辗转于上海、桂林、昆明、重庆抗战文化中一个个的人生小驿站，时局的混乱不堪与其匆匆赶路，并能安放简易书桌，或以竹椅或以板凳为案，写下一部部重要作品。这当然来自巴金个人的文学禀赋，无论外部如何，作家永远不会丢下手中的笔，一如巴金所言“放下笔我又感到窒息”，他是要把国难的愤恨吐出，真所谓国家不幸诗家幸，赋到沧桑句便工。

写作是巴金的生活与生命方式，早在求学与留法时期的诗文与翻译，直至二十八岁成就其轰动一时、影响至今的《家》，即使在动荡时局的驿站。3 月从河池抵达重庆后，4 月短篇小说集《还魂草》出版，彼时正在成都治牙的巴金说，近年他会在植物油灯下奋笔疾书，“写到窗外没有一点声音，写到板壁时时发出叫声，写到油干灯尽，我那颗燃烧的心得以安静，我才丢开笔倒在床上，在这些长夜里，我的确感觉到我是在用火烧我自己，我写作绝不是为了维护自己的‘声誉’”（《关于〈还魂草〉》）。

这是奇迹，巴金一生中重要的作品几乎都是在他三四十岁完成的，且大多在行旅中或友人家，或诸如河池和金城江的小旅馆，一个个人生驿站里，一种大作家的禀赋翘楚飞扬，一种乱云飞渡仍从容的大家风度，在不断成就自身的同时，也不断丰富、神话着这一个个驿站，诸如桂林文化城，诸如金城江与河池。这独特的造化，源自彼时交通的不便，一个个大大小小的旅馆，缓慢地吞吐着一拨拨的过客，慢节奏的人生无疑造就了其中的天才与伟人，驿站本身就是一个文化空间。

画风是这样的。

“在旅舍中，第一个晚上我睡在一间没有窗户的小房里，第二天早晨我便搬进了一个靠街的房间。房间不大，但靠街有两扇大窗，挂着半截的窗帘，窗台相当宽，窗台旁挂着一幅淡黄色窗帷。书桌放在窗前，坐在桌前抬起眼睛便可望见无云的蓝天……在这里我醒得早，早晨我常常沿公路散步，再转到山脚，去听绿树上群鸟的歌唱。散步回来，在旅舍中的小屋内，颇为爱惜明媚的阳光，我还坐在窗前翻译了王尔德的一篇题作《自私的巨人》的童话。”

是的，自私的巨人从自私变得慷慨，最终在上帝的指引下走入天堂的故事，在战乱中温馨感人。因为国破山河在，阳光依旧明媚，河池金城江成了受难者暂时的天堂，至少这里没有枪炮、血腥与死亡，大家分享着偏僻的相对的暂时安宁。

四则描述平实到不露痕迹，感叹家国的荣衰，感喟人世的兴歇，置身于如此战乱时代大河流淌的语境内，在激荡、奔走、等待、生死夹杂的叙述中，我们用心检索巴金在人生驿站写下的历史信息和金城江的前世，以此洞见人世的变迁与持恒。变迁的是世事人非，持恒的是人生的变动不居、百姓日常的衣食住行，以及河池与金城江地理的要义。

小憩得适，还得一路奔去。战乱中的巴金作为一个变动不居的过客，在金城江如是说。

“我靠友情生活，我的自下而上因为周围无数人的存在而有了光彩。”而小小的河池镇（1953 年以前是河池县的县城，如今已是地级市了），当然也是巴金的“老朋友”。终于可以成行了，河池，“我还认得这个别了五个月的老朋友，它没有多大的改变”。这分明是在告诉萧珊，河池与半年前我们来时没有变化，“比起金城江来，这个小城朴素多了，使人不会相信金城江还是河池县管辖的一个地方”。可见，他喜欢河池，当然也为了等票，巴金在此又住了四天。

受难之中，人的求生欲望变得如此卑微，尽管四面楚歌，四处泥泞，巴金在西南各地都能活出一种满足的安宁，他依然“感到非常安适，特别是在早晨，我望着窗外的平台，让我的思想在过去和未来中海阔天空地往来飞腾”（《关于〈龙，虎，狗〉》）。

人人在驿站，巴金描述也颇为生动：有一个本地人讲得好，“个个是人，个个会讲话，个个要先走”。这活泼泼的广西官话与巴金的四川话同属一个语系，这也算是与巴金心意相宜之处吧？同处西南，一方水土一方人嘛。

就这样，河池与金城江终成为让巴金可以休息依靠的地方，因战乱而繁华当然也是时代的一种造化。因而巴金感谢他的朋友，几乎整个战乱时期，都是辗转于友人与西南城城之间，并奇迹般地完成他一生重要的作品，一如在金城江，还可通过朋友的“一封介绍信去找一位办事人，他意外地替我买到一张最后的票子，并且叫人把行李给我过了磅，让我在候车处安心等着开车”。金城江人如此妥帖周到地安抚了他，使他此时得以安心候车，并静听战乱的纷飞，“人们正在谈论香港的悲剧，从装束、态度和口气，我知道他们是香港脱险出来的同胞。汽车中的血，沙发内的十万港币，舞女的巧计，门前的死尸……还有种种惊心动魄的题目。谈了又谈，谁也不嫌重复和详细。”受难的山河，受难的同胞，包括那对买不到车票天天到车站清唱维持生计的“清唱家”，如同他在《桂林的受难》那份悲愤与无奈。

感时花溅泪。为此他感谢使他能一个驿站一个驿站前行的道路与交通，感谢使他得以一路向前的修路工人，他告诉萧珊，也告诉我们：今天傍晚，我去看了“丹池公路殉职工友纪念塔”，这不是什么伟大的雕刻，然而它抓住了我的心，它是伟大的牺牲精神的象征。“明天我就要踏着你们的汗迹、血印往前走了。可是我又有什么报答你们呢？……不仅是我，许多经过这条公路的人，都应该拿这样的话问自己。”

2017 年暮春，我站在巴金当年的旅舍住地，遥想着揩着眼泪扪心自问的巴金，心中多出了不少温情。是的，人得以前行于一个个人生驿站，尘埃草芥般的生命才可能活出一种执着与平实、悲凉与欢欣。我想，正在重庆翘首以盼巴金的萧珊，心灵或精神认知的秘密“通关”，在这个瞬间肯定是与巴金契合的，一个在河池真切倾诉，另一个在重庆热切倾听，如同聆听雨打芭蕉般的命运知遇的回响，巴金毕竟能拿到车票，毕竟还有金城江与河池好心的车站工作人员。

佛家说所有的遇见都有它存在的原因，名胜之所以有名，常常因名人而名世，金城江也因与巴金相遇而增色而传世。

于是，这家书真的就不是万金所能比拟的了，不仅对于萧珊，更对于文学与我们，对于河池和金城江。相遇就这般实现发生，巴金与金城江，传说了一代又一代。

2017 年 7 月 28 日（桂林光复七十二周年纪念日）于百花岭

《广西日报》2017 年 8 月 8 日

秾华

文艺批评与剜烂苹果及苹果之关系

近年参加文艺会议，凡提到批评的，出现频率较高的语词就数“剜烂苹果”了，诸如发扬“剜烂苹果”的批评精神，有“剜烂苹果”之功力，等等。

是的，鲁迅先生曾将文艺批评比喻成“剜烂苹果”，“把烂的剜掉，把好的留下来吃”。他希望于批评家“一，指出坏的；二，奖励好的；三，倘没有，则较好的也可以”。因此，在这个意义上，作为“剜烂苹果”的文艺批评，既是“寻美”，又是“求疵”，是对文艺评论家态度与能力的极大挑战，同时，也是对文艺环境和文艺家胸怀的极大考验。

近年，文艺批评出现同质化严重、辨识度较低的现象。面对批评对象，常常忽略鲁迅先生所言“这苹果有着烂疤了，然而这几处没有烂，还可以吃得”，而是对烂疤苹果视而不见，一如对名家名作只敢赞不敢责一样，这样的方式进入文艺现场是失效的。当然，作为“剜烂苹果”的文艺批评，并非否定作品本身，关注名家名作，恰恰是对批评对象的重视，而非否定他们的创作，“是增加看待名家名作的新的维度、话语方式和思考方式，是对其存在价值的丰富”（吴义勤语）。这样的批评，不仅在创作同质化严重的当下缺失，就是鲁迅先生的时代也是稀少的，“这一类的批评，在中国还不大有”，所以先生才呼唤——“我想，还是请批评家用吃烂苹果的方法，来救一救急罢”，以这种有效的方式进入文学现场。

因为有烂疤的苹果首先是苹果，而且是令人关注的苹果。因此，“剜烂苹果”主要针对“苹果”中的烂疤部分，而非否定“苹果”自身的价值。基于此，作家出版社于2018年春推出了“剜烂苹果·锐批评文丛”，这套以中国当代文学不良现象、思潮以及作家作品不足为研究内容的丛书，一时成为了批评界的热门话题。

关于“剜烂苹果”丛书

“剜烂苹果·锐批评文丛”的出版可谓应运而生，它为当下的文学批评生态建设起了切实的推动作用。记得，2017年春在武汉，作家出版社社长、著名评论家吴义勤就与我商议此事，估计他也征求过不少人的意见，仅仅一年的时间哗啦一下就推出一套十本，可喜可贺。

我也是文艺批评编辑出身，三十几年批评生涯于个人没什么成色，但受益于一拨拨以文艺批评为志业的作者，在他们身上，我切切实实感受到批评的魅力，批评一直在场而非缺席。为何质疑不断，恐怕也将永远不会停止，我想也许关涉批评的能力，关涉批评的有效性。

文艺置身今天这个复杂的文化空间，经受着各种文化观念的碰撞、冲突，如何对不同文化形态中的文艺进行研究与批评，从而形成文艺研究与批评的共同基础，并达成大致相同的文艺规律性的认识，对这一点缺少足够的认识，便很容易对文艺及其批评做出似是而非的判断。所以，文艺批评如何面对前所未有的复杂经验，如何面对批评本身应有的担当？如何使自己的批评更有效？在批评他人时，自己是否也有接受他人批评的雅量？因此，“剜烂苹果·锐批评文丛”既是营造健康的批评生态和良好氛围，又让批评和创作这两个相互依存的“轮子”相得益彰地发挥作用。

丛书首批推出李建军、洪治纲、陈冲、刘川鄂、杨光祖、牛学智、石华鹏、李美皆、何英、唐小林十位批评家的文集，尽管队伍不太整齐，批评能力与水平大小不一，但他们都有一个共同点：他们写了不少对中国当代文学不良现象、思潮以及作家作品的不足或者自己不喜欢的作品的评论，是当下中国文坛有批评胆识与能力、有一定代表性与影响力的批评家，尤其李建军、洪治纲、刘川鄂、李美皆等人的文集，其中有不少篇章在当代文学批评史上曾经有过积极的影响。同时，十位作者都是《南方文坛》“个人锋芒”栏目的重要作者，以其“剜烂苹果”的文艺批评使此栏目的关注度与转载量保持高位，“为个人的思想和激情提供飞翔的空间，为尖锐的质疑和坦率的批评添培生长的沃土”（李建军语）。他们不同个性的批评，以其敏锐犀利、才情思力、灵动丰盈言说着自己的艺术感受力与判断力，什么是作为剜烂苹果的文艺批评？什么是好的文艺批评？我以为，这便是了。

丛书采用了开放式的结构，以期推出可持续的、恒定的、系统的文学批评著作，更扎实、更切实地提高当代文学批评的有效性，营造讲真话、讲道理的文学批评正常氛围。开放性不仅有出版创意，更是一种进取的精神，鼓励与催生一代代文学批评新锐成长、成熟与精进，以积极营造“好处说好，坏处说坏”的正常的健康批评生态，强化“言为心声”的批评操守。考察文艺批评是否称职，首先在于是否“言为心声”。由于种种功利、误解或屈从，不少批评家不再忠于自己的艺术观感。讲真话，成为了今天有难度的文艺批评。“剜烂苹果・锐批评文丛”的大多数文章正是“言为心声”的批评，颇具批评识见、勇气与精神。

丛书的出版，进一步倡导今日文学批评的有效性。因为批评不能止步于讲真话，更需要讲道理；需要批评者良好的文学感受力和判断力，需要对批评对象的足够的善意与对审美差异性的尊重，批评有这样的逻辑起点，“剜烂苹果”真功夫的具备才成为可能，批评的有效性才成为可能。总之，这取决于批评家批评的态度，这种态度包括生活的态度、写作的态度和审美的态度。因此，一个批评家要练成“剜烂苹果”的批评能力非一日之寒，是需要一辈子的自我修养与专业修炼的，也为此，这种能力才弥足珍贵。

关于《有我之境》

1984 年夏，我在《广西日报》发第一篇文学评论，至今三十四年；1987 年春，开始做文学评论编辑，转眼也快三十二年了。做自己喜欢的事情，终归是幸运之人，自然常能以心性把一路的艰辛沉重化为欢喜，给灰色的文论工作注入绿意。今年夏季，承蒙作家出版社不弃，我的评论集《有我之境》忝列“中国当代文学研究与批评书系”出版了。

回望来路，几年前，评论家黄伟林曾以“有难度的批评”为题，如是论说我的评论写作：张燕玲的文学批评是“有人之境”的批评，她不仅“自我加入”“眼里有他”，更重要的是，她能将批评对象所蕴含的人生境界和人格修养与她自身的人生阅历沟通融合，她拥有与其批评对象同样甚至更高的精神高度。（见《文艺争鸣》2010 年第 4 期）

“更高”实在不敢当，但“有人之境”说，却深得我心。

伟林兄的评价谱系，源自王国维《人间词话》的“有我之境”；反观自己从业三十几年的文学批评，的确是在感觉中立论，所观所读常常无意识将自己的感情色彩融入其中，似有物物皆着我之色。其实“有我之境”，于我也是双刃剑和照妖镜，作者的成色一目了然，既隐含着我的心性及所思所感，当然也表明自己还缺乏一份理性节制、一种悠远恬然，对批评对象的过于自我加入，不时显出与批评对象欠自然契合、欠理性逻辑，似有修炼不足之嫌。

当然，有我之境，并非止于“我愉悦即万物皆欣欣向荣，我忧伤即万物皆倾颓百态”。面对文学批评对象，当然得遵循文学的规律性。置身今天复杂的文化空间，文学经受着各种文化观念的碰撞、冲突，如何对不同文化形态中的文学进行研究与批评，在文学变局中多些自我叩问：该坚持时自己是否坚持？我们如此执着追求变化，是否思考过哪些东西是“不变”的？我想，不变的是对文学本身的认定，是对专业精神的坚持。批评也是一种创作，便企望自己在批评写作中以更丰厚的修为把“我”与境，尽可能巧然天成。

此为自省，更是自我期许。尽管从“有我之境”到“无我之境”于我已是遥不可及，但这些散发我情感个性的肤浅文字毕竟发自我的内心，至少是一种真诚的声音，至少言为心声。

可见，在自我加入式的文艺批评中，如何赞美而不失度，批评而不失态，的确需要提高自己“剜烂苹果”的能力，秉持对文学精神的忠诚与对审美差异性的尊重，才能对批评对象有足够的善意，并在上善若水的语境中，如风如刃与作品与作家展开绵软而有硬度的对话，言为心声。我以为这便是作为“剜烂苹果”的文艺批评了。

剜去烂疤，还原苹果本质，当然是件枯燥而刻苦的工作。鲁迅先生说“这正如‘拾荒’一样，是很辛苦的，但也必要，而且大家有益”，如此，便不会筑起“有害于文学的铁栅”。

《长江文艺》2018 年第 11 期

建构日益丰富阔达的文学批评格局

近五年来创作丰收、批评繁荣的文学格局，进一步彰显了王国维“凡一代有一代之文学”之说。同理，一代之文学，与文学的变革同生共长的批评，当然也有一代之文学批评家，他们创造出一个空前丰富而阔达的文学批评格局：青年批评人才辈出，文笔日益纯青的中老年批评家，依然以其高品格的专业精神支撑时代的批评格局，特别是海外汉学家空前活跃，他们不断以新的研究汇入中国文学的批评队伍，极大地丰富和推进了当下的文学批评。

五年中，推出批评新人，引领批评风尚，最著名的当属中国现代文学馆客座研究员制，每年吸纳十位左右“70 后”“80 后”批评家为客座研究员，历时六年六届。尤为可贵的是这一机制不是以此作为职称或荣誉，而是把客座研究员推入当下繁盛而多样化写作的文学格局里，他们参与一个个具体的文学批评工作中，如研读或研讨某部新著、考察文学现象、论述或论坛文学热点、出版系列批评专辑等一个个实践性颇强的批评活动，既出著述，又出人才，在文坛影响甚大。

而文论报刊有一种潜在的文学领衔的职责，为文学史的良种库提供文学良种，为当代文坛提供审美和鲜活的文学现场，催生一代又一代的作家与批评家，为文学生态和社会文化生态做出有效的建设，文论报刊的这种阵地意识便是对文学与时代的担当。因此大家也都以推人才、出佳作为本位，为阵地意识和文学自觉。在这个意义上，《文艺报》的确引领了文学批评新风，又如《小说评论》坚持多年的“文坛纵横”批评名家专栏；《当代作家评论》今年还新开“当代文学批评家研究”栏目，以此向批评大家致敬；《创作与评论》的“新锐批评家”、《大家》的“新青年”开启同代批评家评同代作家作品；具体到我工作的《南方文坛》，则是从1998年起，以“今日批评家”为头条栏目，一期一人，至今已推介了一百零八名彼时新进的青年批评家，遍及中国文学版图，可谓浩浩荡荡，生气勃勃，是他们激活了《南方文坛》的创造力和影响力。

近五年，多媒体与全球化深刻影响与丰富壮大了文学批评格局，中国文学与海外与世界的对话空前活跃。在第二十四届北京国际图书博览会上，莫言名为“以故事沟通着世界”，一个人对话三十国的汉学家。比如近期中国作家协会主办的“中国·湄公河国家文学论坛”“中国·南亚国家文学论坛”等等，热烈的“对话”场面的常态化，思想、理论与方法必然会融通、会互为补充，文学对话在相互尊重的平等立场上，取长补短，求同存异，使文学成果的共享成为近年深化改革开发的一个重要文学现象。在此背景下，优秀的汉学家及其研究也日益被关注。《南方文坛》借力苏州大学的海外汉学研究中心开了三年“译介与研究”栏目，推出了李欧梵、夏志清与夏济安、王德威、高利克以及新一代汉学家罗鹏、白睿文、李素等对中国文学热忱而专业的翻译推介，以及相关的最新研究，颇受关注。

特别值得关注的，还有海外中国现代文学史研究。“重写文学史”一直就是当代中国文学学科一个常提常新的问题，近三十年数以千计的文学史著作就是明证，而当年夏志清的《中国现代小说史》，对此是起到推动作用的。近年，汉学家与中国现代文学史的书写影响日增，著作甚丰。2016 年邓腾克主编的《哥伦比亚中国现代文学指南》（简称“哥伦比亚版”）、张英进主编的《中国现代文学指南》（简称“指南版”）、罗鹏和白安卓主编的《牛津中国现代文学手册》（简称“牛津版”），2017 年王德威主编的《新编中国现代文学史》（简称“哈佛版”），四种中国现代文学史在两年内相继问世，如此密集和体量均创中国文学史之最，其影响与争论将有不可估量的可能性。

尤其集合美欧、亚洲以及大陆、台港一百四十三位学者作家，以一百六十一篇文章构成的独特的“哈佛版”现代文学史，皇皇巨著，新说高论迭出。作为推崇大中华文学并为之贡献一生的正直学者，王德威教授对“华语语系文学”的概念进行完整的表述，把大陆内地文学，以及台湾、香港、南洋华侨、海外华人的创作都整合到中国现代文学的范畴，也许这本文学史的一些论述可能会引起争议，但王德威教授具有内在理论的统一性和包容性，他做了我们内地学界努力多年却没有做到的了不起的文学整合，他以新的理论构架、新的诠释方式给我们带来明确的启发。因此，“哈佛版”在提供研究中国文学新的思考维度的同时，拓展了华语创作与研究的文化场域，对当下中国的文学、文学研究和文学史具有无限的启发意义。

《南方文坛》2017 年第 5 期集中首发“哈佛版”“牛津版”长篇导论，并约请与发表陈思和、丁帆、陈晓明、季进等文学史研究专家的评论，我想，“百花齐放，百家争鸣”永远是我们的文艺方针，正常的理性的学术交锋是文学批评的生命。内地和海外话语系统不一样，对于同一种文学史现象可能会产生不同的理解，对汉学家的研究进行对话、讨论、商榷甚至批评的声音，都是正常的，这意味着信任与融合。《南方文坛》如此富有文学史意义的学术呈现，就是以专业的努力，以期形成海内外学界的文学对话、讨论、商榷甚至批评。

比如对“华语语系文学”概念，陈思和就提议“有些人与其纠缠不清于这个概念的复杂含义，还不如站在这个现实世界的立场上思考一下，如果这部《新编中国现代文学史》以重磅炸弹的形式译成中文在海峡两岸出版，人们看到的是台湾文学、香港文学、海外文学都自然而然归属在‘中国现代文学’的旗帜之下，这比大陆内地学者写一百部文学史还要有震撼力。有些人自然可以从意识形态的立场去挑剔这部文学史，但总不能去挑剔一部整合两岸统一的文学史吧”。

丁帆也充分肯定“哈佛版”，他还认为“王德威先生是一个十分推崇大中华文学的倡导者，在他的血脉里流淌着的是对中华文化的热爱”，他“是一个秉持着客观公允态度，并且有着中华情结的历史叙述者，为再造中国文学而贡献一生”的“正直学者”。季进说海外“四种文学史中，最特别、最丰富、最有趣的当属王德威的《新编中国现代文学史》”。

陈晓明也认为，《新编中国现代文学史》至少在四个方面极大可能地打开了阐释空间：中国文学的现代源起、文体的多样化、文心的彰显表现、在世界中的规划布局。他认为当下“谁能有王德威那样对文学保持这样的初心？谁能有他这样为中华文化立于世界之林而勇于担当呢？”

江山代有才人出。今日之中国，能拥有如此众多葆有文学初心的批评家尤其汉学家，说明中国文学的格局日益丰富阔达，这是我们时代的文学之幸。

原载《文艺报》2017 年 9 月 18 日，原题“建构日益丰富阔达的文学格局——近年文学批评的一种观察”

寻找文学的立足点

2010年有两个文本令我震动与反思。一个是青年批评家梁鸿发表在《人民文学》（2010年第9期）的长篇非虚构文本《梁庄》（单行本《中国在梁庄》江苏人民出版社2010年11月版），另一个是青年作家李洱发表在《作家》（2010年第13期）的《关于赵勇教授〈顾彬不读中国当代小说吗?〉一文的回应与说明》。这两个文本都是“越界”写作，评论家梁鸿创作叙事长篇，作家李洱挥就机锋闪烁的驳论文章，而且两者都成为本年度备受业内关注的重要文本。

梁鸿的《梁庄》以纪实的方式直面农村的现状，写出了她所观察和理解的“故乡”河南穰县梁庄——她出生并成长了二十年的地方，她既是一个归乡的“游子”，也是一个体察者与思考者。阅读《梁庄》，令人既感动又沉痛，梁鸿展现在我们面前的是一幅幅当前乡村的场景，那些人物、故事与命运是如此真实痛切，又如此触目惊心，残酷得让人们不得不正视。我们感受到作者内心的疼痛与煎熬，她的目光、她的体悟与忧思、她的文学立足点。是的，当下的书写（创作与批评）大多满足于高蹈、小我与象牙之塔，从而忽略写作者的立足点，忽略当下现实，忽略写作者与人心与现实的对接。然而，生活在当下，却不关心我们的时代，或说不了解我们的时代，这不能不说是个误区与盲点。作为青年学者和批评家，梁鸿敏锐地认识到这种误区，“我对自己的工作充满了怀疑，我怀疑这种虚构的生活，与现实、与大地、与心灵没有任何关系”（梁鸿《从梁庄出发》，以下引文同此）。她困惑自己每年都返回的故乡，只有她住下来半年之久才发现自己熟视无睹的故乡，居然潜埋着如此多的或温情或冷酷的血淋淋的真相，她因这一困惑而书写，并以自己的书写见证这个时代。

评论家梁鸿这次“越界”的写作，除了对自己的虚构生活不满外，也许还来源于以下两种不满：首先是对当前文学作品的不满，尤其对乡村写作的不满，不满他们对现实的悬空，不满作品与现实与人心的无法对接。不满之中，评论家梁鸿摒弃了温情脉脉与概念化的东西，直面那片土地及在那里生活的人们，直接拿起笔，写出她所认识的“真实”，做出了一个非虚构的文学实践，创作出如评论家李云雷所言“一个在我们惯常的文学标准之外的《梁庄》”，一个本该出现在作家笔端的叙述。

其次则是对自身评论工作的不满，文学评论与社会现实之间是一种更加“间接”的关系，长期陷于符号与知识的生产，与社会现实隔膜度更深。而《梁庄》的写作方式使梁鸿摆脱了羁绊，直接面对具体的现实，突破了“从文学到文学”的批评文本的内在循环；同时这在文体上也是一次探索与创新，梁鸿所做的半年的田野考察是社会学与人类学的工作，但与之不同的是，她所做的并不是照相式的分析与记录，而是深深地投入了她的情感与自我，这也不同于一般意义上的“报告文学”或“纪实文学”，她所关注的不是某一社会现象或社会问题，而是对农村（“故乡”）整体状况的考察，因而在这部书中，作者结合了社会调查、口述实录、访谈等不同的体裁，并以开放式的结构使作者与乡村、与人物、与读者沟通，展现了一个中国村庄的全貌，及其乡土中国的症候和中国式的悲哀，并以其质朴、真切打动了我们的心。梁鸿坦言，在写作过程中，她进行了很多理论准备：人类学、社会学，包括国外政治学。但在写的过程中，面对脚下的土地和那片土地上的人们，“真的用不上。我没有办法也没有能力用理念建构一个乡村生活，最后只能放弃理论”。“我呈现的只是一种困惑，对乡村生活的叙述，如果能把他们的乡村生命叙述出来，我就很满意了。”梁鸿完成了她的初衷，完成了“从梁庄出发，你却可以清晰地看到中国的形象”。

在这个意义上，评论家梁鸿走出了当代知识分子或说批评家以知识、概念、“思想”作茧自缚的精神状态，也给只读知识性东西而忽略生活常识、忽略当下原创的经典主义者一个警醒，这样的写作姿态在一定程度上为当代知识分子灌注了一种生气和力量。这种力量还来自贯穿其中的公共知识分子的批判精神，比如乡亲对乡亲、乡亲对村干的直言不讳，尤其她父亲对村干的批评，这都需要相当的勇气。这也体现了梁鸿对“良医”精神与“良相”精神的一种努力与张扬。面对当下生活，我们既需要具备技术（学术）能力与专业精神的“良医”，也需要关注现实与具有担当精神的“良相”。鲁迅是这二者高度结合的范式。“不为良相，便为良医”，是中国大多数文人的理想。具体到文学，提升文学的表现力，坚守文学的专业精神，便有了“良医”的能力；而又能关注现实，忧国忧民，勇于担当，便有良相的情怀与精神。也许，这是对以审美功能为主的文学过高的期许，但是我们并不是要求所有的文学作品都拥有这两者功能，在我们的文学标准具有文学性的前提下，在一种有机的、稳定、多元、包容、开放的文学评价标准体系中，我们是否应该拥有更多富有理想的勇于关注现实的文学作品？我们是否不应该忘却我们这一脉文学传统？这本是我们自己的看家本领。

也许这便是我们的一个立足点，是文学表现中有价值的路径之一，富有启示意义。普鲁斯特说：“一部作品并非出自日常生活中的那个‘我’的产品，而是出自一个更深刻的‘我’。”尽管，梁鸿返乡的情调有点浓，叙述也还相对粗糙。但《梁庄》是日常的梁鸿，潜入生活了二十年的故乡深处，再回到文学后，更深刻的“我”所创造的。这个日常与深刻的结合，便是现实与理想的相会，是写作者立足点与表现力的相生相应。

另一个文本是青年作家李洱发在《作家》2010 年第 13 期《关于赵勇教授〈顾彬不读中国当代小说吗?〉一文的回应与说明》，本文也许也来自李洱的不满，面对持续一年多之久，由“顾彬论”而引发的热论中，李洱忍不住想告诉国人真相，告诉我们他所了解的顾彬。李洱的这篇文章不仅明晰思辨、诚恳绵实，而且庄严畅扬。我以为有了李洱这篇文章，再去论说“顾彬论”显得多么的可笑与无意义。

问题在于，全媒时代的文学批评，作家何为？批评家何为？学界何为？我们什么时候才不会因为一个不怎么读中国现阶段小说的汉学家说我们的文学是垃圾，就真把我们的小说当成垃圾了，或者来回不停论证，或者来回自己与自己争论？什么时候我们才能葆有文学的自信心与判断力？一如李洱所言：“如果一个作家不能对自己的创作保持足够的清醒，那它确实很容易跟在汉学家的屁股后面走。”（《阎连科的声母》）

另一问题还在于：为什么这样有力量的转折点不是出自我们这些批评家的笔下，而是来自小说家李洱的笔锋？批评家何为？当然李洱是中国新生代作家中富于理性自觉的翘楚。他曾在我服务的《南方文坛》发过《阎连科的声母》（2007 年第 5 期）并获得当年度优秀论文奖。此文以人本与文本融会的角度，描述了阎连科及其创作，敏感精辟，鲜活生动，独出已见；同时他以汉语拼音的声母结构使论文具有了独特别致的文体风格，一时成为佳话。

作家的批评实践表明：作家特有的艺术敏感、思维方式会使文本时时进入一般理论批评难以到达的地方，奇思妙想时时会直抵批评对象的本质精神；此外还表明：批评本来就不是批评家的专利，也为小说家中的批评家、批评家中的小说家留下了注脚。有此理性自觉的新生代作家还有毕飞宇、邱华栋、红柯等，包括一批批评家中的散文家，诸如南帆、李敬泽等，以及梁鸿这样的越界写作者。其实，这是中国文学的现代传统，我们的现代文学大家不就是学者与作家集于一身的吗？

这两个文本还启发我们思考：在当下的文化语境中，我们能否理解自己，能否理解“故乡”、能否理解这个世界？能否在复杂的现实葆有理想？还有，什么是文学的真实？我们需要怎样的文学？我们如何寻找自己的文学立足点？

是的，什么是文学的真实？对于生活在一个虚构时代的我们，尤为重要。今天的文学是需要新的社会的想象力，而真正的文学必然有与历史和社会现实搏斗的过程，这样才能接近文学的真实本身，哪怕是另外一种乌托邦，也许这就是所谓现实与理想的文学关系了。今天，文学在思想文化领域与社会整体中的重要性日益降低，读者也越来越少。我想，一是快餐文化的流行，低俗化与娱乐化泛滥，浮躁之下读者大量流失与疏于选择，他们多处于被动接受与浅阅读当中，高品位的选择力不断下降；另一方面不少有实力的作家在浮躁与功利中失却了专业精神，或被影视牵着鼻子走，或去做商品代言人，从而忽视文学原创精神与有难度的创作，粗制滥造以及不断重复自己，丧失了直面世界的追求与能力，轻视了文学与历史和社会现实搏斗的过程，忽略了学养而少了学者型作家或作家型学者的博识，甚至丢失了中国文学传统中人物、故事、细节、结构乃至思想等看家本领，文学因而无法唤起读者的共鸣，及至“文学真实”都成为了问题。于是，读者便退而次之变为对“真实”的渴求，“非虚构”作品热便成了时代的一个特点。因为我们置身于一个“虚构”的世界——在一个信息爆炸的全媒时代的文学中，我们赖以形成对世界与自我印象的信息，大多来自于媒体，来自于间接的经验，比如关于顾彬的论争，少有人探究其人其事的真相而陷入以讹传讹的口水仗；比如对乡村对故乡远坐于书斋的牧歌式误读，或想当然书写农民工走向城市的迁移；比如少有人从作品的文本出发，客观肯定足下本土文化传统与世界性的融合，等等。我们的生活与自我意识在很大程度上是“虚构”的，面对间接生活我们没有痛感，没有血肉，没有体温；面对市场我们如此弱视，如此轻信，如此缺乏专业精神，缺乏文学自信心与判断力，如此缺乏自省与自我叩问：该坚持时自己是否坚持？等等。

那么，坚持专业精神，重新探寻文学的真实，重新在理想与现实间找寻自己的文学立足点，便成了今天的必然。

《光明日报》2010 年 12 月 9 日

广阔的多样性与深刻的当代性

获奖作品《世间已无陈金芳》《蘑菇圈》《李海叔叔》《封锁》《傩面》，在题材、主题、风格上显示出当下文学广阔的多样性与深刻的当代性，体现了新时代文学作品的现实感与时代感，在与时代和生活相应的审美过程中，“在思想上有新的发现，艺术上有新的突破”（周大新），他们“共同构成了中国故事与中国精神的宽阔景观”（李敬泽），是近四年来中国中篇小说的重要收获。

以《世间已无陈金芳》为代表，此类直面现实的作品无论是小说观念，还是小说表现，都有着深刻的当代性。它们以深度挖掘社会与人事的巨变，直刺时代的神经，展现生存困境与时代精神，体现了时代审美的丰富性。许多作品在开卷之时，就闯入你的境遇，人事万物在时代浪潮中的可能与不能就是生活真实的此时彼刻。小说里的人物更像是无数身旁或远方的人们，与我们休戚相关。作品对人性的宽广与丰富、幽明与裂变的深度挖掘，显示了优秀作家对生活出色的洞察力以及文学对时代的担当，有着深刻的当代性。

石一枫是当下少有的颇具时代感、现代品质和才情的青年作家。《世间已无陈金芳》再次以艺术的野心成功塑造了陈金芳这个当代性格和当代人物形象，及其与时代共沉浮的命运史。陈金芳从乡下转学女孩，一变而为京城胡同里的女顽主，再变而为左右逢源的文化掮客，最终破产被打回原形的故事，有着作者一贯强烈的社会问题意识、时代之忧与人道情怀。女枭雄陈金芳转瞬即逝灰飞烟灭的上升困境正是时代的困境，一如她始终无法抵达的“我”的琴声；揭示了国家、社会与时代飞速发展及其泡沫经济的疼痛与惨烈，探寻了人如何处理自身与巨变时代的关系，显示了作者不凡的洞察力与深切的时代之思。尤为可贵的是石一枫真诚的创作态度与艺术自觉使其作品始终紧贴大地，在惊心动魄、悬念迭出的故事里，追求审美的隐喻性。主体人物如“我”始终沉潜着人性的尊严和价值底线，笔下世俗生活热气腾腾，笔底却直抵人物生存与精神困境的苍凉荒芜，颇具隐喻性。小说叙述开合自如，亦庄亦谐，外表撒野，内里守持，这种撒野后的节制与魔力，显示了作者的艺术掌控力，也赋予了小说丰沛的活力与张力。

是的，在快速发展、城乡流动加剧、阶层迅速分化的当代中国，来自外省乡镇的陈金芳、姜丽丽（计文君《化城》）、小乔（张悦然《大乔小乔》）们，才有如此蓬勃的求生意志，哪怕以命相搏也要在大都市残酷的生存境遇中，向着成功的逆袭之路披荆斩棘。不断得到，也不断失去，在“人设崩塌”的同时，完成“人设重建”，然后再崩塌，一个个轮回触目可见，处处都是无以安放的身体与心灵。如此的荒诞，却是移动互联时代的现实所在。《化城》艺术地抵达当代思想深度与现实批判力度。相形之下，《大乔小乔》的悲情故事因结尾的一抹人间暖意，而多了些人性宽度。妹妹小乔在因果相报而无法守护自我后，向姐姐大乔遗下的孤儿张开了双臂。而郝景芳《长生塔》就多了些隐喻，其对当下各种社会新力量在时代大潮中扩张与错位的深刻揭示，颇具现实感与时代感。这些有劲道的作品，都各自为现实主义写作、为中国故事提供了新的叙述可能性。

在历史的变迁中表现人与自然、人与世界，乃至日常人间、人际与家庭的对抗与和解，同样蕴含现实感与时代感。获奖作品《蘑菇圈》是阿来创作的格物系列之一，所谓格物后知。此次阿来探究的是川属藏地蘑菇松茸对不同时代人们的影响，以及使此山珍在不同时代此消彼长的人的世界。叙述还是传统的写实，但阿来不愧为白描高手，笔尖灵动飞扬，蘑菇的生长吱吱声响，万物人世也遍地应答，而且蘑菇圈的扩大、缩小与消失，一一相融于人事与时代的变迁，在与不同时代息息对应的工作组一次次进驻机村之中，人事与万物渐次变化，并演绎着风生水起的现实传奇。人物个个鲜明饱满，其中女主人公斯炯始终向善守持、坚韧隐忍，竭尽心力为人儿女，为母为姐，甚至宿命般重蹈母亲之命，闭口不提儿子的无名父亲，生命隐忍深重的痛苦，勇敢而慈悲，年复一年养护着自己的人生秘密和“蘑菇圈”（家园），尽管市场经济与信息时代曝光了她的秘密，但这位精灵般的藏族姑娘，凝结了阿来极大的善意与极大的敬意，她的存在，让一切世相人事困扰分崩离析，以至最大限度的人性和解，充满人生的况味。还值得称道的是阿来的叙述体现的汉语之美，精确鲜活的细节，纯正灵动的语感，清澈丰饶的文字，空灵而诗意。当下有许多写作叙述、故事与人物常常难以圆满，或故事无法自圆其说，或人物失真失性，往往坍塌于后半部。在这个意义上，作品饱满度较高的《蘑菇圈》，自然就是大多数作品之中的翘楚了。

肖江虹同样格物后知，通过格物写人的世界。正如《蘑菇圈》结句老斯炯离开机村对儿子胆巴说：“我老了我不心伤，只是我的蘑菇圈没有了。”时代的巨轮，同样也让肖江虹的傩面如蘑菇圈走上消亡的命运。阿来是立于机村建构自身的“精神地理学”，肖江虹的“精神地理学”则是根扎贵州边地。《傩面》通过最后一个傩面师秦安顺和返乡女子颜素容之间的故事，借助于傩面的兴衰，为颓败的乡村文明与民俗传统唱了一曲悠长的挽歌，同时也为传统与当下达成了和解。因为秦安顺作为雕刻傩戏面具的传人和傩村的引路灵童，在一直唱傩敬傩的过程中，为今人与先祖、生者与逝者之间搭建了一座灵魂往复的桥梁，但是如此独特的文化民俗景观也在城乡流动中走向衰亡。秦安顺的儿子们从城里回乡埋葬父亲，同时也把神具各式傩面付之一炬。来自傩面文化传人后代的一把火，把乡村文化与民俗传统的颓败裸露得触目惊心，令人震撼也催人反思：连传人的后代都不需要傩面，精神的寄托与生存的仪式感被简化了，于乡村老者或民族地区的读者也许会有异议，但于乡村年青一代似乎又是一种解脱，是人与当下、人与人、人与自然之间的一种抗争与和解。这便是世道人心，这便是现实感与时代感。肖江虹精准郑重，冷峭犀利。

《李海叔叔》也是一个在人性幽明的缝隙里深得人生况味的独特故事，尹学芸善于在时代变迁中，发现日常人间、人际与家庭情感的丰富性。李海叔叔与“爸爸”的几十年往来，从困难时期，两个家庭两代人的相互期待、相互守望与相互成就，到时代更新之后的相互回避，把时代变迁中人际与家庭情感的裂变，人性幽明的丰富性，相生相应于庸常琐碎近三十年的家庭生活中，情感饱满而内敛节制，亲切而密实，灵动见重量。马金莲的《白衣秀士》，其叙述也呈现了如此隐忍又上善，清净而流丽的艺术魅力。

具有如此情感的丰富性，并于此成功地为当代文学画廊增添新人形象的还有刘建东《阅读与欣赏》的女师傅，李凤群笔下的良霞。刘建东的作品成熟度都较高，他长于以人物命运穿越社会变迁，出乎其表，入其内里，直抵深处幽明的世道人心。李凤群的《良霞》则深情书写了良霞在世事人生变故中，向死而生，以病痛之躯在对命运的抗争中与人的和解，上善若水。这种情感思想都有重量的作品，还有陈希我的《父》、胡性能的《生死课》。《父》笔尖聪敏而犀利地层层撕裂中国家庭的外衣，让每个人在审父中自省，从而在传统的“父慈子孝”家庭伦理的溃败与内心的荒凉中，实现灵魂的拷问。《生死课》讲述了普通百姓关于生与死的课题，无论生，还是死，都赋予了足够的尊重，使主人公小久作为人生摆渡者的形象得以鲜活动人，卑微而正大，颇具现实感与时代感。

多样化的艺术探索，植根于传统，从而实现多样化的艺术形式与审美意义。艺术形式的探索是创作永远的课题，今天的作家早已不担心“写什么”，他们处心积虑的是“怎样写”，以找到自己作品样貌的独特美感。本届中篇小说有不少令人耳目一新，代表性的当属《封锁》《空山》等有独特追求的作品。

小白的《封锁》集结了众多小说表现手法，渗入每个人物、每个细节，可谓叙述艺术独树一帜，在本届申报作品中颇具代表性。作者深得侦探小说要领，以上海公寓甜蜜大厦发生爆炸暗杀了汉奸头目，以及日军封锁公寓抓捕刺客的事件，逼真再现了三四十年代抗日战争“孤岛”时期的上海，细节考古般翔实，直面“抗日”，描写以一己之力周旋、抗衡日寇的英勇豪举，视角独特，结构奇诡。小说把人事封闭于公寓的几天里，让整个公寓的居民拿肉身在小小的大厦丛林中如无头苍蝇般乱窜，恐惧紧张，危机四伏，险象丛生，却无处逃遁，所有的人物关系得以戏剧般集中展现，所谓甜蜜大厦不甜蜜。狡猾凶残的日军林少佐在封闭式的恐怖调查中，让鸳鸯蝴蝶派小说家鲍天啸以讲故事的方式，步步逼近真相。而本来就擅长讲故事的鲍天啸，在抑扬顿挫中像写一部叙事诗，渐渐投入了历史情境赋予他的戏剧角色，从怯懦猥琐到层层推进中完美实现了英雄壮举，引爆了另一颗炸弹，与林少佐同归于尽。故事情节惊心动魄，环环相扣，虚实难辨，人物形象多样丰满。尤为精彩的是小说戏剧性的反差美，不仅鲍天啸集中了懦弱投机与家国情怀的反差，并由此产生性格曲线和丰富性，而且整部作品情境与细节都具有这种反差，如封闭与开放，残酷与温情，侠骨与柔肠，日常生活与恐怖高压，“偷”食与分享，饥饿与美食等等，大俗大雅，巨大的戏剧张力使小说获得了审美意义上的震撼力，令人着迷。

而戏仿小说《空山》，是东君与大众文学对话之作，他植根文人传统，调动丰沛的想象力，挖掘传统小说文脉，生发叙述艺术新质，在浓郁的东方文人气息中，沉潜着流动一种古雅精妙的叙述气韵，风神能见。艺术形式多样化探索的还有《慈悲》里路内的叙述耐心，哲贵《卖酒人》叙述的精准与分寸感，罗伟章《声音史》的艺术野心等。还有颇具独特性的罪案小说，如宁肯的《塔》在精神叙述的追求中，深度挖掘罪与罚之间生命意志的对抗，以彰显艺术张力、精神强度与隐喻性。

还值得一提的是本届军事文学的优秀作品：西元的《死亡重奏》、王凯的《沙漠里的叶绿素》等，前者凝重恢宏，后者精细向上。尤其《死亡重奏》是近年少见的以"战壕里的真实"直面战争惨烈与人的精神，以及对个人与国家、战争与和平的深刻反思。小说运用音乐形式，讲述了朝鲜战争中一个无名连誓死守卫高地，最终全部壮烈牺牲的故事，有着独特的审美形式、现实眼光、历史容量与精神意蕴。汇同前述阿来、石一枫、尹学芸、肖江虹等对现实主义叙述的新表现，可以说，本届优秀作品多样化的艺术探索，植根于传统，都或多或少创造了自己小说样貌独特的美感，实现了各自的美学建构，以及广阔的艺术多样性。

可惜，遗珠之憾永远都有，本届许多优秀作品擦肩而过，不少出自历届鲁奖获得者之妙手，他们把获奖的机会让给更多的后来者。一如受约的本文，我只能重点评论获奖作品，兼及前十，止步前二十，凡事都有其局限性。所幸，文学的新生代业已成长成熟，他们作品的品相不止于才子气象，不止于作品精神质地的优良，还在于作品体现的艺术新质与多样探索，中国文学的未来可期。

原载《文艺报》2018 年 9 月 19 日，原题"广阔的多样性与深刻的当代性——以第七届鲁奖中篇小说为例"

一次抒情变奏

理想主义的抒情性是迟子建笔下最重要的创作个性，《零作坊》（《北京文学》2003 年第 7 期）讲述了关于屠宰场女主人翁史美痛楚而浪漫的故事，正是迟子建“理想主义的抒情性”的一次变奏，作者以屠宰场心性浪漫的女主人所象征的理想主义，来反观残酷的现实存在，让翁史美分裂又自然的人格，在牲畜血腥与艰难人世生长出灵魂之花。这种人间的两极及其相互对立的关系，在迟子建变奏的笔触下，温婉细腻又机锋闪烁，人物矛盾又浑然一体，一一击中世情中的善恶，显示了迟子建在垃圾堆里做道场的理想主义抒情性。

回望迟子建重要的中短篇小说，我们可以清晰看到翁史美精神底色和成长基因，从《晨钟响彻黄昏》中的菠萝，到《零作坊》中的翁史美，《晚安玫瑰》中的赵小娥、吉莲娜、黄薇娜，《清水洗尘》中的母亲，《秧歌》中的小梳妆，还有《黄鸡白酒》中乐生的春婆、《勇敢的候鸟》里红尘未了的德秀师父等等，都是在不同程度上为了理想，敢于抗争，活出自我的系列女性形象。她们大多生活在乡间，有着淳朴热烈、自我自强的生命形态，却过着残缺的生活，即使命运坎坷，她们也没有改变率真善良的本性，更没有随波逐流、自暴自弃，而是以主人的姿态，直面世俗，有着令人着迷的旺盛生命力。迟子建的作品充满启蒙思想与女性悲情，对女性的悲剧命运予以关注与反思，她以细密的叙述针脚演绎着东北女性生的喜悦与困难，让她们向死而生，超越小我，超越悲剧命运，为自我赋予生活的意义。在这个意义上，迟子建有着清晰的启蒙主义思想和理性自觉。可以说，她与同代优秀作家一样都是80年代的文学果实，她让生活自主生长出理想的种子。

翁史美是《零作坊》里地龙乡度假村的年轻服务员，本就不满木讷丈夫而被游客律师纪行舟诱惑打动，并公然同居，被乡长哥哥和村民赶出家乡，又遭纪行舟抛弃并历经坎坷，后买下城乡结合部一座待转手的制陶“零作坊”，做了私宰生猪的屠宰场，既为了逃避以往现实的婚姻和爱情对她的打击，更为了追求自我的幸福，尤其以主人的身份。作为屠宰场女老板，尽管非法屠宰，却要求生猪来源清白，不做昧心生意。而“她表面随和，可内心却很孤傲。她可以和屠夫们在一起猜拳行令、大呼小叫，也可以独自躲进小屋一往情深地抚摩那些破碎的陶片。当她置身于臭气熏天、苍蝇横飞的屠宰间的时候，她却幻想着另一种生活。她设想自己穿着蛋青色的亚麻布长裙站在田野上，上面是蓝天白云，下面是疯狂的野草和争奇斗艳的花朵”。翁史美床头日常养着紫色的太阳花，她不仅着迷于屋顶上的花玻璃（殖民地留存的产物），甚至夜晚杀猪挂马灯的廊柱上的花纹，都令她幻想联翩。最不可思议的是，她不可遏制地热烈爱上了只闻其声、不见其人的零作坊原主人孟十一。他们从未谋面，从未通过书信和照片，翁史美着迷的不仅是他制陶艺人的身份，还有他遗留的五彩陶艺碎片。她在抚弄陶片的时候，“能听见碎片的声响，仿佛它们拥有生命，在嘁嘁嚓嚓说话一样”，于是，她贸然致电，立马就迷醉孟十一那低沉而轻柔的声音，“就像滴滴血液一样，使先前只有骨骼形态的孟十一，在她的眼中变得血肉丰满起来，可感可触。她在深夜时，甚至能感觉到他的心跳”。并为此整整通话三年，成为她的精神支柱。她对他们之间谈话的错位和缺少呼应，视而不见，她只渴望向他倾诉，稀释生存压力，更企望一双牵引她情感的翅膀，追寻天边那抹浪漫的阳光。

这束理想之光甚至温暖到屠宰场员工，以致高考落榜生杨生情也被翁史美的浪漫打动，他结结巴巴地说："你举着马灯真好看。我觉得你比廊柱美，你挂着马灯才对！"他不断为她写情诗，一首一首往挂马灯的花纹廊柱上贴，而花纹廊柱与炙热情诗下，却是腥臭的牲畜私宰，以及三年一次次逃避的卫生检疫，零作坊生意兴隆。

这样的男女关系哪怕冲突只能是文化的冲突，翁史美制造也击中那些世情中的善恶真伪，并历历可表，但是她说出的哪怕不合情理的话又都让人哑口，却使文本自然流畅，水到渠成。因为，她向往的纯净的烂漫，符合人类向善向美的期待；也因为，所有的翅膀都渴望着飞翔，何况她还有柏拉图般的男性孟十一、杨生情的情感牵引。迟子建就这样在理想与现实，立意和表达之间，拓展个性的新的表现，在垃圾堆与道场、荒诞与诗性中，谱写着翁史美不平凡的现实主义的变奏曲，让苦难方深的翁史美在艰难的人世生长出希望之芽，健朗大气，金针度人也度己。

尽管源于法律边缘创业的翁史美失败了，但她却在大开大合的生活中，获得了精神皈依与灵魂救赎。迟子建在《我的女性观》一文中说："宇宙间的太阳和月亮的转换可以看作是人世间男女应有的关系，它们紧密连接，不可替代，谁也别指望打倒谁，只有获得和谐，这个世界才不至于倾斜，才能维持平衡状态。"翁史美便是这样与外部社会环境的左冲右突后，逐渐与这个社会和解互动，有了直面生存实际的勇气、生活态度与健朗心灵。当然，启蒙主义生花时收获爱情，但为了生存，翁史美的不管不顾包括打法律擦边球（非法屠宰），包括无力医治最终放弃因车祸重伤的员工鲁大鹏，把他留给了社会。也就是说当翁史美自私占了上风，一反对员工仁爱的常态（为了私己利益放弃了启蒙主义）

时，便失落了爱情，她惯常的理想主义败给了物质生活后，她的周遭也响起了挽歌，首先孟十一并没有走进她既定的理想生活中，就连长久暗恋她的员工杨生情也伤心地远离而去："杨生情蓄起了胡子，很少写诗了。以往他望翁史美的时候会脸红，现在他望她的时候面无表情。"翁史美预感到，杨生情就要离开零作坊了。

翁史美被生活打回原生起点，当理想主义的挽歌响起之时，原来的生活节奏当然不在，经历过零作坊，翁史美不会是过去的翁史美了。

就是如此文青的乡村女子，以至于孟十一误以为翁史美是个音乐家，因为在他们通电话中，频频传来猪毙命时撕心裂肺的嚎叫、屠夫们快意的笑声，孟十一问："现代音乐是不是经常掺杂着野兽的嚎叫和嘈杂的人语声？"尽管，翁史美一再重申自己是开屠宰场的，对音乐一无所知。但孟十一说"一个靠宰猪为生的女人，怎么会喜欢我刻在廊柱上的花纹，怎么会喜欢那些破碎的陶片呢？"翁史美觉得这话很耳熟，因为纪行舟曾经这样对她说："你太不像个乡下女人了，我在地龙乡第一眼看见你，还以为你是个去那儿旅游的画家呢！一个乡下女人怎么还一身的浪漫气息？"翁史美终于发现了自己命运悲剧的源头。

因为，世俗社会里乡下女人怎么可以一身的浪漫气息呢？"难道一个从乡村走出来的女人拥有浪漫的情感就是离经叛道？"迟子建借翁史美的追问悲凉如水，但她仍然让被关闭了屠宰场的女主人在失败的现实爬起，又心生浪漫的种子，向好成长。翁史美回到几近成为废墟的屠宰场时，意外收到杨生情的花种包裹，预示正不知何去何从的翁史美有了新的可能，也许爱花的她会把屠宰场的明天改成花房，回到零作坊的初始，陶艺的五彩世界是翁史美心心念念的。迟子建就这样把一个垃圾堆般的场域，以"屠宰、廊柱、陶片、挽歌、坟墓"五个章节，生发出精神之花，整个故事始终诵吟着杨生情的诗歌，写实抒情跌宕变奏，一唱三叹，浑然天成。今天重读，我仍然被整个小说理想主义的抒情性感动，并以为这也是迟子建今天更为劲道的白描功夫与叙述腔调的抒情性底色，此当另文论述。

小说收尾时，翁史美又遇别有怀抱的纪行舟，面对这个置自己于深渊的伪君子，几乎把两世人生都经历过了的翁史美已有刚强的心，但成长了的翁史美并不敌视争斗，看着车里的纪行舟，她轻蔑地“忽然把一根手指插了进去，她对纪行舟说：喜欢能看得见河流的房间吗？纪行舟老练地反问：我不知你在说什么。翁史美冲纪行舟意味深长地笑了笑，将手指抽回，放到嘴里吮着那根手指”。看到昂扬的翁史美、落荒而逃的纪行舟，今天的读者没准会套用唐顿老夫人的台词：“我很好奇，这样的人怎么还留在人间？”

可是，现实里的纪行舟们层出不穷，而翁史美们也常常屡败屡战，只是她们即使改变不了环境，却依然坚韧地抗拒着环境，以免被环境改变自己；依然向阳而生，以主人姿态，追求自己的幸福，让未来自主生长出理想的种子。

原载《北京文学》2020 年第 10 期，原题
“一次抒情变奏——重读迟子建的《零作坊》”

以修身来修文　以修文来修身

《山河袈裟》是一部哽咽之著，一部令作者读者心生哽咽之感的散文随笔集。“哽咽之感”作为书中的关键词，它每每出现在作者李修文与那些萍水相逢身陷困境的人们面对面时，是他被这些苦难中的人性温暖与重量感动时的情感状态与写作状态，哽咽得一句一顿，简朴琐碎却饱含深情，沉郁顿挫却谦卑郑重，显示出深切动人的叙事力量；同时，这何尝不也是读者我们的阅读体验，因为作者描述的就是我们的生存与精神状态，字里行间的人物其实就是我们，以及我们的兄弟姐妹。

哽咽之感，其实源自李修文十年的沉潜与漂泊，源自他身心投入地以修身来修文，当然也以修文来修身。

一方面以困顿修身。全书三十三篇文章，是李修文在普通人困顿的人生里拷问自我，拷问人间，拷问人性，以此实现自我救赎，包括自我修炼。是作者十年旅途左冲右突的心灵写真与忏悔录，以自省为袈裟为修身。这种自省，在精致利己主义者遍地的今天，既弥足珍贵，也很容易引发共鸣，我们何尝不也是与李修文一样一次次从荒漠逃到荒岛（《鞑靼荒漠》），以求精神的再造。

李修文较好地处理了山河与袈裟、形而下与形而上的关系。他以内省的目光去发现与表现那些失败人生的微光，一个个失魂落魄的人们如何没有倒下，是黑暗中的火光，烛照了他们在“一场人世，终究值得一过”的一点信念，因为有过点点滴滴的反抗，便有哭有泪也有笑有歌唱，当然这歌唱像《郎对花，姐对花》那位风尘中唱黄梅小调的刚烈的母亲，像《鞑靼荒漠》荒岛的十五岁孤独男孩的半夜歌嚎，像《火烧海棠树》那位绝望地唱了十五年戏的失孤寡妇等等，这每一种歌唱都是唱自己的绝望与希望。一如作者说他是写给自己看的，唱给自己听的。他关切的是这些朝死而活的落魄者的绝路逢生，逢生不是现实生路，而是其中的命定的福分和机缘：穷街陋巷里，清洁工认了母子，发廊女认了姐妹，装卸工认了兄弟等等，这是一首首《失败之诗》。修文写道：“让日子蒙上光亮，让玫瑰死而复生的，恰恰不是点翰林，不是打金枝，它不过是我们日复一日在苦挨的羸弱、无聊和庸碌。正是它们，组成了一场等待，在如此等待里驻足，才反而配得起谈论那两个字：指望。”于是，那份与国民劣根性同在的人性情义，成了令人哽咽的指望；即使欲哭无泪，也有了心灵的一点欢欣，再卑微的人物也有了尊严，一如病房的岳老师与七岁小病号。重病中的岳老师对于彼岸的未来，早已无能为力，但陷于人生黑暗里一个教师的潜能却让她生活在此岸，在被折磨得满头白发的她，于无用处却有了作为。当她把病房当作课堂为病童讲学以后，“某种奇异的喜悦降临了她，终年苍白的脸容上竟然现出了一丝红晕”。作者遇见了许多未知的人生，包括自己的哽咽，直面人生，为自己当下负责，这份自省的修为令人唏嘘。而临别时，一直背不出下句的病男孩，居然哽咽吼出“长安陌上无穷树，唯有垂杨管别离”。作为同病房陪护的作者，“当我看见微光映照下的她，难以自禁的，身体里再度涌起了剧烈的哽咽之感：无论如何，这一场人世，终究值得一过”。因为岳老师短暂的发光发热，这生的意义把《长安陌上无穷树》的希望之绝望，绝望之希望的情境推向了坚韧向上、择善而生的极致，这何尝不是篇令人哽咽之作。

李修文用了十年的心灵史的碎片，反观一切生活的人与事，并通过自我反省体察，终于拥有了自己的精神封地：做人作文的“山河”。于此，他与这个时代建立了独特而有效的对话关系，并在关注个体的同时为自己同代人找回历史，找回作为一个文人的现在与未来。为自己录下所见所闻所思，以修身来修文，以修文来修身，从而完成自我的精神再造。

因此，《山河袈裟》的另一方面，是作者李修文在精神再造的“山河”中修文，他说“山河人间就是写作本身”。全书共三十三篇作品，都是他独特的文学视角与独特的表达，这当然来自修文独特的目光与白描功夫，以及对中国文人传统的张扬，来自他“干净而有重量”的文字。我们翻开任何一篇都会读到作者语不惊人誓不休的句子，这些句子来自于作者对人物世事的同情之理解与理解之同情，于是，满纸有学养有出处。写小周却起笔于那个令张爱玲绝望的胡兰成的小周（《小周与小周》），写通仁义的老猴却与水浒英雄宋公明互文，弗拉门戈之于卡门，包括民间戏曲如此种种；尤其叙事的文字语感则接续传承着文人的叙事传统，颇具民国文风。《义结金兰记》通篇三国水浒英雄般的契若金兰，众人眼中的傻子心地善良，救了受伤的猴王“宋公明”之后，居然在人间演绎了一场震动方圆百里的人猴情缘，虽没有备下乌牛白马，也没有焚香结拜，滴血认亲，但猴王宋公明却以一生证明了自己的天地情义。傻子家遇难，它及时雨般解救；傻子家断粮，宋公明自搭猴班挣钱养家，打家劫舍是为傻子家送吃穿用戴；甚至傻子死后，它充当义父抚养傻子的女儿；直至病入膏肓，也要爬上那辆永远的绿皮车，与义女及众乡亲永别，以便到远处有尊严地死去。漫长的岁月里，猴王宋公明以忠义才智、剑心侠骨而感天动地，“同心之言，其臭如兰”，作者以情义之笔，记下了这曲独特的人猴义结金兰的好汉歌，“一似山河入梦，一似世间所有的美德上都载满了桃花”。

惟此，作为孤儿的傻子女儿才有人生值得一过的欢欣，才有李敬泽所言：“侠士宝剑秋风，在孤绝处、荒寒处、穷愁困厄处见大悲喜和大庄重，见出让生活值得过的电光石火。”如此终结全书，也见出《山河袈裟》大气磅礴，见出三十三篇文字的活力与重量。

还值得一提的是，曾以《滴泪痣》《捆绑上天堂》等多部小说成名的小说家李修文，常常把自己的看家本领小说细节散文化，比如是谁火烧了海棠树，“恐怕只有我一个人知道真相。真相是这样的——后半夜一个瘦弱的中年男子，打虚空里来，打茫茫雾气里来，一手拎着蛋炒饭，一手拎着锃亮的斧子，走进了医院”，“他先是站着哭，再去蹲在墙角哭，又回到窗前哭，如此反反复复，直到泪水打湿了他手中的斧子，但这被泪水打湿的斧子并不能让他上天入地，反而让他看见了更深的无能：即使阴阳相隔，他的斧子也砍不去厄运、崩溃和近在眼前的满身绷带，他唯一能砍去的，无非是那棵院子里的海棠树”。此刻，精确的细节描述中，与作者同处理解之同情中的读者君，能做的无非也就是与虚空的男子共谋。同时，我们也深深被作者这些有血肉有痛感有情义的文字感动，一句一顿，既简朴专注又饱含深情，既犀利透彻又撕心裂肺，还儒雅庄重，颇具重量与美感。

是的，作者在修炼汉字之美中，显见人心的山河与地久天长，修文里修身。作者这份深切的目光，不仅关注世间普通人的日常，更专注于那些萍水相逢的窘境里人们的可亲可敬，并于此发现美善。于是，起承转合，字里行间，气韵生动，神采飞扬。文字紧密瓷实，思想情感密度颇大。比如写人间至情的母与子，《一个母亲》每天奔波于竹篮打水一场空的母亲，只为那个已不识自己的儿子有一天又认出自己是他母亲，她每天都靠这微茫的希望支撑着，令人哀伤而感动；而写父子情的《每次醒来，你都不在》，那个在墙上涂抹对儿子思念的落魄凄惶的老路。用笔的情由作者对墙上这句涂鸦感兴趣而起，从蹲墙发现老路，及老路日夜截然不同的双面人形象，一动一静的两种性格，一波三折的，层次节奏明晰，万千回转中戛然而止，谜底凸显：我们看到这个千变万化惶惶然的汉子，内心却有如此令人哽咽的深情。文章意境深沉，韵律婉转。凡此种种。

当然，全书也不乏诗意飞扬的散文写作，如西班牙的弗拉门戈的舞者，她超越自我的狂野与哀愁，令人着迷。还有写西北花儿、黄梅小调、唱戏唱曲，既专业深入，又刚柔相济；既时时诗词歌赋，又处处入情入心；既可诵可歌，又抑扬顿挫；既撕心裂肺，又荡气回肠。还有思想随笔，纵横古今中外，先贤哲人，从秦汉三国到瞿秋白，从西绪弗斯，到莎乐美、阿赫玛托娃、里尔克、布罗茨基等等，李修文在一篇一篇的文字里，一一为失败者歌唱，因为“真正的失败者，明暗难辨，阴阳不分，巴比伦好似长生殿”，哽咽之时，能言谁之败?！明知其不可为，偏要为之，这份激扬而低回的文字，依稀贯穿着作者血脉里的楚人风骨。《荆州怨曲》明明临死不屈，义薄云天，何怨之有?！

我以为，在语言粗鄙化流行的当下文坛，像李修文这样三十三篇作品，每一篇都经得起推敲，都能拨动读者心弦，这些苍凉而热烈，丰赡而俊美，既千回百转，又沉郁顿挫的文字，在体现汉语言之美的同时，更张扬了传统的文人气质与美学风格。可谓近年散文创作的新收获，也是一部具有文学史意义的散文佳著。

最后想说一句，李修文对于修身与修文，二者都做得漂亮。为此，我们看到作者坦诚郑重而弥足珍贵的文学态度。

原载《文艺报》2017 年 4 月 19 日，原题“以修身来修文　以修文来修身——关于李修文的《山河袈裟》”

人神世界的别样文本

雷平阳是个辨识度很高的作家，只要翻开他的书页，密集的诗文伴随密集的思想构成的人、神、鬼同在的别样世界迎面扑来，令人惊喜，无可抗拒；他植根原乡即云南天地的精神史写作，一如热带雨林的野生植物，既蓬蓬勃勃又芒刺在背，可以说是蔚为思想的旷野与艺术的丛林，独此一家，不可复制。

有人提到雷平阳的写作无传统，我不太认同，我认为其实雷平阳的写作是有出处的，在他与时代和生活相应的审美过程中，他既沿着楚辞离骚之文脉上下求索，又在感时忧民的叹息传统中，一如古典诗词天地人神鬼俱全，既静默穿刺于天地山水与人神鬼间，更追寻现世和未来的人的世界。于是，才有他的《在天空喝醉》，也有他知道的旷野的昼夜、阴阳、空门与尘世缝隙间的现实真相，而面对人们的《我不知道》，雷平阳不仅把旷野的“野草和荆棘引种于纸上”，在《送流水》般送走这一切中，直刺时代的神经。

是的，我们的古典诗词本来就是天地人神鬼俱全，此时的人神鬼，不仅仅在于修辞，也是现实存在，更是作者的文学观念。雷平阳是将自身移入天地万物，移入人神鬼间，移入已知与未知，当然，也把万物与天地人神鬼移入自我，移入笔下的人物，一如托“霍俊明”移入阴阳之间，并直指人的世界。为此，雷平阳的精神史写作，便有了自己别样的文学世界；于是，大地生长的低吟与天空酒歌的欢唱同叹息也共忧伤，他总能在粗粝而渺小的日常细节中发现生命的欢喜和悲凉。

以《乌蒙山记》为例。我以为雷平阳的散文写作有着文体的自觉，而且文字也是有出处的。这种文脉的传统是诗文融合，其笔尖写人状物是领了先秦的历史散文诗文（诗赋）融合的传统。当我们看《左传》、《汉书》和《史记》，常常为其叙事写人的技巧而击节，也不能不承认其对后世小说的巨大影响，这样重细节的叙事写人和诗意呈现，在雷平阳的散文里比比皆是，体现了他的文体的自觉。他的散文每一篇都是一个寓言，这种寓言化的写作，在多个精神维度里，天地融合，外在的人、神、鬼，向内转化为灵魂的丰富性。他只求精神的真实，这是一种自内向外的自由自在。我觉得他的散文再一次证明了散文的精神就是一种解放，散文就是自由自在的性情之文，文体和语言皆可开放。可以说，雷平阳的散文拓展了散文的文体边界，他不仅诗赋融合，还频频虚构细节，追求精神真实与艺术真实，这也是对散文自由自在的一种文体实践。散文之“散”最初指无韵，不拘于韵，便是一种解放。用文字诉说生命、思想和性情，这种生命的迸发当然会使雷平阳的散文气韵生动，不拘一格。当然，这来自于雷平阳的个人修为和文学态度。

可以说，雷平阳与现实与时代相应的审美方式，就是一种精神的上天入地，他在人、神、鬼之间求索，他追问：人何以为人？人何以如此？人还会如何？诗集《送流水》就已有所体现，而散文集《乌蒙山记》尤为自觉。一如《霍俊明的忧伤》一文中，他笔下的“霍俊明”既有虚构之笔，也有精神的真实。“霍俊明”游离于阴阳两界，探寻天堂与尘世之间的关系，其中自我也在不断的自我启蒙和生长反思中完善和成长，最后实现自我与文本较高的完成度。其实霍俊明的忧伤就是雷平阳的忧伤，也是我们的忧伤，因为一种失败主义总在笼罩着我们，这也是当下“70后”作家写作的一个普遍主题。在忧伤里，我们看到了天堂与尘世之间霍俊明的踟蹰不行、进退两难，且生的苦闷与欢喜同在。这是一种深切的时代之忧。

2006年10月，《人民文学》《南方文坛》联合举办的“中国青年作家批评家论坛”上，雷平阳被评为2006年年度作家，授奖词中提到雷平阳的语言具有石头和土地的光泽。我们今天回头看，此评介依然准确。我以为，如今雷平阳的笔尖更隐忍内敛也更成熟了，那是一种矿石般的蕴含着宝石光泽的语言，有着语言的重量与思想的重量，这种重量融入了民间的文化，让汉语抵达尽可能的远方。而且他的语言有两个维度，既是对万物、对人间、对尘世所有的生灵有着一种深沉的热烈情怀，这种热烈情怀是以一种冷静而沉潜的方式呈现，且字字珠玑，叮当摇曳，更芒刺在背，又充满着反讽和隐喻。正如他所说：“因为宁静的审视发掘出来的日常性中的人性乃至神性，而不仅仅只是一个王国的孤独与焦虑；吟唱挽歌的声音里出现了阳光和月色，而不仅仅只是哀鸣。”《乌蒙山记》里，我们看到雷平阳不仅不止于叹息，更多地直面现实，尤其善待笔下的每个人物，在一种深切的时代之忧中，他寓言化状写人间，也指向未来。

雷平阳的写作还给了我们一个启示，就是作家如何与时代与现实建立一种相应的审美关系。我以为在雷平阳的写作呈现一种深刻的当代性，他越来越对自己直面现实的审美方式，有着理性的自觉。他说他“一以贯之书写的人、神、鬼同在的山中王国中，而更多地出现了因为虚构而产生的未知之美”，他是以直面现实为基点的“感时忧国”的叹息和反讽。一方面为散文文体的细节虚构性的拓展提供了宝贵的经验，另一方面，从某些意义上来说，雷平阳就是一个天堂的守望者，一个密室的冥想者。他的文风是抑郁顿挫，整体风格是沉郁的，他所有的隐喻、双关，以及一个个的寓言，直面怪力乱神的人间，却又对人间充满善意。那种善意是对笔下人物最大限度的尊重，一如对那位《距离东川十公里》独自在采石场挥锤的女人，面对她“发丛和脸上的皱纹里塞满了石屑，衣服上也铺满了石粉，青筋暴露的双手开了很多裂口，有些裂口还流着血”，尤其她“坚毅的目光”，尤其她说“你只看见我一个人，我能看见好多好多的人”，“我顿时感到背上有一颗铁钉，正被铁锤打入骨梁。我没有再问她什么”，直至她忽然要求搭车，下车。又比如《宴席》中那些石匠、木匠、铁匠，那些和尚们，以自己仿生食物过着荒寒却欢喜的年夜，那份含泪的笑，赋予了文本深刻的反讽与寓言化的艺术张力。《天空安魂曲》信鸽家族和风筝家族的兴衰，又隐喻了深刻的国民性，作者对两个家族人心得失给予了足够的同情之理解，而结句落在人人感激却是阴谋化身的邮差身上，令人顿生天地何以安魂之感，颇具艺术穿透力。《彩虹》的麻风病族，那抹人性与世道的彩虹，令人叹息与牵挂。《弑父》的寓言性则更多自省。还有《大戏》里那些如草芥般无望的村民，只能在梦里期待永不会到来的大戏，一代又一代，悲凉而又欢喜，因为这是有梦的村庄。就是最后的一篇《农家乐》，谁说农家们没有自己卑微的欢喜，哪怕来自那一点点本能，且曰农家之乐。凡此种种，他把自己对现实的发现与思考，隐喻成一个个寓言化的别样世界，并沉郁地追问：人何以如此？由此可见，雷平阳深刻的当代性和寓言的内核，哪一篇不是以粗粝而渺小的细节，直面怪力乱神的人间，深度挖掘社会与人世的巨变，直指时代的神经，既体现了深刻的当代性，又呈现出审美的丰富性。我想，一个作家生命的宽阔和对人的欢乐、痛苦、伤痛的感受力是至关重要的，生活态度也是文学态度，如盐入水。

回到 2006 年 10 月，青年论坛给他散文的评语说雷平阳的：“散文以风尘仆仆的行旅风格，测量大地的胸怀和灵魂的重量，他的作品见证了一个成熟而谦卑的写作者，回到事物本身，钻探人心与世界的出色能力，也为今天的作家如何反抗苍白的纸上的文学提供了重要的精神证据。”十二年后的今天，我以为雷平阳更为独特深厚，颇具思想穿透力与丰富寓言性的作品，构成别样的文学世界，同样为作家如何反抗当下的创作同质化的现象，作家如何面对时代、理解现实、想象历史，从而进行有难度的写作提供了重要的精神证据。

原载《文艺报》2019 年 1 月 7 日，原题“人神世界的别样文本——关于雷平阳的《乌蒙山记》”

以自己的腔调，书写人间消息

在拙作《野气横生的南方写作》，我写道：李约热作品一直保持着较高的辨识度，他植根八桂大地的文学想象，充满隐喻寓意与犀利劲道，一如广西丘陵地带的野生植物，既蓬蓬勃勃又芒刺在背，可以说，他是广西难得的颇具民间品质的优秀作家，其创作有不可复制性。李约热写过《李壮回家》《戈达尔活在我们中间》《青牛》《涂满油漆的村庄》等获过名刊大奖、有全国影响的中短篇，他长于用具有横断面意义的故事，告诉我们他的文学原乡“野马镇”那些沉默的底层同胞，是如何像南方野生植物般卑贱而坚忍地“活着”的，因为哺育他们的村庄不再是“涂满油漆”就可以隐喻和象征的了，戈达尔、油漆、李壮、青牛、一团金子、墓道等在善用寓言性意象的作者笔下，仅仅是一枚种子，它们在他心里发芽生长出这一个个意味深长的世情和人生片段，尖锐、内敛而自省，充满隐喻和文学劲道。

近读李约热新书小说集《人间消息》，作品一如既往保持着个人的辨识度，这在小说创作严重同质化的今天，弥足珍贵；而且，有了些新变化与新思考。他作品的荒诞性与批判性，变得更为及物，更为节制内敛与艺术化了。他的审美视野穿越他原有的根据地“野马镇”，抵达此刻他的驻村地，乃至大都市，更贴近生活日常，并把人性的坚韧推到极致，哪怕在苦难面前，他也要挖掘出人物深处忧郁但热烈坚韧的灵魂，让人物自己变得更好，人世有些亮光，这是李约热作品的新质。特别可喜的是，在他塑造了新人物形象的同时，我以为他有了自己叙述的声音，感受到作者比过去更倾心的投入，更耐心徐缓而内蕴激情，读着读着似乎与他如面如晤。也就说他可以用自己的腔调，去讲述人间的消息，这样独特的声音能引领读者，进入他的腔调并完整阅读。在碎片化阅读的时代，能引人入胜正是文学的魅力。

可以说，李约热以独特的写作经验，重新发现了某种属于文学、属于地域、属于这个时代的奇妙张力。

与生命休戚与共

《人间消息》的九篇小说，在李约热笔下对现实与文学、作家与想象的关系变得重要了，因为“人间的消息”来得那样迅猛，以致有些猝不及防。这样的变化，源自两年前，我们单位派送作家李约热以“第一书记”的身份进驻乡村，生活在当下乡村，跑扶贫款和农资，以及奔波各种日常，人也更低调沉默，双眼却依旧炯然，更为精神了。他与我说：“今天的乡村颠覆了我过去的生活经验，我会写下这新的认知。”我知道，日夜奔走在当下的乡村，他的内心涌动着慷慨悲歌的血液，他有着要把“人间消息”化为艺术现实的冲动。于是我看到，李约热选取生活的眼光，处理文学与现实的关系，变得更及物，他身心切入日常，在同情的理解之下也更具批判性，也更富有现实主义精神。在满纸烟火缭绕淡饭土酒的乡间大灶，猪牛屎尿遍地的乡村，方生方死而坚韧乐生的乡亲，一一注入他的直接及物的笔尖和内敛的悲情。直接，是扎扎实实的一日一刻或经年已久的生活描述，是渐次开掘普通人心灵的深井；内敛，是把过去的尖锐隐藏到白描的笔致，简洁到几乎不用形容词的日常表达，是满腔对足下土地真切的深情，可感可触，耐心平和，却触目惊心，感人感慨。

是的，出身乡村的李约热对进驻的乡村的现状与乡亲的生活，有着天生的敏感与痛感，一如家乡的亲人，与他的生命休戚与共。“野马镇”是以他生活和工作的地方作为原型而构建的文学空间，李约热说自己可能是一个“不会看说明书”的经验主义者，“不是那种想象力飞腾的作家”。他说，“在生活中体验到的点点滴滴，需要经过一段时间沉淀，对生活进行重组后，才能够从琐碎变成小说”。是的，他的创作大多源于他的直接经验，所幸他有较好的文学技能训练。多年“北漂”的电影工作，大量的世界电影名片，以及“鲁院”的学习生活，开拓了他的文学视野，赋予他边地写作必须拥有的世界性眼光，使他有了发现边地生活异质性的可能。《戈达尔活在我们中间》《涂满油漆的村庄》《青牛》等就显示了不俗的文学视野。评论家郜元宝就评说过“野马镇的原型是乡土小镇，但是小说并不是纯粹的乡土文学，在李约热的小说中，有一个中国甚至是世界的视角”。从《人间消息》中的古生物学家，到《幸运的武松》中的记者，李约热利用多变的叙述者身份，重新梳理和改写自己的人生经验，试图从“野马镇”这个地方，打开更多“窗口”，并从中寻找出它们与自己的生命关联。

一如《我是恶人》，最终明白马万良的“恶”是与众人关联的，是野马镇人身上的愚昧麻木、听命从众看客般的“平庸之恶”，关联你我他以及人类。

开篇《村庄、绍永和我》，既是三者的关联，也意味着作者与世界的关联性，在此，作者寻找人间的沟通与乡村的心事。整个村庄的生存沉默充满张力，人物坚韧的生，勇敢的死，决绝的恨，热烈的爱，尤其那种在重压之下宁折不弯的生命力，表现得淋漓尽致。这既是个沉默孤独的凡间，又是一个打碎牙齿往肚里吞的有尊严的世间，还是一个与人为善、同根相长的乡间，是在大灾大难中，相互理解与帮扶的人间。一如新娘美雪曾独自背回中毒抢救回来的丈夫海民，在濒临死亡线上挣扎的几天，全村竟无人知晓。为了庆贺重生，夫妇感恩般宴请亲朋却酿成七人中毒事件，海民夫妇竟为此自我惩罚，远走他乡。还有老冠远的孤寡与静默等等，都是凡间人生的小安稳。在绍永似乎早已哀莫大于心死的麻木中，最终发掘出人性的柔软处与人心的痛点：紧急送小侄子的三节小断指去医院。在广东打工的堂兄嫂把三岁儿子留给伯父看护，这位无伴玩耍的孤独侄儿因念想父母，直冲绍永喊“爸爸”的留守儿童被切猪菜机器截断了三指。至此，读者一定会追问，夜幕降临了，三枚断指是否为男孩续上？绍永在留守男孩比自己更为残酷的生命面前，是否从此振作？因为他们的生命息息相关。《南山寺香客》的摸骨师把“我”和几位“从来不烧香拜佛的俗人”介绍到南山寺，似乎突兀和错位，但“烦”人间，而守住人性底线，“我们总不能连狗都不如吧”，却正是他们共同的痛点与关联性，他们都希望自己活得开心一点，成为更好一点的人。男人与女人夫妇在南山寺自己伐木建屋，要去医院接回他们本已放弃的先天性脑积水的畸形婴儿，以尽父母之心之责。《龟龄老人邱一声》把李谦“我”误认为死去的独子阿牛，老人、张权、与阿牛有一点相像的李谦，以及全村乡邻间就在错位中游戏般演进人生，待一层层撕开真相：阿牛跳河自杀前，曾写遗书托父给张权，才有张权任何时候的守护。还有，老人的错位是为了让李谦给自己送葬，而自己去阴间追随儿子，早已决绝，并不需要别人帮助，老人说：“死也要靠自己。”至此，在与老人相处中成长的李谦“披麻戴孝，走在送葬队伍的前头”，以儿子的名义。《人间消息》季天冬与唐叔那条隐隐约约的父子线索，却昭示了人间消息与理想精神的错位，而纯粹执着的精神追求始终若隐若现并渐次坚挺，这个意蕴丰富的短篇节制内敛，却极具批判性，与全书各个故事一样，人们的善意与精神性是所有错位的终点，也是人世终究值得一过的亮光，这是人性的底色，也是李约热寻找的真正的人间消息。

也就是说，李约热在审美上变得更贴近日常，他有意识地使笔下的人物自己变得更好，世界变得更好，更能予人以启示。哪怕苦难面前，把人性的坚韧推到极致，在独立而沉默的巨大求生面前，寻求一种最日常最民间的生，或说人活下去的最基本的人生安稳，像海民美雪绍永们。李约热挖掘出笔下人物沉默忧郁但热烈坚韧的灵魂，让人物方生方死，人世有些亮光；并为自己为他们寻找到与世界的关联性，既挽救了对世间失望孤傲的“我”，也挽救了绍永们从“小我”走进了人间，村庄、绍永和“我”，或者说，作者与人物一同成长，而文本自我也在不断的自我启蒙和生长反思中完善和成长。

至此，我们看到已深入乡村近两年的“第一书记”李约热，早已与乡村乡民同此凉热，其原本就质朴的精神立场与文学态度，更为真切真诚与悲情悲悯了。因为无数的乡民，与我关联。寻找人间光源，照亮生活，人们毕竟要活得更好，人也要变得更好。这再次印证了鲁迅先生“无尽的远方，无数的人们，都与我有关”，因为这既是李约热的生活，更是他的文学目的，写出自己生命与这个世界的休戚与共。

寻找自己的腔调

《人间消息》舒缓绵实的叙述中，一个无序的社会渐次打开，眼前一个个充满寓意与野草般的小说场域，洋溢着扎根田原市井的野性。一个个日常生活的各个层面，展示生活似曾相识的各个细节、人事、器物，步步深入，页页阅读，最终兴致盎然。《龟龄老人邱一声》质朴的乡村伦理，全村照顾这位年过九十的龟龄老人的吃喝拉撒，一天一户，无序被此事理顺得井然有序，从未断炊，即使出狱回村的阿明也乐此不疲，这便是古老淳朴民风与乡村伦理，而老人的生活也成为全村最平实的快乐。各色人物依次登场，乡间消息遍布野马镇，就连有抠门名声的蓝伏龙也期待正名，因为凡人的面子也是尊严，蓝伏龙希望：

> 董志国负责跟猪肉行里卖肉的和买肉的说；他老婆跟街头巷尾那些喜欢嚼舌头的女人们说；野马镇有一百个小孩，董志国的儿子是孩子王，从他嘴里传出去的话，就是小孩堆里的最高指示。这样一来，他抠门的名声就去掉了。

这样生动又熟悉的乡村日常构成了李约热的叙述腔调，以及文学世界。生的尊严，卑微的却也是巍峨的。李约热倾心地投入，活色生香地为我们打开与他相连的笔下人生，令我们如面如晤。

这个叙述声音多了平和，多了引而不发的内敛，多了同情之理解；尤其句式上较过去更为简洁节制，没有过多的动词和形容词；而人物的人性也更为丰富，更多层次、多样性，没有绝对的善也没有绝对的恶，善恶并存，灰色世界，或许才是这个世界的本色。他笔下人物无论是谁（哪怕阿明三兄弟）都向阳而生，或多或少都想自己变得更好一些，世界变得更好一些。这个凡人的平凡世界，有着真正的人间性。

李约热的人间是万千生动的，我就不时被他笔下人物的某些性情或禀赋或个性，所惊异所感动。如绍永的开口说话（《村庄、绍永和我》），充满直播感。

一直拒绝开口的绍永第一次跟“我”说话：“我们还能快点吗？我们还能快点吗？”“我没有回答。这时候，夜幕被灯光划破。那是野兽的眼神。”故事在文字爆裂后，从容打住。“我”击中了绍永人心的柔软处，以及与孩子的相连点，绍永血性的瞬间发光还是感动到我们。还有阿廖沙、夏如春（《情种阿廖沙》）的纯洁热烈，他们对爱与生的态度，包括拯救已被判死刑的夏如春的丈夫，显示人性的择善而生，弥足珍贵。

由此，我们感受到李约热对经典作家的致敬，而联想到陀思妥耶夫斯基笔下的阿廖沙（《卡拉马佐夫兄弟》），以及《罪与罚》的索尼拉、安德烈等令人难忘的人物形象。深陷罪与罚中的兄长伊凡，在似梦非梦与虚幻中的德米特里对话后告诉阿廖沙，德米特里管你叫“纯洁的小天使”，是鸽子，是六翼天使，是有狮子与太阳的星座。陀思妥耶夫斯基笔下的罪与罚的世界里，一直有纯洁热烈与浑浊俗世的人物对应，他们相生相应，相辅相成。那些“天使”般人物的灵魂深处，有对“人”的感情在，有担当在。天真的热诚，不可磨灭的对人的亲近、帮助、信任并期待。这也正是俄罗斯文学特有的生命暖色，包括托尔斯泰的《复活》。由此，我们看到经典作家对人事的一种深刻把握，他们清楚，与黑暗的厚重相比，所有的热忱和善良都是弱小、幼稚，甚至是可笑的，但伟大的俄罗斯作家们不会为此就减弱对这些人物的赞美，他们让我们觉得人物天真的同时，也让你感觉生的力量与温暖。如《人间消息》史学家唐叔、小陆的忧郁而坚韧的灵魂，《南山寺香客》李师的人性宽度，《美人风暴》为爱而自我奉献的舞美师，以及几十年照顾邱一声老人的张权等等，这些李约热过去作品没有的、全新的今天的人物形象，永远有一种对人的善良的信任、对新的美好事物的期望，一种像阿廖沙、夏如春那样热烈、天真、发自肺腑的爱的期望与天职守望，这种人性的暖色令人动心，同样也感动了原本看笑话的全村人，大家轮番到医院守护为了爱情喝农药的阿廖沙，作者如此写道：

> 啪！手上一朵黑色的残花，那是阿哩哩的血；啪！手上的血有点鲜艳，那是夏如春和我的血！啪！手上黏糊糊的，是阿

廖沙妈妈的血；啪！啪！啪！手上乱七八糟的血，那是给阿廖沙洗胃的医生和护士以及前来看热闹的野马镇人的血。他们虽然离开了，吸他们血的蚊子还在，它们给我逮着了。野马镇的蚊子真的太厉害了。

这分明是李约热的文字厉害，他示众蚊子血不仅区分阿廖沙陪护人的时间长短，并拿野马镇人示众。阿廖沙以死相逼，非娶有夫之妇夏如春不可。这为野马镇带来巨大的震动，中国民间从来就不缺围观者，何况“太平天国伤兵”后代的野马镇，他们喜欢超现实的存在。轻轻几笔，细节的鲜活与质感可感可触，这样富于想象力与画面感的描述，比比皆是。

又如《人间消息》里男人犹豫再三，刚把装着畸形婴儿的篮子弃在福利院门口，开车离开时：

不远处，狗的惨叫声传了过来……没想到打狗人的声音，这时和婴儿的哭声、狗惨叫的声音混杂，打狗人喊：“叫你吃孩子！叫你吃孩子！”男人赶紧推门跳下车，飞奔而去……

“冤枉那条流浪狗了，它闻出孩子身上有我的味道，咬住篮子，从福利院那里一瘸一拐地朝我们停车方向拉，是想把孩子带回给我们。被晚上游玩回来的两个中年人误成正在啃孩子的疯狗打死了。”男人说。

……“从那时起，我就下定决心，无论如何我们都要跟孩子在一起。”男人说。

我们总不能连条狗都不如吧。这是李大为心里想的，他没有说出来。

触目惊心，而父母之心，以及人性之脆弱与坚强跃然纸上，如此的描述，如面如晤的叙述声音，自然而然，存乎一心。此外，大量断句成段，简洁跳跃，承上启下，摆渡着人物从此岸到彼岸。还有大量的倒装句，如描写夏如春：“虽然羞涩，但不慌张，成熟女人的从容，她有。”如此等等，尽管不一定精准，但能使读者的阅读快感从开头一直持续到结尾。这便是文学的魅力，文学就是那个即使有逻辑谬误，也不会被责备的神奇的艺术存在。李约热有了自己叙事的腔调，而且这个腔调充满人道的磁性，弥足珍贵。因为，有太多的写作者写了大半辈子，都难有自己的叙述声音。

当然也有个别谬误令人疑惑，《二婚》里省城刘处长到大山县开会，为了说服临时抽来做接待的小学教师小红与省领导有轻度精神病的儿子结婚，单独向小红倾诉自己婚姻的不幸福也就罢了，而省领导之妻董阿姨第一次见小红，也倒豆子般诉说自己的身世，这似乎有悖生活常识与逻辑，也有悖于艺术的真实。《二婚》叙述的声音的草就，似乎与前八篇有些差异，估计这个小说不是近期的精心之作。由此，我们也看出，把自己的腔调反复琢磨反复推敲，仍然是李约热今后的课题。

总之，李约热以独特的写作经验发现了某种属于文学、属于地域、属于这个时代的奇妙张力。这种张力，一方面来自广西文学内部野气横生的艺术个性，另一方面来自李约热生活经验，他营造野马镇及驻村的“本土化”色彩与文学的时代性进行着某种隐秘的较量，奉献出属于自己，更属于这个时代的“人间消息”。这是一种可贵的文学能力，不潜心于生活深处的作家是难以发现和创造的。

《人间消息》初版于 2019 年 5 月，当下出版惯例一律需要吆喝，诸如新书发布会、分享会、读书会之类，这个夏天，害羞的李约热邀我陪读两场说他太紧张了，我也缺分身术只站了一次台。从来的拒绝到就范，再到从容，李约热经历到第五场便炼出境界，再现自己的腔调。分享会快结束时，他悄声说：我说几句吧。主持人的我答：当然。

“我记得，作家苏童说写作就是要寻找灯绳，然后拉亮灯的过程。我认为我的写作是没有灯绳的，只能靠自己在天花板上凿开一个洞，让光亮照下来。闲暇我会追一档综艺节目叫《乐队的夏天》。我认为，对于一个小说家来说，他的世界只有两个季节，冬季和夏季。冬季建房，储备过冬的衣物和食物，要有足够的木材和烧酒，还要有对付寒冷的智慧和勇气，这样才能熬到夏季。冬季漫长，夏季短暂。2019 年的夏天对我来说是‘文学的夏天’，我的夏天是在座各位给的。”李约热平和淡定却又深情款款。要知道，我与他同事十五年几乎没见过他发过几次言。说得太好了，深得我心，虽然我不知道他如何做到的。我只能立马学舌道：让我们记住这个文学的夏天。

原载《中国当代文学研究》2019 年第 5 期，
原题“以自己的腔调，书写人间消息——李约热近期作品读札”

向阳而生：城乡现实中的女性之光

“窗外渐渐临近正午的阳光”，孤立无援的门菇在宾馆开房等候十八岁的吴培源——她丈夫老方情人的儿子，为了自己难为人言的屈辱，她要为新新人类吴培源过十八岁生日，而老方及孩子的母亲并不知这有着因果的复仇行动；门菇唯一的朋友与同乡、敢作敢为的劳萍，因对生活失望而拒绝怀孕私自堕胎，被城里的婆家赶出家门，孤立无援的她要坐正午的火车，重返老主顾家当保姆，尽管前路未卜，她坚定地趋光而行。陶丽群的新作《正午》结尾，为我们勾勒的这幅比对殴暴力更暴力的冷漠暴力和生活常态，在南方正午阳光的照射下，触目惊心，又辛酸难言。

另一个正午，火车汽笛响了，小镇前执法官威尔一个人在街道上行动。因为在卸任与新婚的当天，小镇即将被卷入一场血腥仇杀，准备蜜月旅行的威尔执意留下，并在镇上寻找帮手，但所有人都退避撇清，新婚妻子也不支持威尔的坚守。同样，英雄威尔也是在孤立无援之下拿起自己的枪战斗，保卫自己及其小镇安危。这是半个世纪前获得奥斯卡奖的美国西部片《正午》，孤胆英雄英勇悲壮。

两部《正午》，都不同程度地让复杂人性暴露在正午灼人的光线下。只是陶丽群少了威尔在西部片的紧张感与强烈的视觉冲击力，而是在琐碎的日常生活中，内蕴波澜，静水深流。尽管，陶丽群的《正午》阳光是隔窗照射的，哑光下的矛盾冲突是少些犀利与尖锐，但是人物对生活的无声抗争，向阳而生的意志却有着威尔的坚定。我没料到，少言寡语的陶丽群会写出《正午》这么具有文学冲击力的作品，有如此不凡的反思与表达性别意识的能力。

女性的生命，总是向暖而生，向阳而长，向善而行。

与陶丽群见面不多，都是会场或饭桌。在仅有的几次喧闹的场域里，最安静的一角肯定就是她的方向；我读过她大部分作品，知道这个文静女孩内里是热切的，常常以简单写复杂，以平静写热烈。因为她的文字沉潜的是人间的温暖与善意：对土地的痴迷、对笔下人物的善解、对女性宿命的感伤，使她细致而款款深情的笔触，有着强大的女性的声音，有一种化人的力量与文学的张力，尤其她早期作品对生于斯长于斯的乡村的深情与郑重，近期对笔下女性的反思与表达，包括母亲形象的自主与宽阔，乃至受制于传统又压制后来者的女性宿命，既充满着撕裂感与批判精神，又充满女性的悲情，更具反思性别意识的能力。由此，我知道丽群那份庄重与虔诚，乃至今日的决绝是独特的，她是要做自己的神，我喜欢并感佩这样的女性同行。

是的，陶丽群的写作一直站在女性的角度与立场，书写日常生活中关于人类的时代精神困境，尤其反思当下城乡融合发展中女性的生存困境，且日显突围的精神力量。十年前陶丽群写了诸如《漫山遍野的秋天》《一夜荷塘》等系列对土地收种的欢欣，对土地的深情，对乡土女性的同情与忧伤，平实温暖而款款深情。她以女性的情怀，一遍遍地抒写乡民对艰难人世中爱的渴望，平凡而卑微，温暖而悲哀。《漫山遍野的秋天》里侏儒三彩、残疾天发和傻瓜芭蕉间的相互取暖，以及《一夜荷塘》乡邻的恩怨与和解等等，既直抵人心，融化艰辛，又超越有关生与死的形而上学说教，那种简洁清纯的大悲喜和大庄重，令人心动。

近几年，丽群放慢书写的脚步，等到了自己的思考，尤其经过鲁院的学习，很有些脱胎换骨般的灵魂裂变与视野拓展。于是，陶丽群净色的笔墨，深入女性感伤的宿命黑洞，探究城乡现实中的女性的命运，挖掘女人世界那不见血的厮杀，尤其对母女关系的探索，涂抹出自己的一地忧思与抗争，那份自省与批判，在细腻入微的日常生活中，真实真切得让人生与世界变得更有重量。

这份重量更多来自陶丽群写了一群逐渐走向独立的乡村女性，尽管难以抵达作为人的真正独立，但陶丽群从个人命运出发，走向书写女性乃至人类的共同命运与思索。在深度贫困的穷乡僻壤，“女性以及土地”是时世艰难的母题。不少母亲，有着被拐卖而来的前世，儿女与父母，新家与乡愁，持家与出走成为人生的悖论，许多家庭缺少信任，乃至相爱又相残，相亲又相斥，这是野草般生存的懦弱常态。如何去表达在亲情互动中所产生的被忽略、被遮蔽的特殊性，陶丽群荣获全国少数民族优秀作品“骏马”奖的中篇小说《母亲的岛》中做了较有意义的探索，如果说《母亲的岛》塑造的是一个出走的母亲的形象，获得2017年《民族文学》年度奖的《打开一扇窗子》，以及《白》又有一种更加深入的形式开掘，前者讲述的是一对沉陷在隔阂与冷漠三十年之久的母女和解的故事，是母女的相互救赎与自我救赎；后者则满怀同情和善意地描述母亲拉丽的痛苦粗暴以及女儿上善的冰冷情状，那种坚硬的亲情，以及与生活争夺爱的能力，凸显了人世的艰难与人性的坚韧，尤其难为人言的辛酸在《正午》的不屈中，多了隐忍与抗争。

在当下乡村城镇化的进程中，乡村许多家庭争相与城里人联姻，企望使之成为改变命运的一条捷径，然而只管把儿女嫁到城里的父母，哪里知道儿女们在别人的城市里所受的屈辱，门菇与劳萍便是其中的委屈女儿。本来以为嫁入城里，有了自己的家园，有了幸福生活，岂料却是屈辱的开始，一如威尔的踌躇满志：卸任，即将结婚，要过新生活了，转身却将被卷入一场血腥仇杀。劳萍门菇也想在别人的城市有自己的家，一个不愿成为传宗接代的工具，一个不堪被蔑视的冷暴力，日益累积的现实与理想的不平衡性，瞬间，两个《正午》双双进入紧张感。

所幸，门菇已不是2007年陶丽群处女作《一个夜晚》中的“我”了，村姑门菇被不问青红皂白的父母嫁去城里，面临同样的傲慢与偏见，同样的被蔑视与包“二奶”的屈辱，但门菇已吸取《一个夜晚》“我”的教训，因为“我”的决绝离婚与出走，最终被生活变成了妓女，她也不仅仅像《寻暖》中陆嫂子坚拒命运的安排，而是在劳萍的鼓励下从麻木的生活中觉醒，先是有意识弄清老方的冷暴力及其出轨，到无意识对老方进行报复，直至老方回归，前情（如果还有一点好感）却已无法挽回。彼此厮杀，互为因果。前方等待她的，永远是“娜拉出走以后怎么办”的难题。

这个命题永远无解，无望的门菇常常就会想到友女丑女劳萍，作者深情写道“假如这个大红大绿异常聪明又敢于斗智斗勇的劳萍是和老方在一起”，是否会好一点？隐忍无奈之中，企望外力帮助时，门菇第一个想到的是劳萍，希望能有所抗争有所独立。然而经济的不独立，没“有一间自己的房间”，门菇对幸福生活的追求，一直以一种懦弱的常态存在着也生长着，并在劳萍的影响下日益强化，最终争取到一次自己回娘家的机会，甚至可以平视丈夫老方了，危险的是她居然把目光伸向了情敌的高中生儿子，尽管她对吴培源友善，但其中的冒险只是冷暴力的轮回。是的：

> 劳萍确实长得不好看，但她身上有一股生机勃勃的活力，仿佛一团永远不会熄灭的火光，门菇甚至有时候会暗暗羡慕这个本性粗野然而充满活力的女人。然而一旦接触到生孩子的事情，这个女人壮实的身体里包裹的脆弱和自卑便暴露无遗。

“生孩子？怎么可能？”她怨恨道，“你不晓得给人当孩子多么辛苦，父母是这世界上最自私的人，至少我觉得我父母是这样的。”

作为家庭的牺牲者奉献者，劳萍始终抵抗着自己被忽略、被遮蔽的命运，始终得不到亲友应有的关爱与尊重，得不到作为一个有独立人格的个体的尊重，这份轻蔑或说规训来自社会，更来自至亲的家人。我为什么生在这么痛苦的地方，一如日本版电影《阿修罗》中的阿修罗般无解与悲愤，唯一能抵抗的就是她拒绝怀孕，因为她害怕万一生个像自己一样丑一样无助的女儿，重复自己的命运；诚如高僧教导阿修罗“你背负着痛苦之火，愤怒，悲伤，受伤，杀害，那是兽啊”，高僧的劝世说是“相互扶持着活下去，才是人啊”。也如阿修罗遇到美善的若狭，痛苦的劳萍找到唯一可以倾诉互慰的，便是在菜场发现的“我”，即“莫纳镇那一带的人”门菇。劳萍能从买菜细节发现乡亲，思乡之情多么热切，但她更为自己无助的命运而痛苦，她痛恨只把她当摇钱树而丝毫不关心她冷暖的家人，她要抵抗命运与外部的挤压，就如路过家门也不入，就如受婆婆欺负，就通过打她独眼丈夫而令婆婆停止对她的欺负。最终以她可怜而自私的流产反抗命运，被离婚后，无法从亲友处寻得帮助，敢作敢为的劳萍无奈做出最后的决绝决定：独自再上路，她决然再去当保姆，在自己能支配的有限空间里，以自己的力量为自己推开另一扇门。劳萍在抗争中一步步迈向孤独深渊的过程，是众叛亲离时坚守自我的底线，是明知前路未卜，却依旧勇猛为自己谋自主。结尾，劳萍去车站独自远行与门菇正在宾馆为自己而战形成互文，即两人对自己面临的困境的反抗，追求自己相对自由的生活，欢欣又心酸，勇敢却粗暴，决然而极端，充满女性的悲情、无奈与自我救赎。我想，劳萍一如《寻暖》中被亲生父母卖掉的陆嫂子，也会终其一生寻找着家的温暖吧。

懦弱的门菇在劳萍的感染下，开始有了与坚硬的外部世界对抗的柔韧的力量，她终于鼓起勇气，试着向结婚五年都高高在上的城里丈夫老方说“不”，试着讨回个人尊严与行动自由。屈辱的五年，才有这微小的反抗，但显示出她有了走向自己的可能，显示出她的耐心毅力与生命力。探讨一个任何时代都会发生的女性生存的困境，那是一种比对殴暴力更暴力的冷漠暴力和懦弱常态。

这种常态还来自血亲，自己父兄尤其母亲，门菇、劳萍与出卖她们的父母的关系更多来自传统文化的陈因，包括与婆婆的相互蔑视。门菇、劳萍的女性生存与精神的困境，既是乡土中国父权夫权的传统观念的历史陈因，也是当下城乡发展不平衡性存在的普遍现象，作者直面现实，以及现实中的包括自己在内的城乡女性，有所思考，有所发现，企望她们有更好的发展，颇具当代性。

就这样，陶丽群在短短的篇幅里，写了两位父权夫权的附属性存在，在庸常中逐渐走向解放与独立的女性，一种作为人的个性独立。《正午》让门菇劳萍以微弱的一己之力阻止自己原有的生不如死的生命状态，阻止自己顺着世俗而无望之路滑向冰冷的深渊，争取可能更好一点的世界，寻找生活的出路，哪怕寻到一点亮光、一丝温暖，她们也要向阳生长。

为此，陶丽群为笔下的女性，不仅仅打开了一扇自我救赎的窗子，还撒下一抹阳光。希望正午的阳光，为劳萍门菇们照亮新的生活；当然，也可能是人生艰辛的再次重复，宁当住家保姆寄人篱下，也不认命不受婆婆刁难，这抹依稀光亮与南方正午的强光难免不形成强烈反差，令人唏嘘，顿生锐痛。

对劳萍门菇与命运抗争的艺术表达、质疑与反思，尤其对她们有些极端的抗争，都还有待于作者更为深厚开阔的表现，毕竟女性解放和个性独立是以两性和谐为终极目标的。但陶丽群近期的系列作品，这种以平静而冷峻的表达方式传递坚硬的亲情，以最诚恳的姿态去挖掘人性的深度，写人的尤其女性抗争命运的故事，进一步显示了陶丽群的女性悲情、文学创造力与文学理想，无疑，陶丽群是具有成长性和丰富性的作家。

电话里，劳萍告别说“十二点钟的车去深圳”。面对劳萍无奈的果敢与贴心的情谊，还在宾馆等候十八岁男生的门菇，缓缓站起来，女性的生命之光似乎也在与内心的复仇野兽战斗，自我救赎，向阳而生，使自己成为更好的人。

原载《湘江文艺》2019 年第 3 期，原题“向阳而生：城乡现实中的文性之光——陶立群近作《正午》及其他”

杂花满山，有海棠一株

多年前，看到诗人旧海棠的名字，便想，又一个李清照的红粉？如今，读到旧海棠的小说新作，竟真的就看到了绿肥红瘦、浓淡相宜了。小说以朴素天然的风姿，静静地掀开人性的裂口，幽微又有幽光，悲凉又有悲悯。

杂花满山，有海棠一株。

海棠静静的，于平缓如常的叙事中，绽放出小说的异质。她的故事简约通透，点点滴滴，散发出一种灵动而迷离的气息，既意味深长，又充满女性气质。我以为她是个对世界和人性的理解有深度和宽度的女作家，她以怀旧般舒缓的笔调写日常生活的故事，细致耐心，又沉静款款地发掘普通人的人性幽微和隐秘的深处，包括人性异变裂开的瞬间，向内撕裂与救赎，乃至阴阳相通的灵异。海棠自自然然地上天入地，让笔下的人物尤其女性，在人生失落后找回爱的能力和尊严，并在生活困难中自我救赎与成长。既充满宿命感和女性的悲情，又内蕴着决绝和上善，疼痛与隐忍。文本内外散发的沉静淡定，使之异于“80 后”的同行，令人惊奇。

海棠的故事都是小处切入，慢慢阔大。深入人间日常，充满烟火气息，但世故的生活，笔尖却不世故，人物更不世故。哪怕不干净的低微的人物，却都是洁净、有尊严的，她让笔下人物换一种角度，人生便又重新开始，回归日常。一位文静妇人的一次旅游散心，竟六次《遇见穆先生》（《收获》2013年第6期），一位同样独自散心的儒雅先生，并最终回归如常。独特在于有缘的遇见，皆没有这类饮食男女的流俗和苟且，故事一唱三叹始终引而不发，一条若隐若现的灵魂相融的人性清流，贯穿始终。叙事通透灵性，纯净温暖，迷离唯美。假如说这个故事显见海棠的出世心境与诗人前身，到了《收获》2014年的“青年作家专号”上的《刘琳》、《人民文学》2015年第10期的《团结巷》，以及此时的《像没发生太多的记忆》《天黑以后》，便日益显示了作者较好的直面与还原现实生活的能力，尤其作为青年女作家难得的节制隐忍。当下许多从日常生活的角度切入现实的写作，很难有一种更宏大的把握历史的能力，以及思想上缺乏创造力，多注重个人感受。但海棠居然可以透过小日常观照大时代，比如《刘琳》的命运，便是市场经济大潮中普通女工的命运，而《团结巷》相邻的两家少年更是与时代共生共长，《像没发生太多的记忆》的犯错农家少女秀，只能在伦理秩序的乡村中国与现代化交战中隐忍，体验越来愈痛的成长。而《天黑以后》则是城市化和物质化的当下，人们如何才可能从时代人性异变中找回家庭的幸福。《团结巷》里两家业已中年的邻居，一个个从少年失落的人生中找回爱的能力以及各自的人生，包括男女关系。相当世俗的故事，却在作者沉静款款、耐心节制的笔下有了脱俗的韵致，以及感伤与诗意（世俗不俗的诗意），充满人性的宽度和温度，一种相互理解和尊重基础上的凡人的高贵，十分难得。现今青年写作普遍缺乏对他人的关怀，对亲人、对社会更缺乏包容性，相当个人性，因而很难谈到人文担当与艺术担当。这份担当，并非要求宏大叙述，而是自身的修为与仁爱，就如海棠这种对所有凡人的心灵关照。如读女作家叶弥、魏微的小说，沉静款款，具有引而不发的通透感、欲说还休的迷人气息，乍看还以为作者人近中年，如此世事洞明，那份真切的细腻、隐忍和平静，仿佛在人间烟火中生出诗意，乃至虚空。令我惊讶，好奇追寻之下，方知这是海棠历经世事艰难的凤凰涅槃，造化诗人华丽转身为小说家海棠。把已有的诗歌经验转化为小说形态，并映照时代的灵魂与人性，并不容易。

《像没发生太多的记忆》《天黑以后》，海棠把这份诗歌经验，以及小说的宽度与温度的掌控就更为内敛了。《像没发生太多的记忆》以充满理解的同情之笔，描述了少女秀在困难中成长的故事。初二学生秀与一群逃学少男少女，在懵懂与“玄妙”中恋爱并怀孕了，哥哥失手打死了男生，为此，在家人一次次的嫌弃与利用下，被赶出家门的秀只能躲在侏儒姑姑家，生养女儿欢欢。在三十三岁时，似乎过完一辈子艰难人生之时，也一次次坚韧地完成了个人的内心成长，开始直面更艰难的未来。三十三岁的秀已经明白亲情与人世的无常，她的落魄与委屈、挣扎与坚韧、期待与失望、失落与成长，在饱满的细节里，既凄婉荒凉，又楚楚动人。

女孩秀犯了如此大错，其人生自然风波里往来。几千年的乡村中国的伦理秩序，孝道与亲情的双重软性压迫，女儿的牺牲自然永远以父兄为前提。秀的哥哥在秀的报答与委屈中，浪子回头过上城市生活；社会可不会轻易让浪女回头，哪怕秀以终生不嫁，哪怕为家里换取一次次利益，哪怕失去女儿，欢欢抽身离去扑向爷爷奶奶，即是年青一代对物质生活的选择，诸如此类的代价。秀只得回到同样被亲人遗弃的老姑姑身边，凄婉却也有所依。因为身有缺陷的侏儒姑姑，是她悲剧人生的唯一守护者，以及幽暗生活里那抹温暖的微光，卑微生命却熠熠发光。秀说“怎么不过又过了十来年，这世界就天翻地覆了，大不一样了呢?”这当然不可能“像没发生太多的记忆”，一笔笔血泪早已镌刻在秀已长大的心里，这质的变化，正在静水下湍流。于是，在发生太多的记忆面前，秀让自己站了起来，守护姑姑，一如当年姑姑守护被赶出家门的自己。她必须重新开始没有了女儿的生活，因为日子还得过下去。海棠静静地开放，秀与姑姑也在静静发光，这束微光，足以动人。好作品能让生命发光，好小说意味深长。

《天黑以后》是个追问家庭幸福以及灵魂依托的故事。通明的万家灯火里，演绎各家不同的窘境和问题，也是大经济时代里人的问题。六岁的鹤舞喜欢天黑，因为她与天下孩童一样，习惯伴着童话入睡。“童话里的故事总在天黑以后展开。她今天已经是六岁的大姑娘了，她觉得她突然懂了什么是童话，就是天亮了有些人就没有了”，海棠却反转告诉我们，恰恰是天黑以后，童话消失，真相立现，人性凸显，人生困顿。因为，小鹤舞睡着后，她不知道她为之骄傲的爸爸，会悄悄驱车回到机场的飞行员公寓，包括小伙伴佳佳的爸爸也要离开佳佳，她们亲爱的爸妈早已离婚，众人面前的幸福家庭只是“童话”，他们全是演员。孩童世界的两小无猜，成人世界虚伪势利的做作，两两相映与互文出各自的人生荒凉，海棠借着鹤舞妈妈的口幽幽地说“生活的难度也就在这里”。因为，生活不仅仅有豪宅锦衣玉食，还有灵魂依托，父母的貌合神离，自然关涉到鹤舞的来处与去路的，因为成长不仅止于完善生存，更在于完善心灵，时代对于幼儿鹤舞们、青年秀是残酷的，但她们只能在生活中与时代同生共长，现代家庭不堪一击。

当看到秀“除了得到一个生病的姑妈什么也没有。她竟然一无所有……像此刻打开门只见天下铺了一层白雪，世间万物全都消失了”。我看到秀身后的作者海棠，一脸痛惜；当看到不知自己是试管婴儿的鹤舞，执着地与小朋友争论“自己从哪里来”时，我隐隐看到鹤舞的头顶，还是海棠痛惜的脸，充满女性的悲情。这种女性的气质，不仅来自于血脉，还来自于作者对女性命运关注的自觉，对笔下女性充满理解的同情，自然她笔下的女性就比男性更为坚韧。即便淡妆穆先生，也是为浓抹小艾；写陈仲鸿，是为了衬托刘琳；团结巷的众兄弟姐妹与发小，也是大姐王敏的背景与来路；而秀与姑姑、鹤舞妈就更是庞大的社会的时代车轮碾压下隐忍的女性，这与阶层地位无关。只是《天黑以后》，海棠对人性的理解更为宽厚，她与笔下人物表现出和解互动与同情之理解。在此她不止于对迫使王敏、刘琳、秀等沦陷困境的男权社会进行拷问，更多地对鹤舞及其小伙伴父母们各自的人性幽微、裂变的瞬间进行精确的描述，并充满女性悲情和自省。是的，沉于炒房置业的鹤舞妈，早已疏于与丈夫的灵魂沟通，而长期任飞行员工作的丈夫，只想扎在大地过实在平凡的家居生活，两两错位，自然两两疏远，孩子鹤舞变成了“天黑以后”的孤儿。为此，向内的撕裂与救赎，既显示了小说的宽度，也因笔触探寻到两性各自更隐秘的人性深处，而直抵了世界与人性的本质，以及人性的深度。为此，秀、鹤舞妈妈们才可能完成治愈性的心灵疗伤与自我救赎，并找回重新人生的能力。

是的，日子依旧要过下去。为此，不能不说年轻的海棠有较好的还原生活的能力，这当然来自生活的历练，十几年艰辛的流水线女工生涯，尤其亦母亦师的姐姐的早逝，使之较同代人多了一份终极关怀，有信有敬畏心，更有对生命的尊重。于是，她的小说独有一份打量生活空洞的疼痛感，进而追问如何才能将其填补？于是，有了陈仲鸿（《刘琳》）通过“我”证明死去刘琳的存在，并让“我”与其亡魂对话；有第六次《遇见穆先生》时，幻化出穆先生家族的前史；有《万家灯火》（《山花》2014 年第 9 期）的老蔡，为唤回援非逾期不归的儿子的圆寂，世事洞明的她以死融化儿子媳妇的隔膜，使其回归家庭并重新生活；有《团结巷》结尾寰宇的冤情；有泽松复原小昭的记忆，以《最大的星星借着你的双眼凝视着我》（《江南》2016 年第 1 期），来还原“我”弟弟小昭死去的真相，进而完成松泽的自我救赎；有透过《稠雾》（《上海文学》2015 年第 7 期）的火光，两位青年祭拜曾为他们植树的爷爷；还有暗线的秀的哥哥的最终出场，揭示了残酷生活挤压下，秀哥哥如何从情义“暖男”变成自私“直男癌”的；还有鹤舞姑姑的背景，等等。作者海棠感叹“一个人突然在这个世界上消失是一件残暴的事”，一如她亲爱的姐姐，所以，我们看到悲剧对作者海棠心灵的冲击：阴影，忆念，让死者回阳。于是，有终极情怀的海棠，热爱笔下所有人物，哪怕有不堪过往，她都给予理解的同情或同情的理解，如问题青年小妹玲玲、曾经的性工作者王敏、劳改释放人员寰宇、犯错的秀、疏于与丈夫灵肉沟通的鹤舞妈等等，都是有尊严、有与生活和解的努力，他们择善而生。一如秀三次面对父亲，父亲态度的冷与热，不也被秀从惶恐到从容化解了吗？因为秀明白，家人的态度都来自她是否有“利用价值”，还来自她道不明的维护男权重男轻女的乡村伦理，因而她只能“懂事”终生，还孤苦终生并无可奈何。于是，“她像从不曾离开过这个家一样，按住性子平平常常地跟母亲一起包了一顿饺子，吃完饭帮母亲洗了锅碗才走”。而鹤舞妈从激烈拒绝到君子协定和平离婚，这些生活中不可知的艰辛和自以为跨不过的坎，在生活重负下，作者海棠以人物的善意举重若轻一一化解了。是的，对于普通人，生活总得过下去，普通人自然有普通人释怀的智慧和善意，当然也有尊严，即生的尊严，哪怕卑微的，却也是需要尊重的。海棠深信这一点，并明了小说也要为笔中绝望的小人物寻求反抗生路的。

于是，海棠在小说里不仅缓缓地解构着自己熟知的生活恶相与刻薄、生命无常与悲剧，打通阴阳两界，意念与回阳，让人间圆融散发一抹暖意；而且她还耐心地掌控着叙述的节奏感，因为，当下太多密不透风的细节描写，既缺乏张力，又失却小说的节奏感。海棠多少悟到小说的虚实之道，时不时让笔下小人物停下脚步，看看风景。比如秀两次回家，乡村白天与夜晚不同的景色，衬托她不同的心境，等等。她以此重新填补和解构故事里的生活世相，并尽可能地不着痕迹，参透人生。于是，小说便有了些欲说还休的迷人气息，意味深长。

青年海棠已有些许惊艳，以其天然静好的风度，在杂花满山的文学林，估摸她不至于孤芳自赏，因为绿肥红瘦，海棠依旧。

原载《十月》2016 年第 5 期，原题“杂花满山，有海棠一株——读旧海棠作品记感”

回到人间

读着胡竹峰的锦绣文章、古雅文心有三个感受：一是惊艳，二是佩服，三想商榷。惊艳其实来自惊讶，我如何也料不到如此古意盎然、格调雅致、文字考究，仿佛老灵魂般的文章会出自三十五岁的青年之手，难以想象这些超越年龄的经验、智慧与学问，作者要经历多少人生才达到如此这般理解人世、书本与万物。我以为，自己可以叫他“胡员外”或“胡先生”，仿佛家拥藏书万贯，才高八斗，属于禀赋不凡的才子型作家（相对于勤奋成名的作家而言）。

二是佩服。胡竹峰的散文实践着他的艺术理想：写“中国文章”扬“审美传统”，并业已有了独特的大的气象，在文字、文体、美学三者都有独特的样貌，拥有自己叙述的声音与辨识度，这于一个“80 后”的写作者很不简单。因为，许多写作者写了大半辈子，都难有自己的叙述声音。

“中国文章”是分量很重的大词。我同意胡竹峰之说，“中国文章”是一个名词，是一个很泛的概念。但当今我们把文章的概念缩小了，尤其对于曾经代表“中国文章”的散文，如今不再正统，而变为以小说为大流很是不满。他想尽量还原“中国文章”的本来面目。为此，他以墨为字，写意于山川草木的精神、水墨的精神、自然的精神乃至手工的精神，并以此为“审美传统”，因为是这种古典精神造就了东方文学的传统审美。

于是，胡竹峰格物致知，笔下山川万物、一思一情皆有出处，他引经据典，他感受万物，他铺陈知识。甚至他的小品文，也如散文诗般绚丽雅致。满纸杂学的常识，激活了笔下的知识生态，是生趣，是生命力，那的确是个人天赋与修为的合力。然而，无论我们写到什么知识，文学都要回到人的世界，都须有人间性。

我们知道，汉代文章内涵极为宽阔，文学也是显学。司马迁言说文学家需“明天人分际，通古今之义，文章尔雅，训词深厚，恩施甚美”，如此的大方大气，犹如胡竹峰所言司马迁有亲近心，其实还有大境界，这些都来自人情世故，来自人的世界，而不拘于书斋。散文是自由自在的性情之文，文体和语言都可以开放，胡竹峰选择“中国文章”及其“审美传统”正大文脉，而风雅颂，不仅仅只能突出雅。

所以，想与才子胡竹峰商榷：他的散文很古雅高蹈，令我佩服，但我不感动。正是缺少了这种亲近心与人间性，少了韩少功《山南水北》遍地应答的生气勃勃，少了李修文《山河袈裟》人间情义。这需要作者如何调动自己对生活的洞悉与发现，转化成自己的叙述。散文写作与人间的关系，即是深入灵魂，写有情有义有美的文章散文，就是一面照妖镜，一个人的情怀学养胸襟以及文字功夫立见，绝无逃遁之处。

散文集《中国文章》大多如此，新近的《逍遥游》，纵横古今，很是逍遥。从庄子、《红楼梦》与纳兰、巴金、孙犁、三河水庐州情、《聊斋》、《儒林外史》、唐诗宋词、汪曾祺、刘墉刘石庵、大别山等一径上天入地游逍遥，最终“夕阳下，天地安然，一时宠辱皆忘”。很美，但长篇书页之下，可能少有读者有耐心能随作者飘忽的意识一径逍遥到文末。相比之下，《惜字亭下》则生动丰沛许多。如果作者能以钻探取矿与挖井见水的精神，写透一个意象，融汇今情今事，应该会更有情义，更为锦绣。

回到人的世界，回到今情今事。因此作者的修为及文学态度很重要，用文字诉说生命思想和性情，必须是生命带出的，也取决于你的文学态度。期待厘清现实和想象的关系，也就是实和梦、真和幻的关系，对生活的透彻观察多一个向度。与这个时代建立独特而有效的对话关系，一个作家生命的宽阔和对人的欢乐、痛苦、伤痛的感受力是至关重要的。期待竹峰向自己挑战，进行有难度的写作，能在想象的古雅生活里写出一个充满烟火地气、丰沛鲜活的大美世界。他才三十五岁，生命的躁动就是老灵魂也罩不住的，希望他唱出灵魂的歌。因为，人类灵魂响起歌声，大地便会盛开花朵。

原载《安徽文学》2020 年第 4 期，原题
“回到人间——关于胡竹峰散文一二”

历史缝隙间的家国情怀

赵本夫在我心目中是一个有独特审美追求、有思想和语言重量的作家，从《卖驴》《绝唱》《天下无贼》等优秀中短篇，再到“地母三部曲”（《黑蚂蚁蓝眼睛》《天地月亮地》《无土时代》），以及今年的《天漏邑》，一部部宏阔如歌的文学写作，昭示了作者赵本夫彪悍的小说书写、深切的家国情怀，以及透彻犀利的批判现实主义精神。他常常于历史缝隙间见奇崛，于民间民俗中现传奇，于凡间俗世成就不凡。《天漏邑》便是以双线交叉的叙述，虚构了一个在传说中历朝囚犯的流放地天漏村的历史与现实，成就了一段直面灵魂与生死的民族伟大抗战史，以自己对历史与现实的挖掘与发现，创造了一个灵异而坚硬的现代性寓言。这个寓言关乎天与地，家与国，世道、天道与人道，寄托与抒发了作者忧国忧民的家国情怀，以及深切的时代之忧，颇具思想穿透力与丰富的寓言性。

审美的独特性，源于赵本夫对民间文化的笔记钩沉。赵本夫特别善于把游离于历史之外的、已经遗失于四方乡野，以及时间黑洞之中的事、物与人挖掘出来，比如黄河古道、黄河决堤处、草儿洼、天漏处，以及刀客、浪人、盗贼、妓女、土匪等边缘人，挖掘这些生活在夹缝中的人，及他们失落在历史缝隙间那些自在而野气横生的故事。赵本夫剑走偏锋，赋予他们当下的意义，既重新勘探历史缝隙里的幽明，又重新发现世界，也重新认知我们的现实，重新审美。比如“地母三部曲”，对土地与人类生存的意义进行了独特的解读，无论是黄河决堤对沿岸大地及其民众的天灾人害，还是草儿洼的浪人们灾害当头的互助互爱，以及开始重建家园的人性裂变与劣顽自私，还是现代化进程中的《无土时代》，都倾注了赵本夫对土地信仰般的深厚感情，既有对野史主人公诸如女寨主柴姑的豪侠潇洒以及宽厚包容的赞美，更有对人性幽暗以及现实的批判；而到了《天漏邑》，赵本夫就紧紧抓住天漏处，以此切入谜一般的天漏村，既依循远古遗民部落和流放天谴之地的传说，又以此虚构了一个无论时代更迭、世事风云，依然有着自己生存逻辑、乡村伦理的一方净土乐园，既与世无争，又怀抱家国情怀，与外辱誓死作战，反法西斯英勇善战，正气浩然。这里也许无关时代更替，却关乎百姓日常，关乎古风伦常，关乎家仇国恨。那份世界藏污纳垢和生机勃勃，地母般包容的生命的力量，更是一如天漏处，也是一种信仰。是的，天也会漏的，即使女娲补过，她还是要留点空隙，透风漏气，电闪雷鸣，劝诫人类，人们不应违背自然规律、不要做昧良心的事情，包括战争，包括侵略者，也包括阳光与天漏，白昼与暗夜，分离与邂逅，争斗与和合，忠诚与背叛。因为“天下雷行，物与无妄”，天上炸雷（击人、击物的话），没有虚妄，更不会无缘无故。历史何尝不也是这样，只是长年失落在地母大地深处，失落在历史缝隙间，作者以笔直指人心，以史明鉴，历史与艺术在此地的双重视野，颇具深意。

于是，赵本夫对乡野万物饱含敬畏心，他的笔锋既有敬畏，更带着灵异和野气，凡是写世间古风、民俗、风情，人性本能、男女关系，山林迷莽、野地苍茫，甚至一些稗史野闻、奇人趣事，都是他作品最为生气勃勃、灵异飞扬的部分，常有精彩之笔，令人突然有所了悟；反之，凡是他引经据典，以及考古学研究时，就是文本有所游离与枯燥乏味之处。当然，这也许正是作者自证其精神源流之处，比如张炜的《你在高原》。我还是更喜欢他作品中这种野性飞扬的生机盎然，平实之间的异峰崛起，尤其乡间饶有情趣的鲜活故事，令人既忍俊不禁，又心怀敬畏，包括乡村淳朴的传统伦理和美好的人性本然，即使来此考察的大学历史系教授祢五常给上千万，也不愿献出天漏邑的“乍册”影印出版。村民对舒鸠国都城传说守护的庄重感，天漏村的自成方圆的独特包容性，如对“断袖”、妓女和土匪，对为生存的鸡鸣狗盗，以及对叛徒千张子的包容和人道，那种凡间藏污纳垢的自在生命、敬畏天道的虔诚原罪，以及直面生死的勇气，凡此种种天漏村的自有逻辑和伦理世道，在感动祢五常及其弟子的同时，同样也感动读者的我们。祢五常明白那既是天漏村民，也是凡间的我们，有天道、人道和世道，人间才会喜怒哀乐，生生不息。于是，天漏村既是作者发掘历史缝隙的空间迷城，也是时间的迷城，更是时代、命运与人性的迷城，颇具自省意识和寓言性。

本书另一个突出之处，即是作品成功塑造了一群令人难忘的鲜活的人物形象，使一个天漏村的小世界，创造出大时代、大悲凉与大庄重。这个小世界所有的人物都有各自的尊严，哪怕身份卑微，哪怕日常偶尔鸡鸣狗盗，比如妓女七女的有情有义，比如彭城百姓直面侵略者的英勇，当看到千张子每暗杀一个日寇，便有十个老人，十个壮年，十个二十个少年，一拨拨地迎面顶着日寇报复的枪眼，浩然长空。这里始终没有一句简单的口号与说教，有的是一个民族的正气勇武，前赴后继，英勇悲壮，立于天地间的抗日的民族形象，包括一（邑）山上六十年才出现的金戈铁马，厮杀声声，这远古的保家卫国的血性呼唤，正气凛然，令人肃然起敬，颇具仪式感，颇为庄严。

其中最为饱满的形象应是宋源与千张子，他俩的关系，始终是性格的必然。因为千张子从小就是非常敬佩、崇拜，甚至是爱宋源的，宋源对他既瞧不起，认为他没有血性，又不能不佩服他的机警。千张子第一次找七女是要证明给宋源看，他也会行丈夫之事。这对惺惺相惜的英雄搭档，既是兄弟、知己又是对手。千张子从英雄而变节再英雄的人生历程，不能不说是对文学传统的叛徒形象的一种丰富；千张子叛变的污点，功过是非纠结成麻，尤其千张子怕疼变节求解脱而复仇的人性裂变，呈现了历史与人物的复杂性。如果说赵本夫把千张子是写成好人的坏，那日本人木村去勒死老同学檀县长帮她早解脱，以及土匪出身的警备司令侯本太帮民众解围，冒险安葬檀县长，便是坏人的好。我认为赵本夫对好人的坏和坏人的好，是有独特洞察和体验的，所以他能把人性写得幽明闪烁、饱满真切，颇为独特。

还值得一提的是，小说双线结构的另一条现实书写的两位史学大家，一是历经百年历史而敬畏修隐的柳先生，再者为现世北京学者祢五常，两位学者不同年代的考察，二者相生相应，儒道精神也相映成趣，既形象传达了作者“小隐隐于野，中隐隐于市，大隐隐于朝”的智性哲思，以及直面现实的家国情怀，还表现了作者不止于对天漏村历史的书写和现实喟叹，而更着眼于对现实的细致描述与批判。尤其作品的主要人物，无论英雄、隐者，还是学生、敌人，都有着各自的现实归途，我们看着他们如何扑面而来，也看着他们一一谢幕。在这个意义上，赵本夫的写作对 80 年代“新历史小说”就有新的超越。

应该说在这个喧嚣荒诞的时代背景中，直面当下现实、当下中国乡土的困境。作家怎样面对时代，理解现实，想象历史，我想，赵本夫以自己的创作方法和世界观，给出了一个独特的解答。

原载《中国艺术报》2017 年 7 月 28 日，原题“历史缝隙间的家国情怀——读赵本夫的长篇新著《天漏邑》”

写鸟界，更是写人类

在拙文《野气横生的南方写作》，我提到作家精神原乡与地方性写作，他们“根扎原乡，心生情怀，通过各自的文本，凸显了‘地方性’对于文学空间的整体建构价值”，尤其新一代广西作家，如林白的北流、东西的桂西北、鬼子的瓦城、凡一平的上岭村、朱山坡的蛋镇、光盘的沱巴山等，他们直面故乡文化内部的现实，尤其底层疼痛的人生命运，呈现出较为明显的个人印记和南方写作的审美风格，并成为当代中国一个独特的文学存在。

瑶族作家光盘近十年更是凸显这种文学自觉，他书写文学原乡的城（桂城，有时是瓦城）乡（沱巴）在社会巨变中的人心之变，彰显着奇崛荒诞的文学个性，《民族文学》新作便是其一。本部作品也可称为“《傍晚的告别》外四章”，是光盘以人间里的鸟界为内容的五个短篇小说，讲述了五个城乡融合进程中关于鸟的故事，捕鸟养鸟斗鸟等等，试图以鸟界观照人间现实，在写实中融入奇幻，开掘梦境、自然万物生灵、民间传说、民俗风物等元素，探秘瓦城与沱巴乡人的心理，社会巨变中人性的幽明和瞬间的裂变，及其生命的卑微与坚韧。作者把人物的命运交织于城乡融合的现实、南方自然与寓言传说的图景中，打通现实与非现实、人间与鸟界、地方与世界、形而下与形而上的叙述能力，生猛奇异、蓬蓬勃勃，既穿透世道人心，又获得文本内在的审美关系。小说人物各自成章，又精神相通，互文见义。

五个短篇，写鸟界，更是写人类。《鸟抬轿》是个解梦寻根的故事。瓦城六十余岁的沱巴人芥川做了个被鸟抬轿的梦。“他睡在长方形轿子里，四只鸟展翅抬着。前后左右是他的亲友，他们吹吹打打，欢歌笑语。”当经过家乡“沱巴山区上空，他周身聚集许多不同类型的鸟，它们像刚才的亲友一样欢快地叫着，像护送又像迎接”。百思不解中，他回到“神秘而怪异，流传许多待解之谜”的瑶寨沱巴山区，恳求师公巴漠解梦，他在师公指认生梦之地挖梦，在暴雨中无法从墓道般的梦坑爬出，他穿越梦境，历经荒诞。久居城里的芥川终于认清了自己潜伏内心深处的茫然和隐秘创伤，及其要叶落归根的梦想，光盘以鸟抬轿子的荒诞性，揭示城乡融合中人心之变与人性之光。

如果说首篇群鸟只是为主人公抬轿，《鸟从下游来》谱写的可谓鸟界的情义篇。特大暴雨的沱巴，全镇的斗鸟冠军杜尚荀的英武斗鸟，不同寻常地从下游的家呼啸而来，斗鸟亚军老德误解前来为主人疯狂呼救的义鸟，反为这只著名斗鸟的到来而狂喜不已，怀着侥幸之心贪为己有，并以其强健劲道炫技鸟界。洪水退后，真相瞬间唤醒了老德的人性，他放飞了义鸟，当他们夫妇来到被洪水冲垮不见人影的杜家，看到了残垣断壁上哀鸣的那只斗鸟。回想此前义鸟的狂叫呼啸和义无反顾的挣扎，原是它对主人的承诺。从此，这只义鸟的狂叫，就“一直停留在老德未来的白天黑夜里”，老德宣布永远退出斗鸟界，以此惩罚自己一时的贪念。人性鸟性的幽明与瞬间的裂变，在光盘的白描中，如日月经天江河行地般昭然，斗鸟舍身救主的义薄云天，充满了情深义重的精神魅力。小说南方风物生猛奇异，而叙事却节制内敛，颇具节奏，是这组小说的佳构。

同具悲情的还有《鸟投湖》，沱巴山区里湖村的开渔节三月三，捕鱼人刘社洲一天也打不到一条鱼，鱼们像消失了似的，不得已他只好到被村人代代视为吉祥之地且鱼肥水丰的野鸭湖捕鱼，却发现满湖的死鸟，上千只鸟集体投湖了。一时猜测谣言四起，并成为沱巴山区新的传说。里湖村人集体的疼痛，还在于“鸟界也许发生了大事，对人来说，并不是什么不祥之兆”。在这个“年轻人宁可在城里当叫花子也不愿回来当主人”的里湖村，没有信仰的老幼，在谣言中乱了方寸，六亲不认，相互失信伤害，恐慌如病毒自下而上无序蔓延，人类的脆弱与人心之变，发人深省。可贵的是刘社洲对村人的关照抚慰，才让恐慌的里湖村多了人世的亮光和人性的温暖。

同题小说《傍晚的告别》看似一个沱巴山区鸟界的江湖传说，却满是对人心不古的讥讽。借鸟行骗的不良巫师对当地一个著名的养鸟人说：“我从你家门口经过，无意中看到院子上空有不祥气团，特意进来告诉你，并帮你排除……你的鸟将在两个月后的第一天全部死掉，死于一场莫名的瘟疫。”于是，不信邪的聪明养鸟人，与巫师，与围观起哄的村人进行了一轮轮斗智斗勇，终因不胜其烦，尤其看客村人推波助澜的愚昧，为了保护自己珍爱的鸟，也不允许巫师的欺骗敲诈，在一个傍晚，养鸟人以死而后生的计谋，与自己心爱的鸟们做了一个悲壮的告别，放飞它们，并从此远离鸟界。小说对人性的揭示直逼世道人心，直抵生活本质，颇具思辨性。

《掉光羽毛的老鹰》则是一则寓言，一个鸟界农夫与蛇的故事。沱巴兽医不顾全村人反对，用心治愈了上门求治的掉光羽毛的老鹰，羽翼渐丰的老鹰逐渐恢复了肉食动物的本性，不仅自己常回兽医家叼食过去陪护它的鸡群，还呼朋唤友群叼众鸡，老鹰恩将仇报在残酷的大自然中生存下来了。光盘以兽医救治秃鹰的过程和病情一点点好转来层层推进故事，细致入微地揭示了鸟性与人性的丰富性。

五个故事，承载着光盘一如既往的充满寓言性和野草般的文学想象，他对人物命运的黑色幽默和含而不露的调侃，充满奇幻与荒诞色彩。如果说光盘此前作品的荒诞性更多在于故事的荒诞上，如《王痞子的欲望》荒诞是养大女儿来报恩；《英雄水雷》的水皮与雷加武，在纵火者与救火英雄荒诞地被社会指认的错位中，一路狂奔纠错反而错上加错，更加荒诞；《去吧，罗西》是通过宠物墓地，写人生的荒诞，等等。而鸟界系列则更注重鸟界与人间、动物性与人性互文中的荒诞感，以此揭示生活的荒诞性。光盘是用变形异样的文学目光揭示其间的生活荒诞，它们都生长着鸟的翅膀，有着辽阔飞翔的艺术视野，并着上光盘精心编织的荒诞、夸张、变形的外衣，野气横生地飞跃盘旋在光盘的沱巴山区，以及他钟情的充满野气的南方意象：高峰溪流，泥泞山道，湖泊森林，疯长的万物，溽热暴雨。荒诞使鸟欢快抬轿，使斗鸟有情有义，使鸟儿开口，使鸟上门求救，使群鸟以死抗争，使秃鹰恩将仇报；荒诞，还用鸟眼看人间，用沱巴镇“万宝地”生梦，用沱巴山区瓢泼暴雨、滔滔洪水演绎弱肉强食中人性的坚韧与辉光；荒诞还穿越沱巴山区瑶民的民俗和文化，开渔节、年度斗鸟赛等民间节庆，巫师、师公、神鬼巫术、佛事道场和鸟文化等等，塑造了一批有血有肉的个体的人物，或者说在荒诞不经中，令读者感受到南方异质性的风物习俗，更看到了人物、人性与人心，以及生活的本质，这便是烟火气息旺盛的人间，也是人类的普遍性。写鸟，更为的是写人，表面荒诞，内在的探索和追问却直抵人的灵魂深处，在叩问呼唤着人性。一如不良巫师谶语的夸张，巫师自夸己善为养鸟人消灾，还荒诞地获得愚昧的村人推波助澜，巫师深知并利用了人间看客的恶声；而被外部庸众围困的养鸟人，其实是在弘扬人性的正直和善意，二者殊途且不同归。如此在荒诞中犀利追问人性的，还有《掉光羽毛的老鹰》，我们每一个人都可能是兽医，因为人性本善；我们也可能是反对医治的村人，因为明白人都知道老鹰抓小鸡的本性；而同时，我们也可能是老鹰，因为生存，要活下去。光盘用拟人化的变形手法，生动描述了老鹰与兽医的一次次医患对话，在老鹰为了活着与找回自我的过程中，这个永远无解的残酷而矛盾的寓言，既荒诞又真切可感，并还原了生活的真相。尤其结尾，又一只掉光羽毛的老鹰哆哆啄门求医，兽医“我将它迎进家门/重复的故事由此开始”。这便是我们荒诞的生活，明知不可为而为之。于是，光盘的黑色幽默变得意味深长，野气横生。光盘就这样实践着他写鸟界，更是写人类的艺术构想，他笔下的生活也有了宽度、深度与力度。

想与光盘商榷的是，我对他语言的敏感性还略感遗憾。本篇小说的叙事虽显示了光盘新颖的叙述视角，粗粝鲜活和黑色幽默的语言个性，尤其叙事有质感，对生存借以黑色幽默和含而不露的调侃，令人会心会意，颇具文学张力。可惜这种有质感的叙述不够持久，不时出现间歇性疲软，比如他的小说大多开篇结尾叙述很有质感，但中间却不同程度拖沓，故事推进层次严谨老实到略显呆滞，也许这与他化学实验室的青春记忆相关。

但瑕不掩瑜，可以说在广西乃至全国，光盘都是一位富有创作激情和艺术理想的实力派作家，否则一个学化学的理工男，何以三十年坚持不懈，创造力不断，影响力精进。我参加过 2002 年夏在桂林召开的“青年作家光盘作品讨论会”、2015 年秋在北京举办的“广西后三剑客：田耳、朱山坡、光盘作品研讨会”，深知他作品独特的艺术样貌、荒诞的艺术手法、新奇的艺术视角、寓言的丰富性与深刻的批判力。总之，鸟界系列让我们顺着光盘的目光，从鸟界观察这个瞬息万变的鲜活世界，像他那样读出鸟界与人间的微小与强大，南方沱巴瑶山与人类的普遍意义。是的，光盘的叙述表面是江湖恩仇般的荒诞故事，潜伏着的却是普通人心灵深处的隐秘创伤、人间的悲凉，于是，他的小说散发着一种蓬勃的江湖草莽之气（李敬泽语），也张扬着沧桑的人间正道与人性微光，超越南方，沟通世界。

原载《民族文学》2020 年第 6 期，原题“写鸟界，更是写人类——关于光盘《傍晚的告别》”

为百年广西文学写真、审美与铭史

百年广西，豪杰辈出，风起云涌；百年广西文学，作家如林，繁花似锦。曾经的“南蛮”之地，曾经的沧海桑田，曾经的新文学先行者梁宗岱、胡明树、周钢鸣，曾经的桂林抗战文学，曾经开放进取的岭南现代文化，曾经的凤子、梁羽生、黄谷柳，曾经的《刘三姐》，曾经的韦其麟的《百鸟衣》、陆地的《美丽的南方》，曾经的李栋和王云高的《彩云归》、林白的《一个人的战争》、东西的《没有语言的生活》、鬼子的《被雨淋湿的河》，乃至今日的田耳、黄咏梅、凡一平、光盘、映川、朱山坡、李约热、陶丽群……凡此种种，浩浩汤汤，一一结集于广西师范大学黄伟林教授、刘铁群教授主持编著的《百年广西多民族文学大系（1919—2019)》（十八卷，广西师范大学出版社 2019 年 12 月版）。

这是百年之业，这是文学经典化的过程。记得两年前，伟林教授曾与我提过此构想并邀我同行。我惊喜道：您的学术野心够大啊，这是大事伟业，需要下功夫打磨。我一坐班族哪来时间，深知兹事体大，深怕拖累团队，便婉拒了。没料到，伟林教授带着他的团队做出来了。2018年以长篇小说、中篇小说、短篇小说、散文、诗歌、戏剧、史料七种文体分类分卷选编，每卷以作品发表时间为序，十年一小辑，而每部（篇）作品附录作家简介、作品信息、创作评论、作品点评、文学史评价、作者自述等多种信息，以洋洋七卷十二册《广西多民族文学经典(1958—2018)》(广西师范大学出版社 2018 年 11 月版)，为广西壮族自治区成立六十周年献礼。如今在此基础上他们又扩充到广西百年文学，以此致敬百年五四新文化运动，为共和国七十年大庆献礼，为一个个广西文学现象、文学个体，写真、审美、铭史，为百年广西文学经典化的工作，当可彪炳广西文化史册。

任何一个民族的文学都有文学根性与文学传统，作家从足下的土地出发，自然便有他的地域性，所谓一方人文的水土，这种地理的文学自觉，终会以其独特性与世界文学对话。广西十二个世居民族的文学创作，就是广西地域文化与民族族群文化交融的鲜明个案。一方面，南方少数民族文学有着繁复魔幻的文化传统，各族群间既有共性也有个性。在人文地理上，地处偏僻，北回归线横贯广西的生机与繁茂，加之大石山区的奇峰林立，特有的喀斯特地貌弥漫着一种野性和神秘感，生机与繁茂，想象与幻觉，同生共长，体现于作家的文本中便透出独特的边地文化的异质性；另一方面，两广同属岭南，而在中国近代以来的各个时间节点，岭南都以开放进取而独领风骚，正如评论家谢有顺概括“从康有为、梁启超、孙中山，到五四新文学，到四十年的改革开放，‘杀出一条血路来’的精神，就是现代文化。这是岭南文化对中国最大的贡献”。是的，现代文明较早在岭南生根发芽及至壮大，拥有自己的兼容并包和开放进取。诸如广西近代西江、珠江几大水道咽喉，进来，出去，世界被打开时便是开放，便有广西的新旧桂系，梁羽生的武侠小说、桂林抗战文化城，等等。凡此种种，便形成了广西百年文学多样性的审美表征：既植根于传统，又别于前辈多拘于传统生花的创作之路，各自创造了自己文学样貌的独特美感，或犀利劲道、野性先锋，或丰润深厚、灵动隐忍，或彰显民族特性、异质幻魅，既体现了文学作品的现实感与时代感，又实现了各自的美学建构，以及广阔的艺术多样性，成为中国文学别具一格的风景线。

纵观全书，《百年广西多民族文学大系（1919—2019）》较好地厘清百年广西的文学脉络，可以看到文学与时代同行的历史脉络，也可以看到各文体自身的发展与自我创造、自我更新。至少有三个特点：

一是代表性。选编的作家作品不少是经过时间淘洗的名家名篇，如《长篇小说卷》收入黄谷柳的《虾球传》、艾芜的《山野》、梁羽生的《萍踪侠影录》、陆地的《美丽的南方》、韦一凡的《劫波》、蓝怀昌的《波努河》、黄继树的《桂系演义》、林白的《一个人的战争》等；《中篇小说卷》选入司马文森的《南线》、华山的《鸡毛信》、东西的《没有语言的生活》、鬼子的《被雨淋湿的河》等；《短篇小说卷》中收入王鲁彦的《我们的喇叭》、白先勇的《玉卿嫂》《永远的尹雪艳》《谪仙记》《花桥荣记》、李英敏的《椰风蕉雨》、李栋和王云高的《彩云归》、陈建功的《迷乱的星空》《飘逝的花头巾》等；《散文卷》《诗歌卷》更是名家荟萃，有梁宗岱、王力、严杰人、胡明树、周钢鸣、林焕平、艾青、黄药眠、秦似、陆地（壮族）、阳太阳、彭燕郊、曾敏之（仫佬族）、李英敏（京族）、苗延秀（侗族）、莎红（壮族）、包玉堂（仫佬族）、韦其麟（壮族）、凌渡（壮族）等人的作品；《戏剧卷》选入欧阳予倩在桂林创作的《梁红玉》《桃花扇》《越打越肥》《忠王李秀成》《桂林夜话》、孟超的《被淘汰的人们》、陈迩东的《鬼》、集体创作的《刘三姐》、周民震的《甜蜜的事业》、梅帅元的《羽人梦》，还有张仁胜、常剑钧的《哪嗬咿嗬嗨》等，而有些新秀的作品还有待时间检验，但都属有审美个性的佳作，在一定程度上展示了广西有代表性作家的代表作。

二是广阔的文学史视野。百年人文广西杂花生树，能够在史与识的时空坐标中发现亮点并进行选编，既立足广西，又要有中国百年社会与文学的整体性胸怀，编者以对中国文学整体性的关怀，在宏观背景上进行选编，按文体分类，尽可能以具有代表性的作家作品、以翔实的史料还原百年广西文学。比如《史料卷》入选标准是广西作者以广西文学为研究对象的宏观性的评论文章，同时收入以桂林文坛为评说对象的纪实性文章，力求呈现文学历史的复杂纹理，而其中评论大家、广西百色人梁宗岱的《象征主义》《谈诗》《论崇高》《试论直觉与表现》等，既令我们领略到中国现代第一位象征主义诗学理论家的美学建树，又读到他对作家作品精准超凡的论述。此外，大系作为文学史写作的一种，还担负着史料的新发现与文学史的再审视，黄伟林教授的团队正是在文献的发掘、整理与研究，以及文献版本的汇校中，有不少可贵的新的发现。如《诗歌卷》对广西容县人欧查的新发现，这位就读复旦大学，留日归来的左联女诗人，不仅诗作脱俗，1933 年在上海还创办了《现代妇女》杂志，鲁迅曾书赠《酉午秋偶成》诗一首，在当时文坛颇有影响。《戏剧卷》中发掘出抗战桂林文化城的哈庸凡、朱门弦，及其对传统戏剧改良的贡献；大系还发现并找到广西戏剧老人莎色，这位值得书写又被长期遗忘的编剧，正是 1965 年总政话剧团公演的轰动一时的名剧《南方来信》的第一作者，时任广西话剧团演员。还有，他们还新发现广西文学先贤胡明树的多个笔名（徐善源、徐力衡）和新作，诸如种种。总之编著者在历史情景中重新发现与丰富了文学史的朴素描述，努力于文学的经典化，体现了编著者“史才、史学、史识、史德”的追求。当然面对百年史料，也难免遗珠。

三是文学的多样性。编者坚持既选编本土广西作家作品，又选入移居他乡乃至海外的桂籍作家，以及在广西生活工作三年以上的外乡人的文学创作，尤其抗战桂林文化城时期，既是艾芜、彭燕郊、骆宾基、司马文森等人一生中文学创作的黄金时期，又留下茅盾、巴金、艾青、端木蕻良、聂绀弩、骆宾基等人在桂林创作的优秀作品，可惜后面几位大家在桂林生活不足三年，而令选编者扼腕断臂。还有田汉、欧阳予倩、夏衍、熊佛西等人影响深远的戏剧。还有少小离家，或成名后远至他乡的梁羽生、白先勇、罗孚、陈建功、聂震宁、林白、杨克、陈谦等。编者还坚持吸纳不同创作风格的作品，无论少数民族文学的书写，还是现代主义文学，或现实主义或浪漫唯美或魔幻荒诞，等等。而文后还附录发表过的不同批评个性的相关评论，以显示丰繁而多元的艺术个性。这样大格局的选本，无疑为广西百年文学的经典选本，又是研究广西百年文学的一份珍贵的史料，颇具文献价值与学术意义。

与伟林教授互为诤友三十二年，他比我高明，内外兼修，永远以著名的微笑立于不败之地，这明显的精神印记，使他成为人气文学评论家。一是他谦谦君子的儒雅外表，总以诚恳与智慧的微笑示人，是位上善之君。评论家陈晓明评说他是个“俊逸生动的南方文人”，其做人作文完美地把“精明强干与闲散淡泊两种迥异气质结合一体”，使之批评自带文人格调。而且他的勤勉敬业，有口皆碑。二是，伟林教授的批评文字一如他所言：“有人的感情、人的才华、人的体验、人的格调、人的见识”，他实践着法朗士“文学批评是灵魂在作品中的探险”，追求王国维的“有人之境”。十年前他发表《有难度的批评》，如是论说我的文学批评是“有人之境”的批评。于我，既是鼓励也是共勉；于他，就有些惺惺相惜了。因为，我们的批评写作不约而同地追求学理与灵性，哲思与诗性；追求有“人气”的批评之境，不同一地，却殊途同归。

还值得一提的是，《百年广西多民族文学大系（1919—2019）》比《广西多民族文学经典（1958—2018）》更注意火候，也多了些打磨。我们知道学院远离文学现场，难以准确描述与表达文学现象，单靠搜索网络，结果是永远与真正的文学隔了一堵墙，《广西多民族文学经典（1958—2018）》多少带有这个欠缺。伟林教授照单全收了我这番意见，召集团队尽可能做了修订弥补，显示了一个优秀学者应有的情怀与风范，真正做到学问中有“人”、有“文”、有“精神”。

伟林教授是壮族子孙，他以一颗赤子之心，穿越百年广西的文学时空，以灵魂发掘真知灼见，一如他三十年坚持不懈深耕广西文学，如今又带领团队构筑《百年广西多民族文学大系》的人文境界，力求与广西百年历史同呼吸共命运，真正做到知人论世，知文著史，金针度人，实属不易。

伟林教授在大系总导言中深情写道：“从 1919 年到 2019 年，中国新文学经历了整整一百年的历程。广西曾经是新文学初期的化外之地，也曾经扮演抗战文化的前沿角色。从少数民族文学的书写，到现代主义文学的引进，广西文学与时俱进的步履逐渐从容……当我们回眸百年广西文学，也不妨将广西文学的繁荣之路比喻为长征。随着新文学又一个百年的开启，文学的至境也将成为文学桂军的胸中成竹。”

于是，便有了硕果《百年广西多民族文学大系（1919—2019）》。时值共和国七十周年大庆，大系成竹在胸地展示了百年广西文学的风貌，带着鲜明的历史踪迹、美学风格和经典化过程，便具有了纪念碑的意义。

原载《文艺报》2020 年 2 月 28 日，原题“为百年广西写真、审美与铭史——关于《百年广西多民族文学大系（1919—2019）》”

南方的文学想象

1955年，壮族诗人韦其麟以叙事长诗《百鸟衣》惊艳中国文坛。三年后的1958年，广西省改为广西壮族自治区，这对身处边地的广西文学产生了深远的影响。次年，壮族作家陆地以壮族文学史上第一部长篇小说《美丽的南方》，为国庆十周年献礼。从此，广西作家发表作品，常常以族别自称。壮、侗、苗、瑶、仫佬等十一个少数民族作家，往往得到特别的关注。而韦其麟最先成功地对广西的传统文化实现了现代性的转化和创造，为如何充分挖掘与表现民族独特的历史、文化传统、地域文化、文化信仰与风俗习惯做出创造性的艺术贡献，也为新中国的民族文学提供了新的经验。苏联文学批评家奇施科夫称赞韦其麟为"居住中国境内的少数民族中的天才的代表人物"（《李准和韦其麟》），七十年来他也一直以其高洁的为人和烂漫的诗意，成为广西文学的一个精神高度。

此后，沉潜二十年。广西的文学时空到了1979年，李栋、王云高合著的《彩云归》获全国短篇小说奖；20世纪80年代"百越境界"的寻根文学、"88新反思"；再到1996年底，文论期刊《南方文坛》改版崛起；1997年春，广西在全国较早实施作家签约制，推出文学新桂军；1998年，东西的中篇小说《没有语言的生活》获首届鲁迅文学奖；

2001年，仫佬族小说家鬼子以中篇小说《被雨淋湿的河》荣获第二届鲁迅文学奖；2014年，广西引进第四届鲁迅文学奖获得者田耳；2015年，移居北京的广西籍女作家林白的长篇小说《北去来辞》进入第九届茅盾文学奖前十；2018年，另一位移居杭州的广西籍女作家黄咏梅，以短篇小说《父亲的后视镜》荣获第七届鲁迅文学奖，而林白的同乡朱山坡，以短篇小说《推销员》也闯入第七届鲁迅文学奖前十。此外，以东西为代表的新一代广西作家的作品纷纷被改编影视作品，还被翻译为十数国文字，走向海外。还有王勇英的儿童文学创作，辛夷坞、余思、我本纯洁等人的网络文学，“80后”的小昌、“90后”祁十木的小说，凡此种种，引进来走出去，广西的文学天空异彩纷呈，尤其小说家们多样化的艺术探索，既植根于传统，又别于前辈多拘于传统生花的创作之路，各自创造了自己小说样貌的独特美感，或犀利劲道、野性先锋，或丰润深厚、灵动隐忍，既体现了文学作品的现实感与时代感，又实现了各自的美学建构，以及广阔的艺术多样性，成为中国文学别具一格的风景线。

广西文学集群性、总结性的研讨与成果，也陆续召开与面世。如《南方文坛》于1997年、2015年、2018年先后分别联合中国作协创研部、《文艺报》、广西作协以及复旦大学等单位，分别举办“东西、鬼子、李冯创作研讨会”，推出文学品牌“广西三剑客”，举办“广西后三剑客：田耳、朱山坡、光盘作品研讨会”“广西作家与当代文学研讨会”等等；同时，《广西少数民族文学研究丛书》《广西当代少数民族作家丛书》《广西当代作家丛书》《广西当代文艺理论家丛书》等纷纷出版，这些丛书构成了阶段性的文学史料，也是广西地域文化与十二个世居民族族群文化交融的鲜明个案。南方少数民族文学有着繁复魔幻的文化传统，各族群间既有共性也有个性，又地处偏僻，在北回归线上。于是，溽暑炎热，烈日洪水，寒冬冷雨，加之山林迷莽，生机与繁茂，想象与幻觉，同生共长，体现于作家的文本中便透出独特的边地文化的异质性，形成了文学多样性的审美表征，或野气横生，奇崛苍劲；或空蒙灵动，海天一色；心灵飞翔，杂花生树成就了文学南方的美丽，并以此传承文脉，沟通世界。

民族性与现代感：《百鸟衣》

“恨不得长上翅膀/像鹰一样飞/恨不得多生两条腿/像马一样奔。……未来过的地方/古卡来到了/要来的地方/古卡来到了。”他来到心爱的姑娘依娌被土司囚禁的地方，身穿百鸟衣的依娌一扫百日不笑的忧郁：“依娌笑又唱啊/像乌云要射出金光/像鲜艳的花朵开放了/像美丽的孔雀开屏了。”壮族青年古卡与土司斗智斗勇，救出依娌飞马奔向自由的远方：“飞了三日又三夜/马蹄一歇也不歇/飞过了九十九座山，不知道什么地方了/英勇的古卡啊/聪明的依娌啊/像一对凤凰/飞在天空里。//英勇的古卡啊/聪明的依娌啊/像天上两颗星星/永远在一起闪耀。”

这些绚丽飞扬的诗句选自长篇叙事诗《百鸟衣》，它首发于1955年6月《长江文艺》，随即《人民文学》《新华月报》转载，轰动一时，1959年人民文学出版社出版单行本，并被翻译多国文字，盛况空前。作者韦其麟年仅二十岁，彼时还是武汉大学二年级学生，他与此诗一同在新中国的文学天空熠熠生辉，这也是共和国以来广西最早具有全国影响乃至国际意义的作品，次年，二十一岁的壮族诗人韦其麟成为中国作家协会年轻的会员。

七十多年前，建构现代民族国家与民族民间文化的现代文学形态，成就了一时段民间文艺的巅峰，各民族民间文学作品的收集整理，成为一个时代的潮流，或出版或改编成歌舞剧、电影等各文艺样式，如广西的《刘三姐》、云南的《阿诗玛》等等，更有将民间文化推陈出新创造性转化创作出新的文学形式，如韦其麟的《百鸟衣》。“百鸟衣”是流传于南方桂北、桂南及黔南壮苗侗等少数民族的民间故事，情节大同小异，壮族后生和化身小鸟或公鸡的神女结为夫妻，土司或苗王万方胁迫抢走新娘，妻子让丈夫打鸟制作百鸟衣到官府救她，用计杀死穿上百鸟衣的恶王，自己当王。至今，壮族的传说故事里还保留了人鸟相婚配的情节，这是早期壮族先民——骆越人图腾祖先观念的发展和变异，所谓羽人。在桂南壮族地区，至今还流行鸟的舞蹈，如韦其麟家乡横县的斑鸠舞等。这些民族的民间文艺传说，体现出浓烈的传统文化的民族性，而已经接受现代文明、现代价值教育的大二学生韦其麟，既对自己民族有深刻的了解，饱含着浓厚的民族情感，又从时代和现实出发，融汇历史与现实，注入新中国现代青年的情感与审美自觉。尽管囿于阶级斗争的时代话语，使之多少着上泛政治化痕迹，诸如贫富对立，恶势力便是“土司”“狗腿子”等。可贵的是，韦其麟创作《百鸟衣》时的文学自觉，他张扬了主体性的尊严与人格，尤其对个人幸福和自由的追求，颇具现代感。作品虽以传说为叙事线索，并最大可能保留传说内核的朴素简洁，同时更多地融入自己对母族青年男女美好品性的赞美，并化为自己个人化的诗句抒写，删改部分情节，还为男女主人公取名为古卡、依娌，创造性地让他们双双逃离官府，骑马奔向“不知道什么地方”的远方，令人遐想。作者把传统民间故事中自己当王的结局，改为对自由的个人幸福的追求，从根本上树立人类为自己创造幸福生活的独立精神，使之主题精神从官府“庙堂”指向“江湖”人间，完成了把民间传说转化为文人创作，颇具文学想象力、诗性与张力，也充满人性的光辉与现代意识。由此，从民间故事传说到长篇叙事诗，韦其麟的创作超拔于当时盛行的民间文学，而成就为个人的文学创造。只是由于《百鸟衣》的影响广大，使其在近二十年不断被视为流传的民间叙事诗，不断被改编为舞台艺术，而忽视了韦其麟的著作权。对此，曾任广西文联主席、中国作协副主席的韦其麟，多次申明也无济于事，可见民间文化传播力之巨大。有论者称“这种将文人创作重新民间化的过程，恰恰说明了《百鸟衣》创作的成功和影响力”。这种传统生新花的作品，还包括韦其麟的《凤凰歌》《寻找太阳的母亲》，等等。

汪曾祺说：“中国当代文学含蕴着传统的文化，这才成为当代的中国文学。正如现代化的中国里面有古代的中国。如果只有现代化，没有古代中国，那么中国就不成其为中国。”在这个意义上，韦其麟对广西当代文学品质的奠定功不可没。

如此颇具传统的民族性与现代感的文学创作，还有贵州苗族作家伍略的《曼朵多曼笃》，广西仫佬族作家包玉堂的叙事长诗《虹》《歌坡小景》、苗族作家苗延秀的《大苗山交响曲》《带刺的玫瑰花》，云南彝族作家李乔的《欢笑的金沙江》、白族作家杨苏的《初春的早晨》、白族诗人晓雪的《大黑天神》，等等。而少数民族作家书写少数民族生活，逐渐成为近几十年广西文学的主流，在民族传统与现代性的文学想象中，陆地、韦其麟、包玉堂、周民震、蓝怀昌、潘琦、韦一凡、凌渡、冯艺、黄堃、黄佩华、黄伟林、包晓泉、陶丽群等少数民族作家直面严峻现实，怀抱理想，他们的作品以各自独特的审美特质，分别荣获了全国少数民族文学骏马奖。

民族集体记忆，是民族艺术的创造之源。韦其麟等一代文学前辈对民族文化的现代重塑，便是文学的自觉。以中篇小说《傩面》获得第七届鲁迅文学奖的贵州作家肖江虹，在近日“中国—东盟文学论坛”发言强调民族文化的异质性，并自省我们这一代作家站在前辈肩膀上并没有走得更远，他提出边地写作必须拥有世界眼光，才有超越前辈的可能。他数年田野考察傩戏，认为“唱词中包含了丰富的地区文明成就。民俗也能在某种程度上串起民族的漫长历史。但民俗落实到小说中只是一个符号化的体现，文学最终的落脚点还是人”。《傩面》就是通过最后一个傩面师秦安顺和返乡女子颜素容之间的故事，成功塑造了秦安顺这个民族文化的符号性人物。秦安顺作为雕刻傩戏面具的传人和傩村的引路灵童，在一直唱傩敬傩的过程中，为今人与先祖、生者与逝者之间搭建了一座灵魂往返的桥梁，而在城乡流动现代社会，最终他的离去，连同曾经的神具即各式傩面都被付之一炬。傩面的兴衰，为颓败的乡村文明与民俗传统唱了一曲悠长的挽歌，同时也为传统与现代达成了和解。《傩面》一如阿来的《蘑菇圈》，都是通过格物写人的世界。正如老斯炯离开机村对儿子胆巴说：“我老了我不心伤，只是我的蘑菇圈没有了。”时代的巨轮，同样也让肖江虹的傩面如蘑菇圈走上消亡的命运，但是人心何以在时代变化中向阳而生，则是作家面对时代，理解现实，想象历史的问题，也是作家的文学态度。

肖江虹对文学的虔敬态度，面对原始纯正的民俗化为元气充沛的书写，尤其主人公唱傩的描述款款深情，虔诚神性，丰饶宽阔，极为动人。作者张扬了主体性的人格和对自由的追求，以及现代工业革命与地区的原始民俗神权形成的冲撞之势，世界向前发展，秦安顺成为傩面时代最后的绝响。

民族文化的异质性，必须与人类文明融合，才可能走向世界。那么在把握民族话语，尤其民俗与现实的文化冲突时，我们不能简单地割裂民族话语与其他诸种话语的关系，而应把民族话语化为隐形，人类共性为显形话语，就能很好地阐释了南方民族文学之个性和共性的统一，因为在民族差异性与独特性中，探求人类所共有的普遍性才是边地文学的优势之所在，建立普世价值观，才可能既是民族的，也是世界的。

时代与想象：《美丽的南方》

“季节催人，转眼就要到清明了，白色的桐花铺满了一地，瓜田里开着星星点点的金花，草莓不声不响地在绿色的刺藤上呈现着它红宝石似的娇态，玉米一天比一天长高了，花生和甘蔗也长出了新叶，田野里披上嫩绿的春装，布谷鸟日夜催人，是农事正忙的时候了。

“村里的人，白天忙着农田的活路，夜晚紧张地开会、划阶级、没收地主财产；有的人还要抓紧清除残余土匪和进一步挖掘武器的工作。”

这幅美丽的南方春耕图，要不是紧接着读到后文，很难相信它发表于六十年前，这便是陆地先生《美丽的南方》（1959 年 5 月起连载于《红水河》（《广西文学》前身），作家出版社 1960 年 4 月版）的描述，随意翻开书页，万物春生的瑰丽想象，足够从容质朴，也足够鲜活动人，字里行间的细腻沉静，在今天遍地都是匆匆追赶情节故事的浮躁小说创作中，立显品质，实属珍贵，体现了陆地先生既为时代书写，更现人心的文学自觉。这份文学的自觉也体现在他的《故人》《瀑布》等小说中。

长篇小说《美丽的南方》是壮族文学史上第一部长篇小说，是陆地有感于 1951 年冬，作为土改中队副队长，与艾青、田汉、安娥、胡绳、阳太阳等人，会同清华、燕京大学的师生一起参与的南宁郊区土地改革运动，并历时五年一改再改创造而成。小说与《太阳照在桑干河上》《暴风骤雨》一并列为中国的土改小说，虽然陆地不如丁玲、周立波影响大，但同为延安鲁艺出身，也同样难免“主题先行”的问题，但《美丽的南方》却少了《太阳照在桑干河上》《暴风骤雨》中农民与地主之间的对立，不直接写斗争地主的场面，农民忆苦思甜的会议也最大限度减少，尤其不正面触及土改暴力，在广西剿匪的战争中也将土改运动中的暴力因素最大限度地弱化。陆地以最大的热情倾注笔端，抒写了韦廷忠等壮族农民干部的成长、参加土改的知识分子的思想改造、土改运动的发动过程等，而穿越故事之间的是人物的情感纠结与世道人心，还有广西独特的“翻天覆地的历史风云、淳厚善良的民族风情和美丽神奇的自然风光”，“在区域文学坐标上，陆地作为广西现当代文学奠基人……在国家文学坐标上，陆地的地位和影响也是毋庸置疑的。他抗日战争时期奔赴延安，解放战争时期转战东北，新中国成立后重返广西，在不同地域不同时期都留下了光辉的文学业绩。以今天的眼光看，某些作品虽然存在缺失和局限，但陆地在每一历史时期都给中国文坛提供了上乘之作，对于文学中国来说，这些作品属于昨天，也属于今天和明天”。（李鸿然《南方文坛》2010 年第 2 期）陆地也在首版后记里写道：“故事是过去了，其精神也许不失为一面镜子，从中窥见这一时代的步伐，帮助读者辨认思想的道路。”

当代广西文学的发轫之作，正是陆地的《美丽的南方》。2010 年，我曾约请民族文学研究名家李鸿然教授重新评论陆地与《美丽的南方》，杂志出来后，已在医院长住的陆地先生不断与我及友人肯定此文，不久，陆老先生便辞世了。

一个时期好的文学，应该是这个时期母语使用的优秀样本，是这个时期母语建设的大力推动者。《美丽的南方》，既成为中国的土改小说的一个范本，也开创了当代广西长篇小说的历史。于是，连续二十年间，李栋、王云高《彩云归》，李英敏《南岛风云》，武剑青《失去权利的将军》，蓝怀昌《波怒河》，黄继树《桂系演义》，韦一凡《劫波》……这些小说都在 80 年代前贡献出各自的文学想象，并获得一定的影响力。尤其，在《邕江》1979 年第 1 期发表的短篇小说《彩云归》，虽有主题先行之痕迹，但其领改革开放先锋，较早抒发了流落台湾的大陆人对故乡故土的款款深情，影响一时，小说很快被《人民文学》1979 年第 3 期转载，并获得全国第二届优秀短篇小说奖，成为文学广西的一个时代标识。

作家范稳常年在云南大地行走，生活在有二十五个少数民族的高原上，面对民族文化与历史呈现出五彩斑斓的色彩，心灵不免飞翔，他说："在云南，你向任何一个方向出发，都会发现一片民族文化的新大陆。"而现实中各种文化的传播远远超出了任何一个作家的想象，范稳献给五彩云南的是"藏地三部曲"，特别是《水乳大地》的粗粝坚硬、深厚辽阔。茨中村"建在牛皮上的教堂"与周遭多种宗教的相残相融，粗粝中见血见肉，更见挺立的风骨，见人类的精神操守，他的文学想象传达出一条重要的生存经验：尊重和包容对方，是一个有信仰的人最好的品质。尤其"对民族传统的坚守，对祖先的虔敬，对美好生活的向往，对信仰的虔诚，对大自然的热爱与敬畏，对爱情的执着和讴歌，对荣誉、责任、尊严等人类优秀品质的追求等等"。便是作家面对时代、理解现实、想象历史的方法论和世界观。

这份对时代的文学想象，对写过尖锐长篇《我是恶人》的壮族作家李约热而言，同样变得宽厚丰实，他还写过《李壮回家》《戈达尔活在我们中间》《青牛》《涂满油漆的村庄》等获过名刊大奖、有全国影响的中短篇。但近期他的新著《人间消息》的文学想象穿越了他原有的根据地"野马镇"，抵达此刻他当"第一书记"的驻村地，乃至大都市，更贴近生活日常，并把人性的坚韧推到极致，哪怕在苦难面前，他也要挖掘出人物深处忧郁但热烈坚韧的灵魂，让人物自己变得更好，人世有些亮光。特别可喜的是，在他塑造了系列新人物形象的同时，我以为他有了自己叙述的声音，可以用自己的腔调，去想象与讲述人间的消息。

还有"70后""80后"对时代的追问与想象，也显出文学的重量。比如近期开启了科幻文学想象的女作家杨映川，十多年前她的小说颇具先锋性，曾以《不能掉头》《我困了，我醒了》获年度人民文学奖、年度中国小说排行榜，如今转向寻求人物的自我救赎，如中篇小说《马拉松》对人心的解读就别有洞见，范记馄饨店老板范宝盛为寻找儿子进行马拉松式的自我救赎，很有想象力。而与映川同为百色人的陶丽群也颇有文学力量，她以净色的笔墨，深入女性感伤的宿命黑洞，探究边地城乡现实中的女性的命运，挖掘女人世界那不见血的厮杀，尤其对母女、夫妻关系的探索，涂抹出自己的一地忧思与抗争，只是杨映川精神上多些禅意与宽度，也更为成熟。陶丽群的《母亲的岛》（获“骏马奖”）、《打开一扇窗子》《白》《正午》都不同程度地书写一种坚硬的亲情，以及与生活争夺爱的能力，凸显了人世的艰难与人性的坚韧，尤其在难为人言的辛酸和不屈中，人的隐忍与抗争。那份自省与批判，在细腻入微的日常生活中，真实真切得让人生与世界变得更有重量。

可以说，年青一代作家已经以自己独特的写作经验，在前辈的肩膀上，重新发现了某种属于文学、属于地域、属于这个时代的奇妙想象与张力。

野性与先锋：《没有语言的生活》

> 王老炳和他的聋儿子王家宽在坡地上除草……看见一团黑色的东西向他扑来，当他意识到撞上了蜂巢的时候，他的头部、脸蛋以及颈部全被马蜂包围。他在疼痛中倒下，叫喊，在玉米地里滚动……呼喊王家宽的名字……王老炳的叫喊声像水上的波澜归于平静之后，王家宽刮草的声音显得越来越响亮。刮了好长一段时间，王家宽感到有点口渴，便丢下刮子朝他父亲走去。王家宽看见一大片肥壮的玉米被压断了，父亲王老炳仰天躺在被压断的玉米秆上，头部肿得像一个南瓜，瓜的表面光亮如镜照得见天上的太阳。

这是《没有语言的生活》的开篇。东西笔下生风，王家宽父子的刮草声混合着马蜂肆意袭人的嗡鸣巨响，瞬间揭示了盲父聋儿无法避免的人生艰难，以及语言也无法与世界沟通，更无法获得援救的无助与窘困，令人心悸，更具悲剧性。读后二十多年了，至今记忆犹新。底层生命的卑微与坚韧，人生错位新生的悲剧，一一催人直面现实与人性，无疑，我以为这是一部具有文学史意义的中篇小说。

东西的作品生长在野气横生的广西，充满着寓意和野草般的文学想象。2016 年初，我第一次把东西的长篇小说《耳光响亮》《后悔录》《篡改的命》称为“命运三部曲”。可以说这个三部曲将东西对于命运的不懈追问一以贯之，其决绝的批判现实主义创作风格，既坚定执着关注民间苦难的平民立场，又有紧密的内在逻辑形成井然密实的结构，棱角分明的主人公构成了个性鲜明的人物形象，命运诡异坎坷赋予小说的狠毒绝望与野气横生。比较独特的是东西有东西的幽默，那是一种含泪的笑或说一种凡间的快乐，使其小说里野地里生野地里长的人物充满荒诞感与艺术张力。同时，我认为最能体现东西的小说理念的，还是他的中短篇小说，这批小说往往内容也是形式，以小人物的艰难人生想象出巨大的文学寓言，显示出东西在形式上的极端追求和对情感的诚实坚持，颇具先锋性。《没有语言的生活》的叙述把失聪儿子、失明父亲和哑巴儿媳放在一个野气横生的文学场域，让盲人发问，哑人点头或摇头，聋人再把看到的说出来告诉盲人。这既是内容，更是形式。《反义词大楼》里所有正反与黑白的颠倒，《目光愈拉愈长》中刘井对儿子的牵挂，就被解构得愈彻底，诸如种种。东西长于处理想象与现实、肢体与语言、形而下与形而上、人性人心与时代精神症候的关系，使隐喻的寓言力量与文本的活力，穿心而过，充满艺术张力与批判性，直抵世道人心。像《没有语言的生活》那份手持解剖刀，刃刃见血骨的野性劲道，今天都是稀罕的，就是近期东西的小说都少有如此精细精彩的叙述。他很多的中短篇小说都有着出色奇崛的艺术想象力和决绝的现实批判精神，又相应着南中国山林的野性，使这脉陡峭的剑走偏锋的文风，一如八桂大地遍地的野生植物，散发出生猛奇异、蓬蓬勃勃的活力，并成为当代中国一个独有的文学存在。

鬼子也用极致的方式写作，简单犀利，奇崛荒诞。其代表作《被雨淋湿的河》始终都深潜着一部巨大的叙事推动力，碾压着陈村晓雷父子从不同的方向朝一个共同的悲惨命运呼啸而去，令人发指，悲怆悲催，一如干枯的河床也会吞噬苦难的老魂灵陈村；而晓雷畸形的悲愤与坚硬的抗争，也令人感慨不已，艰难人生的泪雨也能流成河，这份令人难以忘怀的文学力道，还凸显在他的《上午打瞌睡的女孩》等系列小说中。

东西、鬼子的文学想象，的确带有偏僻的南方一种偏僻的文学表达，野性又先锋。关于生与死，所谓“生生有德”也是南方作家钟情的母题。比如云南作家胡性能说“生是一门课程，死是一门课程”。这位饱有先锋精神的作家一直不断的艺术实验，诸如提出“向内转”“心灵现实主义”等等，他探索如何通过自我解剖来了解和想象他人，如何呈现人性内部的隐秘风景。他的《生死课》就试图通过小久父子的殡葬生活与命运，深入社会生存的底层空间，给我们讲述了普通百姓关于生与死的课题。作者把同情之理解深切注入每个人物，无论生，还是死，都赋予足够的尊重，使人物哪怕生命最后一程都走得有尊严，惟此，主人公小久作为人生摆渡者的形象得以鲜活动人，卑微而正大。小说结构紧致，描述富于质感，生动的细节里充盈着人性的温情，也弥漫着黯然与惆怅。

瑶族作家光盘的《去吧，罗西》，也是用心描述生与死这一课。患重病的单身女罗西，生与死都希望与宠物为伴，但经济发展与人心裂变，不仅侵略人的墓地，也腐蚀着宠物墓园，更侵蚀与宠物为伴的虚空的人类，使“我”无法完成对罗西的承诺。小说独辟蹊径，对人性的追问游刃有余而意味深长，而内里的人生荒诞性也体现在凡一平的《理发师》《非常审问》上。一样探讨生死一课，关注欲望下扭曲的人心、人性和人伦的，还有田耳的《一天》、李约热的《龟龄老人邱一声》、朱山坡的《与范宏大告别》《陪夜的女人》，等等。而朱山坡新著短篇小说集《蛋镇电影院》从少年南方小镇的记忆出发，十七个以蛋镇电影院为背景并相互关联的故事，充满了野性与荒诞、离奇与诗意。这几位广西作家的近期新作，在书写浮躁复杂的现实里，既展示了时代的大进程，又多了些沉潜的人类的尊严与情怀，这些书写现实小人物的沉默与梦想的小说，荒诞又先锋，是真也是幻，直面严峻的现实，但都洋溢着当下难得一见的理想主义色彩，是否是广西作家群体精神成熟的重要标志？

正如陈思和在“广西作家与当代文学”研究小辑的主持语所言：“广西地处西南边陲，是少数民族文学与汉民族文化共生地带，语言文化非常丰富，20世纪80年代以来，林白一代、东西一代壮年作家力作不断，李约热、朱山坡等青年作家平地崛起，陈谦等海外华文作家影响日新，文脉不断，枝繁叶茂，成为当代文坛一道奇观。”

原载《文艺报》2019年10月11日，原题“南方的文学想象——以广西及西南部分作品为坐标”

淡妆与浓抹

——关于浙江青年文学的一种描述

浙江自古以来崇文重教、耕读传家，涌现了巨量的鸿儒硕学。当代浙江的人文厚土与文学生态，也令人感叹。他们旺盛的文学创造力，以及对文学才华的尊重和及时肯定，持久而宽宁，强劲而阔达，尤其浙江作家创作时淡妆浓抹的出色功力，令人赞叹。这是一种生态，更是一种文脉与气象。

这个印象先来自现代文学史，翻开书卷，满目彪炳史册的浙籍文学大家：鲁迅、茅盾、徐志摩、郁达夫、戴望舒、艾青、夏衍……他们的等身著作，不仅繁茂了中国文学之林，也使浙江成为中国新文学的重镇。最真切的感受还来自 1998 年，我们刚参加完第五届茅盾文学奖初评，浙江评论家洪治纲便领着我与陕西评论家李星直奔杭州，参加首届浙江“青年文学之星”的颁奖会，而首届“文学之星”，正是今日浙江作协主席艾伟。当进入庄重辉煌的礼堂，我听说颁奖会由浙江文学院院长盛子潮先生主持，吃惊不小：文章精妙的子潮兄日常可是结巴的呀！治纲君说“等会儿，你看吧！”霎时，聚光灯亮起，平日常穿 T 恤、胡子拉碴、不衫不履的子潮兄，一袭西服领结登台，刮净胡子的脸庞明净发光，风度翩翩，绅士十足，重要的是激情飞扬的他吐字清晰，妙语连珠，言语连个顿都没有，疑为子潮的兄弟，此惊艳感至今叹奇，祈愿子潮兄在天堂继续盛装做金牌主持！“文学之星”如此华丽深情的评比居然坚持了二十二年，近日浙江作家协会又汇集成册为《文星雕龙》，书中已是二十二颗耀眼之星了。

近七年，浙江文学院又着力于发现和培养四十五岁以下青年作家的“新荷计划”，有四百多位“新荷”作家得以“盛放”。我有幸见证褒奖拔尖个体的“文学之星”，也参与过扶持群体的“新荷计划”，二者叠加，便有了邀约我写此文并附上浙江青年作家二十四人的名单：“70后”的东君、哲贵、海飞、黄咏梅、畀愚、斯继东、陈集益、雷默、张忌、吴文君、杨怡芬、杨方、陈莉莉、柳营、周如钢、叶炜；“80后”的徐衎、朱个、草白、祁媛、池上、张玲玲、赵挺、卢德坤，蔚为壮观，秾纤繁盛，摇曳生姿，气象万千。据不完全统计，浙江青年作家每年在《人民文学》《收获》等重要文学刊物发表作品就达一百一十多篇，从鲁迅文学奖、全国优秀儿童文学奖到茅盾文学新人奖，以及各种文学奖、排行榜、名刊年度奖，浙江青年作家是常客。这实在得益于良好的文学环境与磁场，使之自由地承接现代文学传统和地域文化特征，又自在地吸纳开放的世界现代文明。于是，二十四位青年作家的文学风格或体现吴越文化的传统，或带着原生地的文化胎记，或先锋，或大众，颇具现代性与探索性的特质，其强大而优良的整体实力，多元而独特的文学存在，再次令我惊艳。

这是一种文学自觉，浙江青年作家似乎并不担心“写什么”，他们思考的是“怎样写”。于是，多样化的艺术探索，既植根于传统，又勇于探索，寻找自己作品样貌的独特美感，从而实现多样化的艺术形式与审美意义。其中突出的是世情小说。我们知道中国文学的世情小说传统特别发达，以书写活色生香的世俗生活见长，所谓“极摹人情世态之歧，备写悲欢离合之致”。而在当下城乡融合的现代化进程中，从中国乡土小说的传统进入了现代都市写作，书写生活的日常包括日常的自己，以挖掘世俗小事里社会的变化以及人的变化，并承续接通传统小说与当代小说的艺术形式，已成为当下重要的文学现象。

这些世情小说当然是中国故事或浙江故事，这与一个作家的出身及生活经验有关。艾伟讲过“一个作家，如果生活在浙江，他的经验来自浙江，他不太可能去写一个东北故事。这一点无须刻意强求。好的故事，就像天然之物，正在某个地方等着一位好作家去捡回来”，并得以创造好的小说。而作家面对博大精深的吴越文化，文人气质既长于书写名士与乡绅文化，可居庙堂之高，更可处江湖之远，易得人间三昧。在这个意义上，长于捡回吴越文化好故事的东君、哲贵、斯继东、雷默等笔下人物的气度便是鲜活的写照，如哲贵《仙境》里迷醉“白素贞”的余展飞、《金乡》中的金钦治老师，斯继东《禁指》里抚琴的曾先生，雷默《大樟树下烹鲤鱼》的厨师，等等，这类飞扬吴越文化魂魄的人物，数东君笔下灵动丰沛。

艺术形式的探索是创作永远的课题，也是万变作家东君的艺术追求和文学自觉。在我心目中，江南才子东君是位富有想象力、勇于探索艺术形式、多才多艺的小说家，兼及诗歌散文戏剧。东君的作品常常令人耳目一新，早期创作如《人·狗·猫》《荒诞人》等带着西方现代派文学的影响，挖掘人生与人性的荒诞。近十年却开始执着于向传统文学和大众文化寻求资源与探索，如《子虚先生在乌有乡》《立鱼》《东先生小传》《听洪素手弹琴》《长生》等作品，可谓“述异记”，颇领明清世情小说之风，写“异人”“异事”，风格奇清。他单篇小说内在理路：解结——述异——出尘，它们推动小说情节发展，又寄寓了作家的情感与思想，让人在百转千回、蓦然回首之间若有所思，把心拨亮。小说通篇流溢着崇文重教、耕读传家、琴棋书画、药与酒及魏晋风度，其状写传统文人的风雅、清高、节气和风骨，无论他的洪素手弹琴、白大生没落文人的痴情、“梅竹双清阁”的苏教授，以及拳师的内心境界，一如评论家孟繁华所言“东君的小说有一股超拔脱俗之气”，如此清奇超拔，何止他笔下的人物，我们多少读出些作家自喻，或许还有言志。

由此可见，东君的写作隐喻诡奇，仙风道骨，又文脉贯通，不仅颇领六朝名士的情趣，明清世情小说，乃至《金瓶梅》的文脉，还领鲁迅文风，比如寓意深刻的《立鱼》，便是向《狂人日记》的致敬之作。又如戏仿小说《空山》，也可看作东君与大众文学的对话之作。《空山》以超凡的艺术想象力，讲述了一个弥漫吴越文化空灵诙诡的剑侠故事，东君植根文人传统，调动丰沛的想象力，挖掘传统小说文脉，生发叙述艺术新质，在浓郁的东方文人气息中，沉潜着一种古雅清奇的叙述气韵，淡妆浓抹，风神能见。

进行艺术形式多样化探索的还有哲贵，他长于书写了家乡温州信河街上的人们，在日常里写出真切而又有异质感的生命体验。他说“我要为看到的一草一木、一砖一瓦、一粒米、一滴水立传，也要为传说中的一个故事、一段童谣、一个创举、一次低吟立传”，他着相较多的是随着社会变动不居的温州商人。比如《卖酒人》在信河街的传奇，哲贵长于叙述的枝丫旁逸斜出，摇曳生姿又壮大根系，既平行又向内向深处挖掘人物与人性，小说双线叙述：一条是史可为与歌厅小妹琳儿的感情纠葛，另一条是史可为和三个推销葡萄酒的新疆姑娘的相识相知，而三个姑娘又是三种人生，最后抵达的是人物在坚执中的自我救赎。到了《图谱》《仙境》，哲贵更是把人物的执念推到极致。小说《仙境》显示了哲贵高远的艺术理想，在此，他不止于做毕飞宇的新版《青衣》，在同样贯穿人物对戏剧对角色痴迷的理想主义激情，以及吴越文化的精妙，同样跃动着飞扬的艺术精灵外，哲贵更注重多线条叙述，尤其人物故事的互文，余展飞父子、俞小茹和舒晓夏师徒，四个独特的人生故事，从而构建了一个有超强精神性和丰富阔大的艺术世界，显示了作者出色的艺术想象力和表现力。哲贵园林式的叙述，还体现在他近日出版的以温州金乡镇为书写内容的非虚构作品《金乡》，作者通过同一座位上的不同坐姿来描述主人公父子的个性差异，再次印证了哲贵独特的艺术结构能力。

斯继东同样是位长于表现城市世情与城市人精神状态的优秀作家，从 90 年代的《寻找家谱》到近年的《今夜无人入眠》《西凉》《白牙》《禁指》等，始终对形式、表达、美学形态有不俗的追求，他的创作既植根于文人传统，又洋溢着现代性和先锋意识。比如《禁指》的典雅，既是琴瑟和鸣、文化气韵，还是充满着生机的人间烟火，更是有所为、有所不为的精神守持。这篇饱满成熟的小说，一面是女主人公鲜活具体的充满着人间热腾腾的习常；一面是男主人大智如愚的超脱、雅致与守持，蕴藉着一种清雅沉静的江南名士气质。斯继东把大俗和大雅水乳交融地建构出《禁指》的小说样貌，显示了作者出色的艺术掌控力。尤其作者叙述有自己的腔调，沉静徐缓，外松内紧，无论小说的形式感，还是精神内核，自在而紧致，善意而慈悲。

斯继东外表言语犀利，内心柔软；他不衫不履，却内里守持。比如《今夜无人入眠》，写城市人的内心，甚至力比多的爆发，作者一直抑制着压着写，以守持为底线，箭在弦上，却一次次隐而不发。出人意外的结尾，充满着人间情义，内敛，饱满，显示了作者不凡的人性探寻、审美创造和艺术控制力。

雷默的小说也充满人间烟火，而烟火气里却散发道的精神，既贯通民间书斋，又高蹈于虚无，所谓大俗大雅。他斩获“文学之星”的短篇小说《信》，“我”与老人的书信会心，就不止于世俗的陪伴故事，而是致力在具体现实中挖掘境遇对人性的损伤与世态之歧，小说深处流淌一抹令人共情的哀感。这份摹写人情世态之歧的功力，还体现在《大樟树下烹鲤鱼》的故事，它带着民间传奇的色彩，却写活了一个厨师独特的生命与物哀的悲悯，叙述一波三折，人物之间精微细致，哀感静流。又如新近的短篇《密码》，通过一对大学毕业生情侣，从北方南下回到男方的家，猝不及防面对患有阿尔茨海默症的母亲，人物间失却了相契的心灵密码而黯然离去。雷默这种挖掘境遇对正常的人情与人性的损伤，以及由此引起的人物内心的迷茫和哀感，显示了作者独特的审美个性与出色的才情。

移居杭州的岭南作家黄咏梅也“极摹人情世态之歧”，她的作品深染岭南文化，一派静水深流。在她故乡梧州召开的“从鸳鸯江出发：黄咏梅作品研讨会”上，评论家吴义勤说“黄咏梅以对宽阔的生活面和芸芸众生有温度的描写，形成了自己鲜明的现实主义”。诗人出身的黄咏梅擅长中短篇创作，作为南方都市文学的天然叙述者，她有着真诚面对生活资源的根性自觉，她的南方故事着相更多的是都市市井，她始终以悲悯而温暖的目光注视市井的人物、市井的风俗，八卦的平凡的，深处是人性的幽明与人间的冷暖，贴心贴肺，又处处机锋闪烁，颇具共情。她细密的叙述针脚游走在平凡人灵魂与世俗生活间，在迷幻的城市生活中，敏感捕捉和展现现代都市凡人（尤其边缘人）的日常生活和精神流变，特别是女性的心灵之光，充满理解的同情和同情的理解。无论都市白领行走在《多宝路的风》中的陈乐宜、《勾肩搭背》的樊花，《文艺女青年杨念真》《小姨》，以及《契爷》的夏凌云、《献给克里斯蒂的一支歌》的克里斯蒂，还是只能出入豪华饭店《负一层》的女工阿甘们，挣扎在俗世中，却有人间温情或有所坚守的生命的尊严，叙述于不经意中，灵光闪烁，超凡脱俗，故事散发出一种既迷离，又充满人间烟火，更闪烁着守持的神光，甚至是可以《把梦想喂肥》，这是多么气象万千的人间想象。深切的俗世日常、精细舒展的南方故事和心灵书写，正是黄咏梅出类拔萃的地方，她赋予了生她养她的“岭南”新的文学意义。

她近期“猫元素”的小说，如《跑风》《给猫留门》叙述也相当醇厚动人。尤其喜欢后者小切口里的大世界，孙女雅雅与宠猫豆包的故事背后，俄罗斯套娃般藏着祖孙四代的人生，“猫”是叙事探照灯，照亮四代人的人生，照亮了老沈当年“命运的咽喉”的时刻，更照亮了老同学刘进乐突访的黑夜，历史的迷茫与荒谬扑面而来，小说顿时境界大开，真正的沉潜大气，静水深流。

可见，黄咏梅深得短篇小说的叙述之道，她的小说表面平实冲淡，鲜明的粤语活色生香地描述人间百相，一如飞机助跑，又如足球助攻，忽然转身一笔浓墨，就有了临门一脚，人物飞翔，小说境界顿开，艺术张力阔大。诚如《父亲的后视镜》获第七届鲁迅文学奖的授奖词：“映照着一个劳动者的路，也映照着时代的变迁。与共和国同龄的父亲平凡的一生，如凝练精警的诗篇，时有超拔壮阔的气象。其中贯彻的深长祝福，体现着宽厚有情的小说精神。”

而不同于城市的世情书写，作家海飞以浓烈的笔墨，承接着麦家的智性写作和刀光剑影的谍战影视，又以“海飞谍战世界”闻名于当下。他左手小说，右手编剧，尤以谍战小说引人入胜，如《麻雀》《惊蛰》里的谍战世界的浓烈与悲壮，人物向阳而生。一如《惊蛰》的陈山背负着血海深仇，最终在又一个惊蛰之日，铲除了荒木惟，踏上了去延安之路……他的故事大多有好的概念和故事架构，也重于心理博弈，斗智斗勇，有情感有灵魂。一如麦家所说：“‘海飞谍战世界’完成了文学性与情节性的完美统一。”海飞新近的长篇小说《醒来》，讲述了一名照相师为祖国和信仰而战的故事，其扑朔迷离、平中见奇的中国故事堪比九年前的《向延安》。

同时，陈集益的《驯牛记》，以儿童视角把人道倾注到一头将被淘汰的工具牛身上，不仅充满对牛的同情与怜悯，更是万物不同的生命形式，给予人类的生命以特别的滋养与温暖，淳朴感伤，又富有诗意和人性的肌理。

颇具影响力的作品还有，界愚书写中国女性的成长史与心灵史的《丽人行》，叶炜《乡土中国三部曲》《转型时代三部曲》，杨怡芬以“二战”香港沦陷后的英国战俘亲历叙事的《地狱航船》，柳营揭示人心时空距离的《窗口的男人》，张忌在俗世与佛门间书写人物的《出家》，徐衎关注老年生活的《心经》，祁媛的一个失眠者的心理自白《脉》和追索人生意义的《眩晕》，显示内敛、均衡审美个性的《火星一号》（朱个），池上彰显自我的《在长乐镇》与放下了自我的《无影人》，赵挺写出一代人的生存状态和困境的《青年旅馆》《逃跑公路》，还有如纺织娘般的草白在静处编织《我是格格巫》的惊心动魄，凡此种种，年青一代的浙江作家大多从自我经验出发，从日常生活细节出发，源自天性和本真的思考，呈现出新一代独特的思力与小说美学。

此外，浙江还是网络文学大省，众多的网络“大神”使杭州成为网络作家的聚集地，以及影视业发达的重镇，这多少得益于浙江文学厚土的滋养。

可见，文学还是要回归低处，回到细微，回归世道人心。浙江人杰地灵，文脉流转，又领风气之先，年青的一代定会在享誉海内外的余华、麦家，以及艾伟、钟求是、王手、吴玄等作家的肩膀上，潜心生活深处，提升思力以辨析时代的精神图景，写出属于自己、更属于这个时代的文学精品，以此沟通世界。

《文艺报》2020 年 11 月 30 日

用文学理解生活（后记）

2020年，人类共同面对了时代前所未有的考验，现实的巨手太大，翻天覆地的，谁都没料到突发的新冠疫情，最终成了叙事化，让所有人经历度日如年的艰难，整个世界没有局外人，而且悲剧现在还在演绎……

面临这重重的困难，我们将如何葆有自我？如何前行？我想，如果宏大叙事我们说不好，在不确定的年代，尤其常态化疫情防控的今天，就做好自我实现，做一个有反省精神的中国人。也许我们做不到像巴金、韦君宜那样永葆“纯白之心”，不时自我反省。但是，我们是否可以多一点现实关切和忧患意识，从而与历史与时代与现实，当然也与自我建立一种关系，用作品建构起自己理解现实、想象历史的方法论和世界观，用文学理解生活，用作品实现自我。这样，至少让我们的写作更有尊严与意义。

一如这本小书得以面世，因缘于政协通道，因缘于作家马合省先生的举荐，这也算是后疫情时代文学的一种可能。

小书第一辑妄义为“白心”，即生活方方面面留下的文字，所谓“自白其心”，或曰“纯白之心”“素心”。一直向往鲁迅先生寄希望的持有“白心”的儿童，企望年过半百的自己还能对“纯白之心”有所敬畏与守持，脱离虚伪，多些朴素，尽可能接近自己的本意初心，能“素心相对如秋水”，这也算一种人生境界。做人作文要有“素心”，外扰还在其次，更重要的是克服自己的偏见和短处，呵护“白心”，才可能在面临人世荒谬时，不被虚无击垮，也在于描述和激励当下。

素履所往留下的文字不多，一吸一呼，希望有人在意，无论是淡妆还是浓抹，毕竟多是些个人低回独语，但大多是随心而行，人生不易，但向阳而生，人生就值得。

秾华小辑，则是日常工作时，面对中国文学之林的繁茂花木，自觉或受邀写下的读书札记，以此致敬文学的繁盛之花，此辑随笔多为新文，收录于此以免流失，也是近期自我的文学轨迹。

今日霜降，炎热的南宁终于也有了温差，白昼还如夏，此刻却生夜凉，清听秋风，回望来路。借此机会检巡自我从业原初的本心本意，或者说想想自己的“白心”，是否还纯洁朴素？是否在这个经济时代有所迷失，有所污浊？因为“浊心”来自外部，也更来自自身。惟此，能淡妆浓抹地守持朴素，就是相宜了。在大变局的时代，这当然是奢望。然而却是我的生活态度和理想，生活多不如意，却盼着相宜人间，还想独立不迁，是悖论了。当然，能认识事物的双重性，是否就意味着多了葆有自我的可能？

惟此，继续向往“白心”，素履而行，同时，不忘品赏人文秾华。

自勉，也是自我期许。

是为记。

张燕玲

庚子·霜降于百花岭

图书在版编目(CIP)数据

淡妆与浓抹 / 张燕玲著. －－ 北京 ：中国文史出版社，2022.1

ISBN 978－7－5205－2639－5

Ⅰ. ①淡… Ⅱ. ①张… Ⅲ. ①散文集－中国－当代 Ⅳ. ①I267

中国版本图书馆 CIP 数据核字(2020)第 240805 号

责任编辑：薛未未
选题策划：马合省

出版发行：**中国文史出版社**
社　　址：北京市海淀区西八里庄路 69 号院　邮编：100142
电　　话：010－81136606　81136602　81136603（发行部）
传　　真：010－81136655
印　　装：廊坊市海涛印刷有限公司
经　　销：全国新华书店
开　　本：720×1020　1/16
印　　张：19　　　字数：200 千字
版　　次：2022 年 1 月第 1 版
印　　次：2022 年 1 月第 1 次印刷
定　　价：63.00 元